Phänomena
Spuk im Havelland

AF187324

S. G. Felix

Phänomena
Spuk im Havelland

Bibliografische Information der Deutschen Nationalbibliothek:
Die Deutsche Nationalbibliothek verzeichnet diese Publikation in der Deutschen Nationalbibliografie; detaillierte bibliografische Daten sind im Internet über http://dnb.dnb.de abrufbar.

Herstellung und Verlag: BoD – Books on Demand, Norderstedt

ISBN: 978-3-7504-2688-7

PROLOG

»Natürlich weiß ich, was die Sieben Heimsuchungen sind. Ich habe mein halbes Leben mit deren Erforschung verbracht. Sagen Sie bloß, Sie hätten das nicht gewusst.« Anna schloss die Augen und rieb sich die rechte Schläfe. Ihr war, als würden ihre Migränekopfschmerzen wieder beginnen; das erste Mal seit fünf Jahren.

Die alte Frau, die ihr gegenüber saß, und die sie nach den Sieben Heimsuchungen gefragt hatte, schwieg. Aber auch ohne hinzusehen, glaubte Anna, ein breites Lächeln auf dem Gesicht der Fremden zu spüren. Und da sollte sie sich nicht irren.

»Ich gebe zu, ich habe mich natürlich vorher über Sie informiert. Über das, was Sie tun. Und über Ihre...«, die alte Frau suchte nach dem richtigen Wort, »... Gabe.«

»Sie meinen, was ich getan habe. Ich mache das schon seit über sieben Jahren nicht mehr. Ich denke, auch das wissen Sie, Frau Kronenberg«, sagte Anna.

»Ich weiß, ich weiß«, beeilte sich Frau Kronenberg zu sagen. Nach einer kurzen Pause ergänzte sie: »Und dennoch sind Sie meiner Einladung gefolgt und sind jetzt hier. Und ich denke, Sie wissen, warum. Sie ahnen, dass hier etwas vor sich geht – hier im Havelland. Etwas, von dem Sie wissen, dass nur Sie es aufklären können. Etwas, das in Ihr Spezialgebiet fällt. Sie ahnen, wovon ich längst überzeugt bin. Nämlich, dass es sich hier nicht um einen einfachen Spuk handelt oder um ein paar harmlose Gespenstersichtungen.«

Anna krampfte der Magen. Und je länger diese Frau Kronenberg sprach, desto schlimmer wurde es.

»Ich weiß, was hier geschieht«, fuhr die alte Dame fort. »Es ist die siebte Heimsuchung. Die siebte und letzte! Sie haben es selber gesagt: Ihr halbes Leben haben Sie mit der Erforschung der Sieben Heimsuchungen verbracht. Es ist Ihr Lebenswerk! Das, was hier im Havelland geschieht, könnte alle Ihre Fragen beantworten.«

Anna verzog das Gesicht und kratzte sich an der Stirn. Sie wäre am liebsten sofort wieder gegangen. Sie vermied es, ihrem Gegenüber in die Augen zu sehen. Irgendetwas war an dieser Frau, das ihr unangenehm war. Sie konnte ihre Abneigung nicht näher beschreiben. Es war nur so ein Gefühl. Sie nahm einen Schluck Kaffee, setzte die Tasse ab und schaute auf die Havel. Sie hatte den Namen des kleinen Ortes und den der Gaststätte, auf deren Terrasse mit Blick zum Fluss sie sich befanden, schon wieder vergessen. Sie wollte nur noch fort. Sie wollte wieder nach Hause. Obwohl es hier so idyllisch war.

»Nichts für ungut, Frau Kronenberg«, begann Anna schließlich und machte Anstalten, sich vom Tisch, an dem sie beide saßen, zu erheben, »aber ich werde jetzt wieder gehen. Tut mir Leid, wenn ich Ihre Zeit vergeudet habe. Ich bin einfach nicht die Richtige für diesen Job.« Anna wusste nicht einmal, worin dieser Job, den Frau Kronenberg ihr anbieten wollte, bestehen sollte. Aber das war ihr vollkommen egal. Zumindest wollte sie sich einreden, dass es ihr egal war.

Frau Kronberg blieb ruhig sitzen, blickte auf den Fluss und sagte: »Ach, diese Ruhe.«

»Wie bitte?« Anna war schon aufgestanden.

»Die Ruhe. Das ist es, was mich immer wieder am Havelland so fasziniert. Wenn man wie Sie aus der Stadt kommt, dann kann einen diese Ruhe hier regelrecht erschlagen. Als ich das erste Mal hierher kam, war es jedenfalls so. Wie ist es bei Ihnen?«

Anna wusste, was die alte Dame meinte. Sie war eigentlich noch nie aus Berlin raus gekommen, ausgenommen, um einmal im Jahr in den Urlaub zu fahren. Aber ihr letzter Urlaub war auch schon eine gefühlte Ewigkeit her. Ja, diese Ruhe war ihr unangenehm aufgefallen. Unangenehm deshalb, weil die ständigen Geräusche der Großstadt einen davon abhielten, zu viel über sich selbst nachzudenken.

Als hätte sie Annas Gedanken gelesen, sagte Frau Kronenberg: »Wenn man hier auf dem Land längere Zeit verbringt, kann das zunächst ziemlich irritierend sein. Aber wenn man sich erst daran gewöhnt hat, dann ist das fast so etwas wie ein anderes Leben. Eine zweite Chance. Wenn man die Stille zulässt und sich nicht dagegen wehrt, dann kann man auch mit seinen Dämonen aus der Vergangenheit klarkommen. Glauben Sie mir, ich habe es selbst erlebt.«

Anna setzte sich wieder. Misstrauisch beugte sie sich über den Tisch und sah Frau Kronenberg scharf an: »Dämonen aus der Vergangenheit? Wollen Sie mir damit etwas Bestimmtes sagen?«

Frau Kronenberg hielt ihrem Blick locker stand. Sie wollte etwas. Und sie war es gewohnt, zu bekommen, was sie wollte. »Ich werde nicht um den heißen Brei herumreden«, begann sie kühl, aber bedacht. »Bevor ich mit Ihnen Kontakt aufnahm, habe ich mich über Sie informiert. Ich weiß, was vor sieben Jahren geschehen ist. Ich weiß von dem tragischen und ungerechten Tod Ihres Mannes und Ihres Sohnes.«

»Es war ein Unfall. Ein verdammter Autounfall, wie er jeden Tag auf unseren Straßen passiert. Das hat nichts mit gerecht oder ungerecht zu tun«, schimpfte Anna, ebenso wütend wie verbittert und bereute es sogleich. Denn sie hatte es in der Vergangenheit stets vermieden, ihre Gefühle anderen gegenüber zu offenbaren.

»Ich kann sicherlich nicht nachvollziehen, was Sie seither durchgemacht haben, und Sie haben jedes Recht, zornig zu sein. Aber ich biete Ihnen hier die Chance, sich Ihren Lebenstraum zu erfüllen. Wenn es sich bei den vergangenen Ereignissen wirklich um die siebte Heimsuchung handelt, dann sind Sie die Einzige, die ich kenne, die es zweifelsfrei herausfinden kann.« Die alte Dame legte ihre Hand auf die von Anna, die beinahe zurückgeschreckt wäre, es dann aber doch zuließ. »Lassen Sie die Vergangenheit hinter sich, mein Kind, und tun Sie wieder das, wozu Sie geboren wurden. Es gibt viele selbsternannte Geisterjäger und Medien, die sich einbilden, Übersinnliches zu verstehen oder aufspüren zu können. Aber die brauche ich nicht. Ich brauche ein echtes Medium wie Sie. Die Eine, die es nur einmal unter einer Million gibt. Ich brauche Ihre Gabe, und ich weiß, Sie wollen sie wieder einsetzen, um anderen zu helfen. Denn das ist es, was Sie früher mit Leidenschaft und Hingabe getan haben. Tun Sie es wieder! Es soll Ihr Schaden nicht sein. Ich werde Sie für Ihre Mühen reich entlohnen«, sprach Frau Kronenberg mit verschwörerischem Blick.

Anna spürte, wie ihr innerer Widerstand zu bröckeln begann. Sie konnte sich tausend Gründe vorstellen, die Bitte von Frau Kronenberg abzulehnen. Aber da war dieses Kribbeln in ihren Fingern. Es war so intensiv, dass sie es nicht ignorieren konnte. Immer wenn sie früher paranormalen Phänomenen auf der Spur war, hatte sie dieses Kribbeln verspürt. Ja, sie wollte wieder dort weitermachen, wo sie vor sieben Jahren aufgehört hatte. Sie wollte es!

»Was soll ich denn genau tun?«, fragte sie schließlich, sehr zur Freude ihres Gegenübers.

Frau Kronenberg deutete zur Havel. »Vier Kilometer flussaufwärts gibt es ein kleines Dorf namens Nimtow. Es hat weniger als 80 Einwohner und nur eine Bushaltestelle. Seit einigen Wochen gehen dort seltsame Dinge vor sich. Leute verschwinden tagelang und tauchen dann unvermittelt wieder auf. Aber niemand erinnert sich an etwas. Und niemand bemerkt das vorübergehende Verschwinden der betroffenen Personen. Mir wurde zugetragen, dass nachts unheilvolle Stimmen aus dem Dunkeln erklingen, begleitet von mysteriösen Lichtern. Meine Nichte, die dort wohnt, wurde von Schreien geweckt, die scheinbar vom Fluss kamen. Mehrfach sei der Strom ausgefallen. Drei schwere Gewitterzellen haben sich ausschließlich über dem Dorf ausgetobt - alle nachts und alle innerhalb der letzten drei Wochen.

Etwas Großes geht vor im Havelland. Die Geister sind in Aufruhr.

Ich sage Ihnen, was Sie tun sollen: Bringen Sie mir einen unumstößlichen Beweis dafür, dass das, was sich dort im Dorf abspielt, die letzte große Heimsuchung ist, die unser aller Leben für immer verändern wird.«

DIE SIEBEN HEIMSUCHUNGEN

»Also gut, ich könnte es ja vielleicht versuchen. Ich kann Ihnen jedoch nichts versprechen«, sagte Anna.

»Ich will auch keine Versprechungen, ich will Beweise!«

»Sie wissen aber schon, dass die Theorie über die Sieben Heimsuchungen nur... eine Theorie ist? Ich meine, es gibt unter Fachleuten des Paranormalen sehr unterschiedliche Ansichten darüber. Niemand kann garantieren, dass eine siebte Heimsuchung tatsächlich die letzte ist. Es könnten auch acht oder mehr sein.«

»Nein, es sind sieben, nicht mehr und nicht weniger. Die Sieben ist magisch, das wissen Sie doch bestimmt.«

Anna runzelte die Stirn. Sie konnte es immer noch nicht glauben, dass sie zugestimmt hatte. Ja, sie fürchtete sich ein wenig vor dem, was sie erwarten könnte. Sie war sich zwar ziemlich sicher, dass sich die Ereignisse im Dorf Nimtow als harmlos herausstellen würden, aber man konnte ja nie wissen. Sie glaubte an die Sieben Heimsuchungen. Und durch ihre lange Arbeit als Medium, das mit den Toten sprach, hatte sie im Laufe der Jahre eine Ahnung entwickelt, die sie zu der Überzeugung kommen ließ, dass die siebte Heimsuchung kurz bevor stehen könnte. Anna wusste, worum es tatsächlich ging. Aber wusste das auch Kronenberg?

»Nur damit ich auch weiß, dass wir über dasselbe sprechen«, begann sie. »Was wissen Sie über die Sieben Heimsuchungen? Verstehen Sie mich nicht falsch. Aber seit die Theorie darüber vor Jahren publik wurde, kursieren im Internet zig verschiedene Versionen. Und ich kann Ihnen sagen, das meiste davon ist totaler Quatsch.«

Die alte Kronenberg lächelte verschmitzt. Sie machte deutlich, dass sie von ihrer Überzeugung, was den Ort

Nimtow anbetraf, nicht abzubringen war. »All diese Theorien könnten aber auch wahr sein. Ich meine, es geht hier um Geister. Um Besucher aus dem Jenseits. Wie will man deren Existenz rational wissenschaftlich beweisen? Man kann es nicht beweisen, es ist lediglich eine Frage des Glaubens und vielleicht auch des gesunden Menschenverstandes, wie in Ihrem Falle. Sie als Medium müssen doch schon unzählige paranormale Phänomene erlebt haben.«

»Das habe ich«, bestätigte Anna ehrlich.

»Sehen Sie, aber keines davon lässt sich mit der modernen Wissenschaft zweifelsfrei belegen. Und weil das so ist, gibt es auch nicht die eine richtige Interpretation der Theorie über die Sieben Heimsuchungen. Weil diese Theorie immer nur eine Theorie geblieben ist. Für die einen ist sie Humbug. Für die anderen ist es eines der großen Mysterien unserer Zeit. Deshalb glaube ich auch nicht, dass das, was über die Sieben Heimsuchungen gemutmaßt wird, Quatsch ist, wie Sie sagen.

Aber zurück zu Ihrer Frage: Sie wollen herausfinden, was ich weiß. Ich bin vor ungefähr vierzig Jahren auf diese Theorie gestoßen. Also zu einer Zeit, als nur eine Handvoll Menschen sich damit beschäftigt hat. Zuvor habe ich mich nicht sonderlich für derlei Dinge interessiert. Aber dann hatte ich selbst ein Erlebnis, dass ich mir nicht rational erklären konnte. Daraufhin habe ich ein wenig recherchiert und bin auf die Sieben Heimsuchungen gestoßen. Geistererscheinungen und Poltergeistheimsuchungen gibt es jeden Tag auf der ganzen Welt. Aber es gibt nur sechs bekannte Phänomene, die verblüffende Gemeinsamkeiten aufweisen.«

»Genau. Und wissen Sie, welche das sind, und ob das, was in dem Ort hier im Havelland geschieht, ebenfalls Gemeinsamkeiten aufweist?«

»Allerdings. Alle diese sechs Heimsuchungen hielten etwa für vier bis sechs Wochen an. Sie fanden in verschiedenen Teilen der Erde statt. Drei davon in Nordamerika, zwei in Europa, und eine soll in Südamerika stattgefunden haben.«

Anna nickte. Das deckte sich mit ihren Informationen.

»Sechs Heimsuchungen, sechs verschiedene Orte«, fuhr Frau Kronenberg fort. »Doch alle begannen gleich und endeten gleich. Sie begannen mit dem unerklärlichen Verschwinden von Menschen, die Tage später wieder auftauchten und sich an nichts erinnern konnten, so wie es hier in Nimtow geschehen ist. Und bei allen Heimsuchungen starb immer ein Mensch. Nur einer.«

»Ist in Nimtow auch jemand gestorben – auf unnatürliche Weise meine ich?«

»Ja, Vor zwei Wochen. Ein junger Mann ist in der Havel ertrunken. Es wurde als Unfall eingestuft, was ich jedoch nicht glaube.«

»Dass Menschen im Sommer beim Baden ertrinken, ist leider normal und nichts Ungewöhnliches«, entgegnete Anna.

»Nach meinen Quellen ist der Mann nachts angeblich geschlafwandelt. Er stand mitten in der Nacht aus seinem Bett auf, verließ das Schlafzimmer, sein Haus, überquerte die Ortsstraße, ging mehr als siebenhundert Meter querfeldein und sprang in den Fluss, und das, obwohl er noch nie zuvor in seinem Leben geschlafwandelt sein soll. Er soll ein guter Schwimmer gewesen sein, und dennoch ertrank er.«

Anna sagte nichts. Sie überlegte. Das war in der Tat ungewöhnlich - wenn diese Geschichte denn stimmen sollte. Aber das würde sich vielleicht herausfinden lassen.

Die alte Kronenberg schien perfekt informiert zu sein. Anna wollte nur noch Eines wissen. »Von den sechs

Heimsuchungen wurde auch berichtet, dass die Geister, die in Erscheinung traten, recht aggressiv gewesen sein sollen. Ist das hier auch der Fall?«

»Das will ich meinen, wobei wohl Auslegungssache ist, was man unter aggressiv versteht. In einem vermieteten Ferienapartment soll ein Geist eines Nachts so laut gejault und geschrien haben, dass die Feriengäste aus dem Bett gefallen sein sollen. Einer von ihnen soll Verletzungen im Gesicht davongetragen haben. Jemand hat ihm im Schlaf das Gesicht zerkratzt. Daraufhin verließen die Gäste das Apartment fluchtartig und erstatteten am nächsten Tag Anzeige gegen die Vermieter, weil sie glaubten, es handelte sich um einen üblen Scherz. Es stand auch in der Lokalzeitung.«

»Genau derartige Fälle wurden auch bei den vorigen sechs Heimsuchungen berichtet«, sagte Anna nachdenklich.

Frau Kronenberg nickte nur langsam, nahm einen Schluck Kaffee und wartete geduldig, bis Anna wieder etwas sagte.

»Lag das Ferienapartment direkt am Wasser?«, fragte sie schließlich.

»Ja. Genauso wie bei den vorigen sechs Heimsuchungen. Alle fanden in der Nähe eines Flusses statt. Das Wasser scheint irgendwie anziehend auf die Geister zu wirken.«

»Es ist nicht das Wasser selbst, sondern die Bewegung des Wassers«, sprach Anna gedankenverloren.

»So? Hmm, das wusste ich nicht. Aber genau deshalb will ich auch Sie und niemand anderen engagieren. Sie wissen solche Dinge, die anderen verborgen bleiben. Sofern Sie immer noch bereit sind, der Sache auf den Grund zu gehen, habe ich mir erlaubt, ein Apartment ganz in der Nähe für Sie zu reservieren. Auch dort sollen merkwürdige Dinge geschehen sein. Ich dachte, das wäre der beste Ort, um mit Ihrer Recherche zu beginnen.«

Diese Vorstellung machte Anna keine Angst. Unzählige Male in ihrem Leben hatte sie allein in derartigen Räumen verbracht. Allein mit Dingen, die einen gestandenen Mann vor Angst in die Flucht getrieben hätten. Alles schien darauf hinzudeuten, dass es einen engen Zusammenhang mit den vorigen sechs bekannten Heimsuchungen geben könnte.

»Sie sind gut informiert, Frau Kronenberg. Sie wissen sicherlich auch, dass die Theorie - oder sollte ich besser sagen - der Glaube daran, dass es sich um sieben gleichartige Heimsuchungen handeln muss, daher rührt, dass beim ersten Mal einem jungen Mädchen ein Geist erschien. Dieser sagte ihr, dass es insgesamt sieben Mal auf die gleiche Weise spuken würde, bis etwas Schreckliches geschieht.«

»Das weiß ich. Was, glauben Sie, wird nach der siebten und letzten Heimsuchung geschehen?«

»Darüber habe ich mir ehrlich gesagt nie wirklich Gedanken gemacht. Ich war immer nur an dem Phänomen der Sieben Heimsuchungen interessiert. Über die Konsequenzen habe ich nicht nachgedacht. Die einen sagen, nach dem letzten Geisterspuk soll das Ende der Welt eingeläutet werden. Die Geister in den Sieben Heimsuchungen warnen angeblich vor der endgültigen Auslöschung der Menschheit. Die Apokalypse stünde bevor. Manche meinen, ein Komet würde auf die Erde stürzen. Anhänger der Prä-Astronautik sagen, Aliens würden auf unseren Planeten zurückkehren, nachdem sie vor mehreren tausend Jahren schon einmal hier gewesen sind.

Es gibt dutzende Theorien darüber, was am Ende dieser außergewöhnlichen Spukserie geschehen könnte. Viele davon sind äußerst düster und haben mit dem Untergang unserer modernen Zivilisation zu tun. Und keine von diesen gefällt mir besonders gut. Es könnte aber auch genauso gut gar nichts passieren.«

»Aber das glauben Sie nicht, oder? Ich meine, dass gar nichts geschehen wird?«, hakte die alte Kronenberg nach. Sie wollte von Anna hören, dass sie begierig darauf war, das Rätsel um die Sieben Heimsuchungen zu lüften.

»Nein, das glaube ich in der Tat nicht. Dafür habe ich einfach schon zu viel erlebt. Ich habe eine Menge in meiner aktiven Zeit als Medium gesehen. Ich weiß, dass es Dinge gibt, die sich unserem Verständnis von Raum und Zeit entziehen. Ich weiß, dass der Tod nicht das Ende ist. Und ich weiß, dass parallel zu unserer Welt noch eine Welt gibt. Eine Welt, die wir vielleicht nur dann betreten und eventuell auch verstehen werden, wenn wir selbst eines Tages sterben.«

Frau Kronenberg nickte langsam. Sie hatte Anna mit Faszination zugehört. Sie war hundertprozentig davon überzeugt, dass Anna die einzige Person war, die der Aufgabe in Nimtow gewachsen war. »Ich bin neugierig«, begann sie. »Jeder weiß, was er sich unter einem Geist vorstellen soll. Doch was sind Geister eigentlich? Mich würde Ihre persönliche Meinung dazu interessieren. Ihre Interpretation auf Basis Ihrer langjährigen Erfahrung.«

Anna überlegte lange, ehe sie antwortete. »Ich denke, Geister sind eine besondere Form von Erinnerungen, die nicht mehr wissen, wo ihr Zuhause ist.

Ja, ich denke, das trifft es ganz gut.«

Die Kronenberg lächelte. Ihr schien diese Interpretation zu gefallen. Das war der Moment, in dem sich Anna zum ersten Mal bei ihrem Treffen fragte, welches Interesse ihre Auftraggeberin eigentlich an der ganzen Sache hatte. Doch ehe sie sie danach fragen konnte, überrumpelte

Kronenberg sie mit einer faustdicken Überraschung. Eine Überraschung der unangenehmen Art.

DAS SIEBTE SYMBOL

»Es gibt noch eine Gemeinsamkeit zwischen den betreffenden Geisterheimsuchungen. Eine Gemeinsamkeit, von der niemand etwas weiß. Auch Sie nicht.«

Anna machte große Augen. Sie wusste alles über diese Heimsuchungen. Alles! Über diese speziellen und über tausend andere. Reflexartig empfand sie es als anmaßend, dass diese Kronenberg glaubte, mehr in Erfahrung gebracht zu haben als sie.

»Das bezweifle ich«, stieß sie hervor. Aber dann rief Anna sich ins Gedächtnis, dass sie lange Zeit ihre Profession nach dem Tod ihres Mannes und ihres Sohnes an den Nagel gehängt und sich keine Sekunde mehr mit der Thematik beschäftigt hatte. »Was soll das für eine Gemeinsamkeit sein?«

»An jedem der betroffenen Orte wurden Symbole gefunden.«

»Symbole? Wer soll die gefunden haben?«

»Ich habe die Orte, an denen der Spuk stattgefunden haben soll, alle gründlich untersuchen lassen.«

Anna war fassungslos: »Sie haben was? Was für ein Aufwand! Das muss ja ein Vermögen gekostet haben!«

Frau Kronenberg zuckte mit den Achseln. »Wie Sie sicherlich schon bemerkt haben, ist mein Interesse an diesen Vorkommnissen nun mal intensiv. Und darüber hinaus bin ich in der privilegierten Lage, mir solche 'Unternehmungen' leisten zu können. Ich stamme aus einer alten Industriellenfamilie, müssen Sie wissen.«

Das hatte sich Anna schon gedacht. Aber das interessierte sie gar nicht. Sie wollte mehr über die angeblichen Symbole erfahren. Sie sah die alte Dame auffordernd an, ihr Wissen nicht länger für sich zu behalten.

»Ich wusste natürlich vorher auch nichts über die Symbole. Ich ließ die angeblichen Spukorte intensiv untersuchen, unter der Prämisse, Gemeinsamkeiten zu finden. Gemeinsamkeiten, die ein weiterer Beleg dafür sein könnten, dass die entsprechenden Geisterheimsuchungen tatsächlich miteinander in Verbindung stehen. Und siehe da: Wir haben sechs Symbole gefunden. Ich habe aber leider bis heute nicht herausfinden können, was sie bedeuten.«

»Wenn das wahr ist«, murmelte Anna und sprach dabei mehr mit sich selbst als mit der alten Dame, »dann muss es hier im Havelland ein siebtes Symbol geben, vorausgesetzt, es handelt sich tatsächlich um die siebte und letzte Heimsuchung.«

Frau Kronenberg strahlte, als sie in Annas Augen ihre Begeisterung sah. Sie wusste, dass sie sie jetzt an der Angel hatte. »So ist es, mein Kind. Ich gebe Ihnen die Möglichkeit, das siebte und letzte Symbol zu finden - den letzten Schlüssel, der das Rätsel um die Sieben Heimsuchungen lüften wird.«

»Aber warum gerade ich? Ich weiß, Sie haben gesagt, Sie seien von meinen Fähigkeiten überzeugt. Aber Sie haben doch schon jemand anderes nach den Symbolen an den ersten sechs Orten suchen lassen; mit Erfolg. Ich weiß ja nicht einmal, wonach ich suchen muss.«

»Ich habe Sie ausgewählt, weil Sie es verdient haben. Und weil ich nur noch sehr wenigen Menschen vertrauen kann. Denn ich bin nicht die Einzige, die das Geheimnis über die Sieben Heimsuchungen lüften will. Es gibt nicht wenige Fanatiker da draußen, die buchstäblich alles dafür tun würden, sich mein Wissen darüber anzueignen. Die Symbole, die ich bereits habe, kann ich Ihnen deshalb nicht zeigen. Es wäre zu gefährlich. Ich verwahre sie an einem sicheren Ort. Sie würden Ihnen aber auch nichts nützen, denn es gibt zwischen den sechs Symbolen keinerlei Gemeinsamkeiten. Das siebte Symbol wird da keine Ausnahme machen. Ich weiß nicht, wie es aussehen wird. Ich weiß aber, dass Sie es finden werden. Ich weiß es.«

Frau Kronenberg sah Anna so eindringlich und entschlossen an, dass sie für einen Moment nicht wusste, ob sie sich geehrt fühlen sollte, oder ob sie sich vor ihr fürchten sollte. Denn, in Anbetracht dessen, was die alte Dame bislang aufgewendet hatte, um das Rätsel über die Sieben Heimsuchungen zu lösen, wirkte sie auf Anna kaum weniger fanatisch, als diejenigen, die ihr angeblich zuvorkommen wollten.

»Zögern Sie nicht länger«, setzte Frau Kronenberg nach. »Ergreifen Sie die Chance, die ich Ihnen biete!«

Alles in Anna wollte das siebte Symbol finden. Sie wollte endlich wieder etwas tun, das ihr wichtig war. Sie wollte an etwas Bedeutsamem teilhaben. Was wäre besser geeignet, als die siebte Heimsuchung zu enthüllen? Anna wusste, dass es immer noch dutzende Geisterjäger, Medien, Abenteurer und auch Forscher des Paranormalen auf der ganzen Welt gab, die alles dafür geben würden, die Siebte Heimsuchung miterleben zu dürfen. Sie war für jene Menschen so etwas wie der Heilige Gral.

Gleichwohl war sie sich der Risiken bewusst. Die Siebte Heimsuchung, so hieß es, sei die gefährlichste von allen. Aber das waren nur Gerüchte. Niemand konnte sagen, was wirklich passieren würde. Doch das war es nicht, was Anna zögern ließ. Vielmehr bereitete ihr Sorgen, dass sie schon seit einigen Jahren keine einzige Geisterbeschwörung mehr durchgeführt hatte. Ihr Kontakt mit dem Reich der Toten, jenseits des Schleiers der Lebenden, war seit dem Tod ihres Sohnes Robert und ihres Mannes Joachim komplett abgebrochen. Sie wollte nichts mehr mit den ruhelosen Seelen zu tun haben. Mit Sicherheit auch deshalb, weil sie Angst davor hatte, die Geister von Joachim oder Robert würden ihr erscheinen. Denn dies wäre etwas, das auf keinen Fall geschehen durfte. Es war für Menschen wie Anna, die als Medium für die Geisterwelt fungierten, so etwas wie ein ungeschriebenes Gesetz, niemals mit den Toten von nahen Verwandten in Kontakt zu treten. Mit den Geistern Fremder umzugehen, war schon schwierig genug. Aber bei Verwandten war dies ein äußerst gefährliches Unterfangen, das schnell eskalieren konnte. Denn diese Geister wussten um die Schwächen des Angehörigen. Sie ließen sich nicht so einfach abschütteln und konnten nicht selten furchtbar gemein und verletzend werden. Sie konnten einen im schlimmsten Fall sogar in den Tod treiben.

Anna schüttelte den Kopf, als sie diesen Gedanken schnell wieder loswerden wollte. Nein, ihr würde das nicht passieren. Sie war vorsichtig. Und außerdem war der Tod von Robert und Joachim schon viele Jahre her. Und seitdem war nie irgendetwas Paranormales, das mit ihrem Tod im Zusammenhang gestanden hätte, passiert.

Sie wollte es. Sie hatte immer gewusst, dass sie eines Tages mit der Vergangenheit abschließen musste, wenn das Leben für sie noch einen Sinn haben sollte. Und dieser Tag sollte heute sein. Sie würde sich endlich wieder einer Sache widmen können, die sie vielleicht nicht vergessen, die sie aber aus ihrem Teufelskreis der düsteren Gedanken und des Selbstmitleids befreien würde. Sie brauchte wieder eine Aufgabe. Ja, sie wollte es. Und wer weiß? Wenn es sich wirklich um die Siebte Heimsuchung handeln sollte, die in ihren Augen mehr war als eine bloße Legende, dann würde sie sogar an etwas teilhaben dürfen, das ihren Horizont erweitern würde. Denn Anna wusste, nein, sie war mit jeder Faser ihres Körpers davon überzeugt, dass am Ende der prophezeiten letzten Heimsuchung etwas Besonderes geschehen würde. Etwas Großes. Etwas, dass alles ändern könnte, das sie über diese und über die jenseitige Welt zu wissen glaubte.

»Na schön«, sagte sie. »Sie haben mich, Frau Kronenberg.«

»Ausgezeichnet!« Die alte Dame strahlte, und dabei wirkte ihr Gesicht für einen kurzen Augenblick so eigenartig verzerrt, dass Anna glaubte, Frau Kronenberg müsste weit über neunzig Jahre alt sein. Als sie sie das erste Mal erblickt hatte, hatte sie sie auf Anfang siebzig geschätzt.

»Also mein Kind, dann lassen Sie mich erklären, was ich für Sie vorbereitet habe.« Sie holte einen Schlüssel aus ihrer Handtasche hervor. »Dies ist der Schlüssel zu dem Apartment, das ich in Nimtow für Sie reserviert habe. Und zwar für den ganzen Sommer. Wir wissen schließlich nicht, wie lange Ihr Aufenthalt dauern wird.«

Anna holte Luft, um zu intervenieren und der alten Kronenberg klarzumachen, dass sie nicht ewig zur Verfügung stehen und sie sich schon gar nicht vorschreiben lassen wollte, wie lange sie für sie arbeiten würde. Aber dann sagte sie doch nichts, denn sie hatte ja eigentlich nichts anderes vor. Den Sommer hier im Havelland zu verbringen, einem Ort der Stille und der Ruhe mit einzigartigen Naturlandschaften, das war eine verlockende Vorstellung. Warum also sich dagegen wehren?

»Die Vermieterin des Apartments betreibt eine kleine Ferienanlage. Sie ist meine Nichte, daher brauchen Sie sich um nichts zu kümmern. Ich habe das Finanzielle bereits geregelt.«

»Apropos Finanzielles«, begann Anna.

Frau Kronenberg machte eine Geste, die deutlich machen sollte, dass sie verstanden hatte. Sie holte einen kleinen Notizblock hervor und schrieb zwei Zahlen auf das oberste Blatt. Dann riss sie den Zettel ab und gab ihn Anna.

»Der erste Betrag ist Ihr Vorschuss. Der zweite ist Ihre Entlohnung im Falle eines Erfolgs Ihrer Suche.«

Als Anna die Zahlen sah, wurden ihre Augen langsam größer und größer. Sie ertappte sich dabei, wie sie wiederholt die Stellen zu zählen begann. Und das nur bei der ersten Zahl, dem Vorschuss.

Das muss ein Irrtum sein, dachte sie. Die Frau muss verrückt sein.

Mit ihren geweiteten Augen sah sie Frau Kronenberg fragend und mit einer Spur von Entsetzen an.

»Nein, nein. Das ist kein Irrtum«, erriet die alte Frau Annas Gedanken. »Wie ich bereits sagte, ist mein Interesse an der siebten Heimsuchung erheblich.«

»Ja, aber das kann Ihnen doch unmöglich so viel wert sein«, stammelte Anna fassungslos.

»Ich kann es mir leisten. Und ich weiß, dass Sie die Beste sind. Und von der Besten erwarte ich auch eine Bestleistung. Ich hoffe, dass dies ein weiterer Ansporn für Sie sein wird, alles zu tun, um die Existenz der siebten Heimsuchung zu bestätigen und das siebte Symbol zu finden.«

Alles zu tun?, wiederholte Anna in Gedanken. Was meint sie damit?

Zunächst war ihr Frau Kronenberg nicht ganz geheuer, doch nun, nach dem wiederholten Studium des Zettels mit den beiden Geldbeträgen, machte ihr die alte Frau unweigerlich Angst. Kronenberg entging dies nicht. Also fügte sie hinzu: »Den Vorschuss habe ich bereits auf Ihr

Konto überweisen lassen. Sie könnten nachsehen, wenn Sie wollen.«

Anna hielt inne und runzelte die Stirn. Sie wollte es zunächst nicht tun, doch dann nahm sie ihr Smartphone zur Hand und sah in ihrer kürzlich angelegten Banking-App nach. Und tatsächlich. Das Geld war bereits überwiesen. Dabei hatte Anna ihr gar nicht ihre IBAN gegeben.

Als sie wieder von dem kleinen Display aufblickte, grinste die Kronenberg zufrieden. Jetzt wirkte sie nicht mehr so merkwürdig angsteinflößend.

Das Geld konnte Anna verdammt gut gebrauchen. Trotzdem blieb sie misstrauisch.

»Muss ich Sie fragen, wie Sie an meine IBAN geraten sind?«

»Ich versichere Ihnen, dass ich alles, was ich über Sie in Erfahrung gebracht habe, streng vertraulich behandeln werde. Und was diesen und den zweiten Betrag angeht, werden Ihnen meine Steuerberater nach bestem Wissen und Gewissen mit Rat und Tat zur Seite stehen.«

Na klar. So jemand wie diese Frau hat nicht nur einen, sondern gleich eine ganze Armee von Steuerberatern, dachte Anna.

Sie sagte eine Weile nichts. Das war alles zu schön, um wahr zu sein.

»Wo ist der Haken?«, fragte sie dann. Und sagen Sie mir bitte nicht, es gäbe keinen.«

»O, natürlich gibt es einen Haken. Und ich denke, Sie wissen, was ich meine.«

»Nein, weiß ich nicht. Sagen Sie es mir.«

Die alte Dame machte ein ernstes Gesicht. In ihren Augen leuchtete etwas Dunkles auf, das Anna einen kalten Schauer über den Rücken laufen ließ.

»Die Toten sind der Haken. Diejenigen aus dem Jenseits, die kein Interesse daran haben, dass den Lebenden

Wissen aus dem Reich der Toten zuteil wird. Wissen, wie die Symbole von den Spukorten, die ein Geheimnis bergen, das für keinen Lebenden bestimmt ist.«

»Woher glauben Sie, dass die Lebenden nicht davon erfahren sollen? Ich meine, irgendjemand, oder besser gesagt, irgendetwas hat die Symbole doch bewusst hinterlassen, um damit in unserer diesseitigen Welt eine Botschaft zu hinterlassen. So habe ich Sie jedenfalls verstanden, als Sie mir von den Symbolen erzählt haben.«

»Ob Sie es glauben oder nicht, mein Kind, ich beschäftige mich mit dieser Thematik schon wesentlich länger als Sie. Kein Wunder, ich bin ja auch bestimmt mehr als doppelt so alt wie Sie«, meinte Frau Kronenberg mit einem Lächeln, das warm und herzlich wirkte, so dass Anna verunsichert war, wie sie die alte Dame eigentlich einschätzen sollte.

»Ich habe in meinem langen Leben jedes Buch gelesen, jeden Philosophen, Experten und unzählige Augenzeugen über Beschwörungen von Geistern und über die Existenz des Totenreichs befragt. Und meine Schlussfolgerung bezogen auf die Sieben Heimsuchungen und die jeweils hinterlassenen Botschaften in Form der Symbole lautet: Jemand spielt falsch im Reich der Toten.«

»Was meinen Sie damit?«, fragte Anna fasziniert und erstaunt zugleich.

»Jemand will eine Nachricht aus dem Totenreich schmuggeln. Die Heimsuchungen finden nur deshalb statt, weil die Geister genau dies verhindern wollen. Doch jedes Mal ist es gelungen, dass ein Symbol in unserer Welt zurückblieb. Die Geister werden Ihnen also im Weg stehen, mein Kind, bei Ihrer Suche nach dem letzten Symbol. Und dies ist ein weiterer Grund, warum ich Sie damit beauftrage. Denn ich weiß, dass Sie mit den Jenseitigen umgehen können. Auch wenn die Geister aggressiv sein werden. Und ich bin mir sicher: Sie werden auf Widerstand aus der Geisterwelt stoßen. Seien Sie darauf gefasst.«

Anna hatte für einem Moment den Eindruck, sie würde einer nicht sonderlich guten Schauergeschichte lauschen. Sie hatte dutzende Beschwörungen durchgeführt. Bei einigen hatte sie es in der Tat mit wahrhaft teuflischen Poltergeistern zu tun gehabt, die nichts unversucht ließen, einen in die Flucht zu treiben. Aber immer war sie standhaft geblieben. Natürlich hatte sie nicht selten Angst gehabt - das war Teil ihrer Arbeit. Ein gewisses Maß an Angst war sogar notwendig, um nicht übermütig zu werden und unnötige Risiken einzugehen. Die Worte der alten Kronenberg beeindruckten sie daher wenig. Anna wusste ganz genau, worauf sie sich einließ. Sie wusste, wie man mit denjenigen aus dem Jenseits umzugehen hatte.

»Ich glaube, ich kann ganz gut auf mich aufpassen«, sagte sie schließlich.

»Das weiß ich doch. Sonst hätte ich Sie mit dieser Aufgabe nicht betraut. Seien Sie trotzdem vorsichtig.«

»Das bin ich, keine Sorge.«

»Und... Ich muss das sicherlich nicht extra erwähnen, aber es versteht sich von selbst, dass Sie mit niemandem über den wahren Grund ihres 'Urlaubs' im Havelland sprechen dürfen.«

»Das war mir schon klar. Machen Sie sich darüber keine Gedanken.

Wie kann ich Sie erreichen, wenn ich Sie über meine Fortschritte informieren möchte?«

»Gar nicht. Ich werde mich gelegentlich bei Ihnen melden. Sie haben ein Telefon in Ihrem Apartment. Und Ihre Mobilfunknummer habe ich auch.«

Anna konnte es sich nicht verkneifen, das Gesicht zu verziehen. Sie fand diese Geheimniskrämerei ihrer Auftraggeberin albern.

»Ich weiß, was Sie jetzt denken, mein Kind. Aber glauben Sie mir. Vorsicht ist absolut unerlässlich. Ich will nicht, dass irgendjemand auf unser Vorhaben aufmerksam wird. Es könnte zu gefährlich werden.«

»Gefährlich? Übertreiben Sie da nicht ein wenig?«

»Nein, das tue ich nicht. Mir sind Leute auf der Spur. Leute, die über mehr Mittel als ich verfügen und dennoch hinter mir her hinken. Ich rede von Leuten, die keine Skrupel kennen. Wer weiß, was die sich von der siebten Heimsuchung versprechen? Sie würden alles dafür tun, das Geheimnis zu lüften.«

»Also gut. Ich werde vorsichtig sein. Haben Sie einen Tipp für mich, wo ich mit meiner Untersuchung anfangen kann, in Nimtow, meine ich?«

»Allerdings. Sie sollten eine Frau Germens besuchen. Ich habe sie schon darüber informiert, dass Sie bald bei ihr vorbeischauen würden.«

»Was hat diese Frau für ein Problem?«

»Sie bekommt in letzter Zeit regelmäßig Besuch von ihrem ehemaligen Mann.«

»Besuch von ihrem Ex-Mann? Inwiefern fällt das in mein Fachgebiet?«

Frau Kronenberg lächelte wissend. »Das kann ich Ihnen sagen: Ihr Mann ist schon seit über fünf Jahren tot.«

UNGEBETENER BESUCH

Nimtow war ein typisches Straßendorf, von denen es hunderte in Brandenburg gab. Wenn man hierher wollte und nicht aufpasste, konnte man mit dem Auto den Ort innerhalb von 45 Sekunden durchqueren und hatte danach den Ort schon verlassen. Die Hauptstraße verlief in einem Abstand von knapp hundert Metern parallel zur Havel und lag - genau wie der gesamte Ort - etwa zehn bis fünfzehn Meter über dem Wasserspiegel des Flusses.

Anna war so aufgeregt, dass sie tatsächlich schon das Ortsausfahrtschild in Sichtweite bekam, bevor sie ihr Ziel gefunden hatte. Sie wendete ihren Wagen und fuhr wieder zurück. Von der Hauptstraße führten lediglich drei Seitengassen ab. So schwer konnte das Apartment nicht zu finden sein. Sie parkte ihr Auto auf einem kleinen Parkplatz, der zu einer Clubanlage für Wassersport gehörte. Niemand war dort. Die Sommerferien hatten noch nicht begonnen. Unter der Woche waren die Leute arbeiten. Und die Senioren saßen vermutlich lieber vorm Fernseher oder machten ein Mittagsschläfchen, als Anna eingetroffen war. Sie kam sich wie die einzige Person in dem Ort vor. Obwohl alles einen sehr gepflegten Eindruck machte, von sauberen Bürgersteigen bis hin zu teils liebevoll gepflegten Kleingärten, wirkte es auf Anna, als befände sie sich in einer Geisterstadt.

Sie ging zu Fuß weiter und fand schließlich die richtige Hausnummer in einer der drei Seitengassen. Es war ein wunderschönes Bauernhaus, das aufwendig restauriert und zu einem kleinen Feriendomizil mit Hotelzimmern und zwei Apartments umgebaut worden war. Eines dieser Apartments sollte ihr nun zur Verfügung stehen. Die Vermieterin und Nichte von Frau Kronenberg wusste sofort

Bescheid, als Anna an der Haustür klingelte und ihren Namen sagte.

»Ich habe Sie schon erwartet!«, sagte die Frau aufgeregt. Sie hieß Elisabeth Winters. Sie war Anfang fünfzig und legte großen Wert auf ihr Äußeres.

»Ach so? Frau Kronenberg, Ihre Tante, hat Ihnen von mir erzählt?«

»Ja, ja. Sie hat mir schon vor einigen Tagen von Ihrer bevorstehenden Ankunft berichtet und das Apartment für Sie reserviert. Sie sagte auch, dass es sein kann, dass Sie hier den ganzen Sommer verbringen werden, falls es erforderlich ist.«

»Erforderlich?«, wiederholte Anna. »Hat Ihre Tante auch den Grund für meinen Aufenthalt erwähnt?«

Frau Winters legte Anna die Hand auf die Schulter. Eine Geste, die deutlich machen sollte, dass Anna sich keine Sorgen machen sollte und hier willkommen war. »Meine Tante kann manchmal ziemlich geheimniskrämerisch sein. Ich weiß aber ganz genau, warum Sie hier sind. Hier gehen merkwürdige Dinge vor sich. Niemand spricht darüber. Die meisten merken es gar nicht oder wollen einfach nichts davon wissen. Ich aber bin davon überzeugt, dass hier etwas nicht stimmt. Ich traue mich im Dunkeln schon nicht mehr raus. Ein Schatten, etwas Böses hat sich über diesen Ort gelegt.«

Die Vermieterin sah sich um, als ob sie fürchtete, dass ihr Gespräch belauscht wurde. Dann fuhr sie fort: »Ich weiß, dass Sie hier sind, um uns zu helfen. Um dem Spuk ein Ende zu bereiten. Ist es nicht so?«

»Ich werde tun, was ich kann. Darf ich Sie bei Gelegenheit fragen, was Ihnen Ungewöhnliches aufgefallen ist?«

»Sicher. Morgen vielleicht. Ich habe heute noch eine Menge zu tun. Ich zeige Ihnen erst mal Ihre Wohnung; sie wird Ihnen gefallen. Kommen Sie!«

Frau Winters führte Anna in ihre Sommerresidenz. Es war ein modern eingerichtetes Apartment mit Schlafzimmer und Wohnzimmer mit angeschlossener Küchenzeile. Eine Küche war für Anna das Wichtigste, denn sie ging nicht gerne aus zum Essen. Hier im Ort gab es ohnehin keine Gaststätte. Wollte man außer Haus speisen, musste man mindestens vier Kilometer zurücklegen.

»Es gefällt mir wirklich sehr«, sagte Anna, während sie beiläufig aus einem der Fenster sah.

Ihr Apartment lag auf der zur Havel abgewandten Seite. Vor ihr erstreckte sich ein Feld, auf dem ausschließlich Raps angebaut wurde. Dieser hatte noch vor ein paar Tagen in voller Blüte gestanden. Jetzt sah er nicht mehr so schön aus. Es gab nur noch vereinzelt gelbe Flecken. Vor dem Feld gab es noch einen ausgedehnten Bauerngarten, der bis unter ihr Fenster reichte. Hier wurden wohl Kartoffeln, Kohl und andere Dinge angebaut, von denen Anna nicht mit Sicherheit sagen konnte, was es war. Vermutlich Bohnen und Gurken oder Kürbisse. Am Ende des Bauerngartens ragte eine ziemlich hässliche Vogelscheuche auf, die genau zu Anna aufzublicken schien.

»Ich möchte Sie nicht bedrängen«, begann Frau Winters, während Anna noch die Vogelscheuche ansah, »aber Katharina würde sich bestimmt sehr freuen, Sie heute noch kennenzulernen.«

»Wer? Warten Sie, lassen Sie mich raten. Das ist die Frau, die ungebetenen Besuch hatte, habe ich Recht?«

Frau Winters nickte stumm und kniff dabei die Augen zusammen. »Ist das nicht furchtbar, was mit ihr passiert? Sie müssen ihr helfen! Bitte helfen Sie ihr.«

»Ich hoffe, dass ich das kann. Ich mache mich nur kurz frisch, dann werde ich gleich zu ihr gehen.«

»Ausgezeichnet. Sie wohnt nur zwei Häuser weiter. Es ist das letzte Haus in dieser Gasse. Wenn Sie sich beeilen, dann erwischen Sie sie noch vor ihrem Mittagsschlaf, was hier in dem Ort sehr ernst genommen wird. Aber ich glaube ohnehin nicht, dass ihr nach Schlafen zumute ist.«

»Gut.«

Frau Winters hatte noch etwas auf dem Herzen, traute sich aber nicht, es zu auszusprechen.

»Gibt es noch etwas, das Sie mir sagen möchten?«, fragte Anna vorsichtig.

»Nein. Ich bin nur froh, dass Sie hier sind. Ich bin wirklich froh. Ich verstehe natürlich nichts von dem, was Sie tun, ich meine von Ihrer Profession, was das Übersinnliche angeht. Aber ich glaube, dass Sie die Einzige sind, die uns helfen kann. Was immer hier sein Unwesen treibt in unserem kleinen Ort, es soll wieder in den Abgrund verschwinden, aus dem es gekommen ist.«

Anna nickte ausdruckslos. Sie hatte mit ihren Untersuchungen ja noch gar nicht begonnen. Sie musste sich ein eigenes Bild von der Lage machen. Suchten wirklich Geister diesen Ort heim? Es konnte auch genauso gut sein, dass hier gar nichts vor sich ging. Nicht selten kam es vor, dass sich Leute etwas einbildeten, das gar nicht existierte. Das hatte Anna schon oft genug erlebt. »Wenn hier etwas nicht stimmt, finde ich es heraus, versprochen«, beruhigte Anna die Vermieterin.

»Sehr gut. Sie können mich Elisabeth nennen, wenn Sie mögen.«

»Gern.«

Nachdem Anna die meisten Sachen aus ihrem Koffer ausgepackt hatte, konnte sie es kaum erwarten, Katharina Germens aufzusuchen.

JENSEITS DER SCHWELLE

Es war jetzt kurz nach ein Uhr am Nachmittag. Anna hoffte, das sie nicht störte, als sie die Klingel am Haus von Frau Germens betätigte, war sie doch von ihrer Vermieterin vorgewarnt worden, dass den älteren Einwohnern von Nimtow ihr Mittagsschlaf heilig war. Doch ihre Sorgen waren vollkommen unbegründet. Kaum hatte sie den Klingelknopf gedrückt, ging auch schon die Tür auf.

Anna blickte in das Gesicht einer alten Frau, deren sorgenvoller Blick kaum zu übersehen war. Die alte Dame war über achtzig Jahre alt, was man ihr aber nicht ansah. Sie trug eine blaue Kittelschürze, wie es hier auf dem Land üblich war, wenn man im Garten oder Haus arbeitete.

»Guten Tag, mein Name ist Anna Teinsen. Ich freue mich...«, wollte sich Anna vorstellen, wurde aber sofort von Frau Germens unterbrochen.

»Sie sind die Geisterjägerin, von der mir Elisabeth erzählt hat, nicht wahr? Elisabeth versprach mir, dass Sie kommen würden. Und jetzt stehen Sie tatsächlich vor meiner Tür! Ich bin ja so froh, dass Sie gekommen sind! Kommen Sie rein, kommen Sie rein!«

Ehe sich Anna versah, befand sie sich auch schon im Inneren. Frau Germens dirigierte sie schnurstracks ins Wohnzimmer und verschwand dann kurzerhand in der Küche, um Kaffee zu servieren. Anna mochte keinen Kaffee, aber jetzt abzulehnen, dafür war es zu spät.

»Sagen Sie, arbeiten Sie schon lange als Geisterjägerin?«, rief es aus der Küche, während Anna sich die Einrichtung ansah.

»Ich bezeichne mich selbst eigentlich nicht als Geisterjägerin. Ich jage keine Geister. Ich versuche vielmehr, ihnen zu helfen.«

Frau Germens kam mit einem Tablett aus der Küche zurück. Offenbar hatte sie sich auf Annas Besuch vorbereitet. Das erstaunte und befremdete Anna zugleich, weil ihre Auftraggeberin über sie in einer Weise verfügt hatte, die ihr überhaupt erneut nicht gefiel. Die alte Kronenberg hatte für Anna schon alles vorbereitet, das Apartment gebucht, Termine vereinbart - und das alles zu einer Zeit, als Anna noch nichts von diesem Job wusste. Nein, das gefiel ihr überhaupt nicht. Die Selbstsicherheit, mit der ihre Auftraggeberin agierte, kam ihr mehr und mehr schrecklich arrogant vor. Und das nur, weil sie Geld hatte und damit um sich werfen konnte, als sei es nichts.

Frau Germens riss sie wieder aus ihren Gedanken, als sie ihr eine volle Tasse überreichte.

»Sie helfen den Geistern? Ich dachte, Sie würden den Lebenden helfen? Denjenigen, die unter dem Spuk zu leiden haben?«

»Ich helfe beiden. Zumindest versuche ich es. Denn oft ist es so, dass nicht nur die von einer Geisterheimsuchung oder den Exzessen eines Poltergeistes Betroffenen zu leiden haben. Für die Geister ist es meist auch kein Vergnügen. Sie leiden nicht minder als die Lebenden. Allein die Energie aufzubringen, vom Jenseits ins Diesseits vorzudringen und durch Geräusche, Temperaturveränderungen oder gar durch das Bewegen von Gegenständen auf sich aufmerksam zu machen, kostet sie unvorstellbar viel Energie.«

»Oh«, seufzte die alte Dame niedergeschlagen, schloss die Augen und senkte den Kopf.

Sie weinte kaum hörbar in sich hinein. Was Anna gesagt hatte, hatte Frau Germens auf das, was sie selbst erlebt hatte, bezogen, das war Anna sofort klar.

»Ich hörte, Sie haben auch etwas Seltsames erlebt?«, fragte sie behutsam.

Frau Germens richtete sich wieder auf, wischte sich die Tränen aus den Augen und ging zu einer Kommode, auf der ein Bilderrahmen stand. Sie nahm ihn in die Hand und betrachtete das eingerahmte Foto.

»Etwas Seltsames? Das wäre noch eine Untertreibung«, sagte sie.

Anna erhob sich von ihrem Stuhl und stellte sich neben die alte Dame. Sie sah sich das Bild an. Darauf waren Frau Germens und ihr Mann zu sehen. Sie standen an der Reling eines Kreuzfahrtschiffes. Im Hintergrund ragte ein schneebedeckter Bergkamm auf.

»Dieses Bild wurde vor knapp sechs Jahren aufgenommen. Das war unsere letzte gemeinsame Reise. Unsere erste Kreuzfahrt, die wir schon immer mal machen wollten, nach Norwegen«, sagte Frau Germens, ohne den Blick vom Foto abzuwenden.

Anna wartete eine Weile. Dann entschloss sie sich, zur Sache zu kommen: »Der Geist Ihres Mannes ist es, der Sie heimsucht, richtig?«

Die alte Dame nickte, ohne etwas zu sagen, da sie fürchtete, sonst zu schluchzen.

»Ist dies mehrmals geschehen?«

Frau Germens nickte erneut.

»Und wann das letzte Mal?«

»Gestern. Gestern Nacht.«

»Wollen Sie mir erzählen, was genau geschehen ist?«

Sie gingen wieder zum Wohnzimmertisch zurück und setzten sich. Frau Germens nahm einen großen Schluck Kaffee, ehe sie antwortete. »Es ist immer dasselbe. Beim ersten Mal war es so kurz, dass ich noch geglaubt habe, ich hätte eine Halluzination. Das war vor fünf Wochen. Dann geschah eine Weile lang nichts. Doch dann kam er wieder.

Es war bereits Mitternacht. Ich sitze lange abends vorm Fernseher, müssen Sie wissen. Ich kann schlecht schlafen und sehe oft noch bis nach ein Uhr fern. Plötzlich klopfte es. Ich dachte zunächst, es sei an der Tür, aber dann merkte ich, dass es an einer der Fensterscheiben hier im Wohnzimmer sein musste. Alle Vorhänge waren zugezogen. Ich traute mich nicht nachzusehen, aber das Klopfen wurde immer lauter. Und es klang immer merkwürdiger.«

»Was meinen Sie mit merkwürdig?«

»Es hatte einen merkwürdigen Nachhall. Als säße ich in einer Kathedrale, in der die Orgelklänge an den Wänden laut widerhallten. Es klang, als käme dieses Klopfen nicht von einem Menschen. Als käme es von weit her. Von Etwas, das uralt zu sein schien.

Ich weiß, das hört sich lächerlich an.«

»Aber nein. Ich weiß ganz genau, wie Sie das meinen.« Anna hatte in ihrem Leben schon oft genug bizarre Geräusche gehört, die aus dem Jenseits kamen. Selbst sie, die sich als Expertin für das Übernatürliche verstand, bekam da manchmal das Frösteln.

»Schließlich habe ich mich dann doch überwunden und den Vorhang von der Terrassentür ein Stück weit aufgezogen. Und da sah ich ihn!«

»Ihren Mann?«

»Ja.«

»Sind Sie sich da absolut sicher? Ich meine, es war ja sicherlich dunkel.«

»Ich bin mir sicher. Ja, es war dunkel, und ich habe auf der Terrasse kein Außenlicht, so dass ich nicht viel erkennen konnte. Aber ich konnte genug sehen, um sagen zu können, dass er es war.«

Anna wollte zu diesem Zeitpunkt nicht ausschließen, dass sich jemand mit Frau Germens einen äußerst üblen Scherz erlaubt hatte. Auch das hatte sie schon erlebt. Genauso hatte sie aber auch von glaubwürdigen Quellen ähnliche Vorkommnisse gehört. Sie neigte jedoch nicht dazu, an einen Betrug zu glauben, denn wer sollte Frau Germens so etwas antun wollen, fünf Jahre nach dem Tod ihres Mannes?

»Was ist dann passiert?«

»Ich war so geschockt, dass ich zurücktaumelte und minutenlang in der Ecke kauerte. Ich wollte schon die Polizei rufen, doch ich traute mich nicht. Als es still blieb, und als ich den Mut dazu aufbrachte, schaute ich noch einmal hinter den Vorhang. Doch da war er schon wieder verschwunden.

Am nächsten Tag geschah nichts, obwohl ich wie gebannt kurz vor Mitternacht hier im Wohnzimmer saß und wartete. Erst am übernächsten Tag kam er wieder.«

»Hat er wieder hinter der Terrassentür gestanden?«

»Ja. Und beim zweiten Mal hatte ich nicht mehr so große Angst. Ich traute mich zwar immer noch nicht, den Vorhang ganz aufzuziehen. Ich sah aber, wie er den Mund auf und zu machte. Er wollte mir etwas sagen.«

»Konnten Sie ihn verstehen?«

»Nein. Die Furcht in mir nahm dann doch überhand. Die Art, wie er dastand, und wie er aussah in der Dunkelheit! Das schwache Licht aus dem Wohnzimmer, das auf ihn fiel, ließ ihn grauenhaft aussehen. Grau und zornig. Er sah nicht aus, wie ich ihn in Erinnerung habe, und dennoch war er es. Das war zu viel für mich. Ich zog den Vorhang wieder zu, und wie zuvor blieb es danach still.

Ich ärgerte mich später darüber, dass ich nicht versucht hatte, ihm zuzuhören. Also schwor ich mir, mich beim nächsten Mal zusammenzureißen, um zu hören, was er mir sagen wollte.

Drei Nächte später klopfte es wieder. Diesmal leiser als zuvor. Sie können sich nicht vorstellen, was für eine

Angst ich hatte. Ich zog den Vorhang ganz auf. Da war er wieder. In der gleichen leicht gebeugten Haltung, aschgrau im Gesicht und irgendwie nicht real. Alles wirkte ein wenig verschwommen. Wieder machte er den Mund auf und zu, aber ich konnte absolut nichts verstehen. Ich fragte ihn:

'Was willst du von mir?'

Er reagierte jedoch nicht, sondern machte weiter. Ich ließ aber nicht locker und fragte ihn:

'Wolfgang, bist du das? Bist du es wirklich?'

Aber er schien mich zu ignorieren. Als ich den Vorhang wieder zuzog, passierte nichts mehr, und er verschwand.«

»Das war aber nicht das letzte Mal, dass Sie ihn gesehen haben, richtig?«

»Nein. Zwei Nächte später erst kam er wieder, klopfte und bewegte seinen verdammten Mund auf eine Weise, die mir das Blut in den Adern gefrieren ließ.

Merkwürdigerweise war ich nicht mehr ängstlich, sondern wütend. Ich war einfach nur wütend. Ich riss den Vorhang weg und schrie ihn an, was er von mir wolle. Für einen Moment glaubte ich zu sehen, wie er innehielt. Doch dann machte er nur wieder weiter mit dem, was er immer tut, seit er nachts auf meiner Terrasse auftauchte.

Innerhalb der nächsten zwei Wochen war Ruhe. Und ich hoffte schon, dass es zu Ende sein würde. Aber als die zwei Wochen vorbei waren, ging es wieder los. Dieses Mal ging ich noch einen Schritt weiter. Als Wolfgang, oder sollte ich besser sagen, sein Geist, wieder hinter der Glasscheibe stand, fasste ich allen Mut zusammen und öffnete die Tür.«

Anna wollte gerade einen Schluck aus der Tasse trinken, fror dann aber in ihrer Bewegung ein, als sie hörte, was die alte Dame ihr da erzählte.

»Ich sagte ihm, wenn er mir etwas zu sagen hätte, solle er reinkommen. Er müsse sich doch erinnern, dass er mit mir hier in diesem Haus über dreißig Jahre gewohnt hatte.

'Komm rein!', rief ich ihm zu. Aber er tat es nicht. Stattdessen wich er etwas zurück. Er wagte es nicht, über die Schwelle zu treten. Ich verstehe nicht, warum.«

»Du meine Güte, Frau Germens, ich kann kaum glauben, was Sie mir da erzählen!«, sagte Anna ziemlich schockiert.

»Was meinen Sie? Kind, Sie sehen ja kreidebleich aus! Hätte ich das nicht tun sollen? Sind Sie deshalb so erschreckt?«

»Allerdings! Frau Germens, hören Sie mir bitte genau zu: Auf keinen Fall, ich wiederhole, auf gar keinen Fall dürfen Sie den Geist bitten, ins Haus zu kommen!«

»Aber warum denn nicht?«

»Weil es einen guten Grund dafür gibt, dass er nicht ins Haus gehen will. Wenn Sie ihn noch dazu ermutigen, dann wird er Sie nicht nur für ein paar Minuten zu Mitternacht erschrecken. Nein, würde er hineinkommen, dann wäre er endgültig an dieses Haus gebunden und würde Ihnen 24 Stunden am Tag das Leben zur Hölle machen. Und durch seine ständige Präsenz vielleicht noch andere aus dem Jenseits anlocken. Andere Wesen, die nicht so harmlos sind wie der Geist Ihres Mannes. Im schlimmsten Fall würden Sie Ihr Haus zu einem Magneten für Poltergeister machen. Ihr Mann weiß das. Deshalb blieb er dem Inneren fern. Er will Ihnen also nicht schaden. Würde er es doch wollen, wäre er schon längst hier drinnen.«

»Grundgütiger! Ich hatte ja keine Ahnung. Es ist ja jetzt schon für mich kaum noch zum Aushalten.«

»Versprechen Sie mir bitte, dass Sie das nie wieder tun werden.«

»Ja, natürlich. Ich will doch nur Eines, nämlich dass es endlich aufhört! Ich ertrage dieses furchtbare Klopfen nicht mehr. Ich träume schon davon. Ich habe langsam das Gefühl, ich verliere den Verstand.

Ich kann nicht mehr. Bitte, Sie müssen mir helfen!«

»Ich verspreche Ihnen, ich werde alles tun, was in meiner Macht steht. Sie sagten am Anfang, der Geist Ihres Mannes sei gestern das letzte Mal erschienen. Wann glauben Sie, kommt er wieder?«

»Heute Nacht. Er erscheint jetzt in jeder Nacht. Es ist die letzten beiden Wochen immer schlimmer geworden.«

Anna hatte nicht damit gerechnet, dass sie noch am selben Tag ihrer Ankunft in Nimtow ihre erste Bewährungsprobe zu bestehen hatte. Das konnte sie sich natürlich nicht entgehen lassen. Sie musste heute Nacht wiederkommen und der Sache auf den Grund gehen. Sie sah es von ihrem professionellen Standpunkt aus positiv. Besser hätte sie es nämlich nicht treffen können. Sie könnte noch heute Nacht den ersten Kontakt zu einem Geist, der mit den angeblichen paranormalen Vorgängen hier in Verbindung stand, aufnehmen. Und wie es schien, hatte dieser Geist etwas zu sagen. Etwas, das ein wenig Licht ins Dunkel bringen könnte.

Doch vorher wollte sie sich noch etwas ausruhen und mental vorbereiten. Schließlich hatte sie das letzte Mal vor über sieben Jahren Kontakt mit dem Übersinnlichen gehabt. Bevor sie sich für zehn Uhr abends mit Frau Germens verabredete, bat Anna noch, vorher die Terrasse und den Garten inspizieren zu dürfen. Sie wollte sicherstellen, dass es nicht doch verräterische Spuren gab, die auf einen Betrug hindeuten konnten.

Zuerst nahm sie sich die Terrasse vor. Sie war aufgeräumt und sauber. Spuren? Fehlanzeige. Danach untersuchte sie den Garten, vor allem in der Nähe des Zauns, wo es viele Blumen- und Gemüsebeete gab. Fände sie einen einzigen Fußabdruck, würde sie wohl nicht mehr lange in Nimtow bleiben, denn für üble Späße oder einen gezielten Betrug war ihr ihre Zeit zu schade. Aber Anna fand nichts dergleichen. Sie suchte gründlich, vielleicht auch deshalb, weil sie insgeheim hoffte, dass hier nichts Übernatürliches vor sich ging, damit sie wieder nach Hause konnte. Denn, ein wenig mulmig war ihr schon bei dem Gedanken, wieder einen realen Kontakt zum Jenseits herzustellen. Sie fürchtete, aus der Übung zu sein. Sie fürchtete, etwas falsch zu machen, das alles noch viel schlimmer machen könnte. Das konnte leicht passieren.

Du hast es nicht verlernt. Mach dir keine Sorgen. Du weißt, was du tust, sagte sie sich in Gedanken.

Sie verabschiedete sich vorläufig von Frau Germens und versprach, pünktlich zwei Stunden vor der vermuteten Rückkehr ihres toten Mannes wiederzukommen.

Anna hatte natürlich nichts verlernt. Sie wusste ganz genau, was im Falle einer geisterhaften Spukerscheinung zu tun war, und was man besser nicht tun sollte. Was sie aber nicht ahnen konnte, war, dass die in Nimtow aufgebrochene Barriere zu den Geschöpfen des Jenseits etwas hervorbringen sollte, das selbst ihre Erfahrung übertreffen würde.

NACH MITTERNACHT

Wie versprochen kam Anna pünktlich. Sie hatte sich den restlichen Nachmittag nach ihrem ersten Besuch noch ausruhen wollen, aber sie war zu aufgeregt, um Ruhe zu finden, je näher der Abend rückte.

Frau Germens war die Erleichterung ins Gesicht geschrieben, als sie Anna erneut die Tür öffnete und sie in ihr Haus ließ. Wahrscheinlich hatte sie befürchtet, Anna nie wieder zu sehen, weil sie ihr nicht geglaubt hatte.

Überrascht musterte die alte Dame Anna.

»Stimmt etwas nicht, Frau Germens?«

»Doch, doch. Ich wundere mich gerade nur, dass Sie gar nichts dabei haben. Ich meine, ich habe schon mal so eine Dokumentation über Geisterjäger gesehen. Die hatten allerlei mögliche Apparate dabei, mit denen sie die Geister aufgespürt haben.«

Anna konnte sich ein Grinsen nicht verkneifen. »Ach so, das meinen Sie. Nein, so einen Kram brauche ich nicht. Ich spüre auch ohne diese Dinge die Anwesenheit einer Präsenz.«

»Ich verstehe«, sagte Frau Germens ein wenig schüchtern, da sie glaubte, eine dumme Frage gestellt zu haben. »Wie machen Sie das? Kann man das lernen?«

Sie erreichten das Wohnzimmer und setzten sich an den Esstisch.

»Nein, nicht das ich wüsste. Und wenn Sie mich danach fragen, wie ich es mache, dann kann ich Ihnen keine Erklärung bieten. Zumindest keine, die Sie zufrieden stellen würde. Ich konnte es schon immer. Ich konnte Dinge sehen, die dem normalen Auge verborgen bleiben; schon als Kind. Aber ich musste lernen, damit umzugehen. Ich musste lernen zu wissen, wohin man blicken muss, wenn Sie verstehen, was ich meine.«

»Ich glaube schon. Dennoch würde mir eine solche Gabe Angst machen.«

Frau Germens bot Anna noch etwas zu Essen an, aber sie lehnte ab. Sie würde jetzt keinen Bissen mehr runter kriegen. Sie war ungewohnt aufgewühlt.

»Haben Sie etwas dagegen, wenn wir den Fernseher anmachen? Ich kann diese Ruhe nur schwer ertragen. Es lenkt mich ein wenig ab.«

»Machen Sie nur. Tun Sie all das, was Sie in den vorigen Nächten auch getan haben. Alles soll so sein wie immer. Keine Sorge. Ich bin ja hier.«

Die alte Dame ging hinüber zu ihrem Sofa, setzte sich und starrte mit leerem Blick in den Fernseher. Anna blieb am Tisch sitzen und schaute zu den Vorhängen, hinter denen die Panoramascheibe und die Terrassentür verborgen waren. Alles war ruhig. Es war halb elf. Sie hatte sich ein kleines Buch übers Havelland mitgenommen, welches sie in den folgenden eineinhalb Stunden las. Aber sie konnte sich nicht gut auf die Worte konzentrieren. Sie ärgerte sich, dass sie so aufgeregt war. Sehr wahrscheinlich würde heute Nacht nichts geschehen. So jedenfalls hatte sie es in zwei von drei Fällen erlebt, wenn sie in Sachen Paranormales zur Hilfe gerufen wurde. Oft bildeten sich die Menschen nur etwas ein. Vielleicht war dies hier genauso. Die Voraussetzungen waren (leider) perfekt: Frau Germens lebte seit fünf Jahren allein, Tag für Tag, Abend für Abend. Die Fantasie konnte einem Streiche spielen, deren Bösartigkeit Anna noch heute überraschen konnte.

Fünf Minuten vor Mitternacht.

Anna wäre fast über ihrem Buch eingenickt, als sie plötzlich merkte, dass das leise Gemurmel aus dem Fernseher verstummt war. Die alte Dame hatte das Gerät ausgeschaltet und sah Anna mit großen Augen an.

»Gleich ist es soweit«, flüsterte sie. Sie drehte das Licht des Deckenstrahlers etwas herunter, so dass der Raum nur noch von einem schwachen, orangefarbenen Glimmen erfüllt war.

An der Wand über dem Esstisch hing eine Uhr aus Messing. Anna starrte gebannt darauf, obwohl sie es doch nicht nötig hatte, von der Situation gebannt zu sein.

Du bist ein Profi, reiß dich zusammen!

Dann war es soweit. Zwölf Uhr, Mitternacht. Beide Frauen saßen erstarrt und mucksmäuschenstill da und horchten.

Nichts geschah. Nicht das leiseste Geräusch.

Anna sah zur Uhr. Eine Minute nach Mitternacht. Sie sah die alte Dame auf ihrem Sofa fragend an. Die zuckte nur mit den Schultern.

Sie warteten weiter. Und immer noch war nichts zu hören. Allmählich spürte Anna jedoch ein Frösteln. Und es begann in ihren Fingerspitzen zu kribbeln - ein untrügliches Zeichen dafür, dass sich hier etwas anbahnte.

»Vielleicht kommt er heute nicht, weil Sie hier sind«, flüsterte Frau Germens. »Vielleicht muss ich...«

Ein furchtbares Geräusch ertönte und ließ Anna zusammenzucken. Es war furchtbar laut und schien von weit, weit her zu kommen. Es war das Klopfen an der Scheibe, aber es hätte auch genauso gut der Glockenschlag einer Turmuhr sein können, so dröhnend laut war es.

Nur einmal. Dann folgte Stille. Ein paar Sekunden später klopfte es erneut, und Anna wunderte sich mit wachsender Besorgnis über die fast ohrenbetäubende Lautstärke. Mit einer Kopfbewegung bedeutete sie Frau Germens, sie solle zur Terrassentür gehen und den Vorhang aufziehen. Anna selbst wollte sich im Hintergrund halten. Wer auch immer da draußen auf der Terrasse war, sollte sie nicht sehen.

Die alte Dame schlich zum Vorhang, atmete einmal tief durch und vergewisserte sich, dass Anna einverstanden war. Die nickte nur stumm und bezog schräg hinter der Hauseigentümerin Stellung.

Vorsichtig zog Frau Germens den Vorhang zur Seite. Sie schaute durch die Glastür. Anna konnte aus ihrer Position entgegen ihrer Planung nichts sehen, weil aus ihrem Blickwinkel das Licht des Deckenfluters für eine Spiegelung sorgte, so dass sie nur Schemen des Wohnzimmers sah. Sie musste sich hinter die alte Dame stellen, und zwar schnell, sonst könnte der Spuk wieder vorbei sein.

»Was willst du bloß von mir?«, wimmerte Frau Germens. Eine Bestätigung für Anna, dass es tatsächlich jemanden oder etwas da draußen gab. Doch sie musste es mit eigenen Augen sehen. Sie bemerkte, dass es merklich kühler geworden war. Wenn das dort draußen kein Geist war, dann würde sie einen Besen fressen.

Langsam, ganz langsam bewegte sie ihren Oberkörper zur Seite, um durch die Scheibe sehen zu können. Und dann sah Anna, was sie insgeheim gehofft hatte, nicht zu sehen. Sie blickte in das schemenhafte Gesicht einer Gestalt. Es war grau, und die Dunkelheit der Nacht durchbrach das Äußere der Erscheinung, wie Risse in einem Bild. Was sie sah, war keine Form aus Fleisch und Blut. Sie wusste sofort, dass sie es mit der Manifestation eines Geistes zu tun hatte. Die Gestalt schaute Anna nicht an, sie schien auch Frau Germens nicht anzusehen, sondern durch sie hindurch. Und wie sie es berichtet bekommen hatte, machte das Ding jenseits der Türschwelle den Mund langsam auf und zu, als würde es in Zeitlupe versuchen, eine Botschaft zu überbringen.

»Ist das nicht furchtbar? Ich ertrage seinen Anblick nicht länger«, flüsterte die alte Dame und wendete sich mit Grauen ab.

Anna überlegte, was sie als Nächstes tun sollte. Sie musste sich konzentrieren. Sie wusste, dass es zwecklos sein würde, versuchen zu wollen, etwas zu hören, das der Geist sagen wollte. Das, was sich hinter der Terrassentür manifestiert hatte, konnte nicht in dieser Welt sprechen. Hätte der Geist es gekonnt, würde er nicht wieder und wieder kommen und es ständig vergeblich aufs Neue versuchen zu sprechen. Dieser Geist, mit dem sie es zu tun hatten, war in seiner Handlung gefangen. Er konnte nicht anders, doch er fand keinen Weg zu kommunizieren. Aus diesem Grund musste Anna versuchen, ihren sechsten Sinn einzusetzen. Sie musste versuchen, zu hören, was andere nicht hören konnten.

»Was machen wir jetzt?«, wollte Frau Germens wissen. Sie war mit den Nerven völlig fertig.

»Bleiben Sie bitte neben mir, und bewegen Sie sich nicht, sonst verschwindet er vielleicht.«

Anna durchlief so etwas Ähnliches wie eine Meditation. Sie verlangsamte ihre Atmung, blinzelte nicht mehr und starrte auf das Wesen. Sie tat das, was sie schon viele Male zuvor getan hatte, wenn sie versuchte, die Worte der Toten zu verstehen. Es dauerte nur wenige Sekunden, aber je tiefer Anna in sich ging, desto mehr kam es ihr wie Stunden vor.

Dann glaubte sie, bereit zu sein. »Öffnen Sie jetzt die Tür.«

»Was? Ich dachte, ich soll ihn nicht hineinlassen.«

»Vertrauen Sie mir. Tun Sie es! Und halten Sie sich an der Seite. Ich bleibe vor der Tür stehen.«

Anna konnte aus den Augenwinkeln die Verzweiflung in Frau Germens Gesicht sehen. Doch wenn sie den Geist verstehen wollte, musste die Barriere in Form der Glasscheibe der Terrassentür weg - so einfach war das. Es gefiel Anna ebenfalls nicht, sie hatte aber keine Wahl. Das, worauf sie nun achten musste, war, den Geist nicht ins Haus zu lassen. Deshalb blieb sie vor der Tür stehen.

Widerwillig drückte die alte Frau den Hebel herunter und zog die Tür langsam nach innen auf. Die Erscheinung reagierte darauf nicht und machte weiter stoisch den Mund auf und zu, als würde sie gar nicht wissen, wo sie war, und zu wem sie stumm sprach.

Was willst du?, redete Anna in Gedanken zum Geist. *Sprich zu mir, ich will hören, was du zu sagen hast. Ich werde dich verstehen. Du musst dich nur auf mich konzentrieren.*

Aber Anna verstand immer noch kein Wort.

Kannst du mich hören? Sprich zu mir. Ich werde dir zuhören.

Mehrere Male versuchte Anna, in Kontakt mit der persistenten Erscheinung vor ihr zu treten, ohne Erfolg.

»Sprich zu mir!«, rief sie dann unvermittelt so laut, dass die alte Dame erschreckt zusammenzuckte.

Laut zu sprechen, war die letzte Möglichkeit, eine Verbindung herzustellen. Nicht ganz. Es gab noch eine weitere, vor der Anna aber jetzt noch zurückschreckte.

Für einen kurzen Moment glaubte sie, ein Wort gehört zu haben. Als hätte es jemand in einen Sturm gerufen, nahezu unhörbar.

»Sag es nochmal!«, forderte Anna den Geist auf. Aber da war der seelische Kontakt schon wieder abgebrochen, sollte er überhaupt kurzzeitig hergestellt worden sein.

»Es hat keinen Sinn. Es ist so wie jedes Mal«, beschwerte sich Frau Germens.

Das machte Anna wütend. Nicht, weil das, was sie gerade tat, in Zweifel gezogen wurde, sondern, weil Anna sich ärgerte, dass sie anscheinend dabei war, zu versagen. Und das machte sie wirklich wütend. Also entschied sie sich, von ihrer letzten Option Gebrauch zu machen. Etwas, das sie in der Vergangenheit nur äußerst selten und ungern getan hatte.

Um dem Geist doch noch eine Information zu entlocken, blieb ihr nichts anderes übrig, als ihn zu provozieren. Eigentlich keine gute Idee, denn die Gefahr, dass die Entität vor ihr ebenfalls wütend wurde und ins Haus stürmte, war recht hoch.

»Sprich zu mir! Sag es mir so, dass ich es verstehen kann, sonst werde ich dafür sorgen, dass du hier nie wieder auftauchst.«

Keine Reaktion. Zeit, den Ton zu verschärfen.

»Du hast hier nichts mehr zu suchen! Sag, was du sagen willst. Streng dich mehr an, denn du bist hier nicht willkommen. Das ist nicht mehr dein Zuhause.«

»Aber...«, wollte ihr Frau Germens ins Wort fallen. Das war immerhin ihr Mann, mit dem sie fast fünfzig Jahre verheiratet gewesen war. Auch wenn er nun nicht mehr am Leben war.

»Ruhe!«, herrschte Anna sie an. Sie hatte nämlich schon eine Wirkung ihrer Worte bemerkt. Die Gestalt im Dunkeln auf der Terrasse hatte sich kaum merklich bewegt, und ihre Erscheinung hatte leicht zu fluktuieren begonnen, als würde sie sich schon bald wieder in Luft auflösen.

»Rede endlich, Geist! Rede, sonst verstoße ich dich von diesem Ort. Ich verstoße dich und verdamme dich für alle Zeiten ins Jenseits, wo du hingehörst. Du wirst in der Welt der Toten stumm wandeln, ohne Aussicht, dein Anliegen je wieder vortragen zu können, für immer und für alle Zeiten!«

Abrupt erstarrte die halb transzendente Gestalt des Verstorbenen und verharrte mit geöffnetem Mund vor Anna. Sie merkte, wie ihr Puls raste, blieb aber still stehen und ließ die Erscheinung nicht eine Sekunde aus den Augen.

»Was passiert jetzt?«, entfuhr es der angsterfüllten alten Dame.

»Still«, flüsterte Anna ihr zu.

»Ich habe Angst!«

»Seien Sie still«, zischte Anna, ohne ihren Blick abzuwenden.

Aber die Nerven gingen mit der Hausherrin durch. Den Anblick der traurigen und zugleich beklemmenden Erscheinung ihres toten Mannes so erstarrt noch länger ertragen zu müssen, erschien ihr unmöglich.

»Um Himmels Willen!«, begann sie völlig aufgelöst zu schreien. »Sag mir doch, was du von mir willst, sag es mir!« Dann machte sie Anstalten, nach dem Geist die Hand auszustrecken.

»Frau Germens, tun Sie das nicht!«

Aber da war es schon zu spät. Ihre Hand tauchte in die Gestalt, die mehr als zuvor eine eisige Kälte ausstrahlte, ein. Daraufhin zuckte das Ding augenblicklich zurück und fing an, sich in Nebelfetzen aufzulösen. Zuerst die Silhouette des Körpers, das Gesicht blieb in der Dunkelheit erhalten, fing aber an, auf seltsam gespenstische Weise zu leuchten, wie es sogar Anna noch nie zuvor erlebt hatte. Das bis eben noch ausdruckslose Gesicht des Geistes veränderte sich. Es verformte sich auf bizarre Weise. Die Augen gingen auseinander, der immer noch geöffnete Mund wurde größer und größer und entblößte eine abscheuliche Schwärze, die einem das Gefühl gab, direkt in den Abgrund der Hölle zu blicken. Und dann, völlig aus dem Nichts, stieß die bis zur Unkenntlichkeit verzerrte Kreatur einen markerschütternden Schrei aus.

Die beiden Frauen wichen zurück und hielten sich die Ohren zu. Zeitgleich stob das nebelartige Wesen auseinander und verschmolz mit der Dunkelheit der Nacht.

Es verschwand vollständig. Dann wurde es wieder still.

Anna hatte trotz dieses Schreckens das Wesen genau verstanden.

»Flieh!«, war das einzige Wort, das es ihnen entgegen geschleudert hatte.

Frau Germens sah Anna schockiert an. Ihr fragender Blick wollte wissen, ob es vorbei war. »Ist es weg?«, fragte sie.

Anna ging hinaus auf die Terrasse. Ein Laie wäre mit Sicherheit zu dem Schluss gekommen, der Geist wäre verschwunden, aber Anna spürte immer noch diese Eiseskälte, die einem buchstäblich bis in die Knochen fuhr.

»Es ist immer noch in der Nähe«, sagte sie.

Frau Germens biss sich auf die Unterlippe. »Das darf doch nicht wahr sein. Hört das denn nie auf?«

Anna konnte nichts sehen. »Haben Sie eine Taschenlampe?«

»Ja, ich hole sie.«

Anna blieb auf der Terrasse und sah sich im Garten um. Als die alte Dame ihr die Taschenlampe in die Hand drückte, bemerkte sie ein Knistern in der Nähe des Maschendrahtzauns. Es hörte sich wie das Knistern von Elektrizität an. Gerade in dem Moment, in dem sie die Taschenlampe auf jene Stelle gerichtet hatte und sie einschalten wollte, flammten zwei blutrote Augen jenseits des Zaunes auf und starrten sie hasserfüllt an, ehe diese blitzartig zur Seite aus ihrem Sichtfeld glitten.

Was zur Hölle bist du?

So etwas hatte auch Anna noch nicht gesehen. Ohne weiter nachzudenken, nahm sie die Verfolgung auf.

»Warten Sie, lassen Sie mich nicht allein!«, hörte sie noch Frau Germens rufen, als sie schon den Zaun erreicht hatte.

IRRLICHT

Der Zaun war nur einen Meter hoch, so dass Anna mühelos darüber klettern konnte. Das Grundstück von Frau Germens war das letzte in der Seitengasse, dahinter erstreckte sich in der Dunkelheit das Rapsfeld. Annas Kopf flog von einer Seite zur anderen. Das Ding musste noch in der Nähe sein. Das war es auch. Sie sah die beiden finster leuchtenden Punkte in der Gasse, wie sie rasch davon stoben, Richtung Hauptstraße. Anna rannte hinterher. In der Seitengasse gab es kein Straßenlicht, und der Weg bestand aus zwei Spuren von schiefen Betonplatten, bei denen man leicht ins Stolpern geraten konnte. Deshalb schaltete sie hastig die Taschenlampe ein und verfolgte das Ding.

An der dürftig beleuchteten Straße angekommen, huschten die Augen auf der gegenüberliegenden Seite über den Gehweg und verschwanden zwischen zwei Häusern. Anna richtete den Lichtkegel ihrer Taschenlampe dorthin und erkannte, dass es sich um einen Fußweg handelte, der hinunter zum Fluss führte. Für eine Sekunde zögerte sie. Floh das Wesen, oder wollte es sie zum Fluss locken?

Und wenn schon. Ich lasse mich nicht täuschen. Hinterher!, trieb sie sich an.

Anna musste etwas langsamer werden, weil der abschüssige Weg zum Fluss zwischen den Grundstücken unbefestigt war und herabfließendes Regenwasser Wurzeln der umgebenden Bäume freigelegt hatte. Auf halber Strecke machte sie Halt und leuchtete zur Havel. Die glühenden Punkte in der Ferne waren noch da. Eine dazugehörende dunkle Gestalt verschwand aber wieder blitzartig aus dem Lichtkegel zur Seite. Das Ding musste schon das Ufer erreicht haben. Eine kleine Badestelle befand sich dort. Beleuchtung gab es außer Annas Taschenlampe keine.

Menschen waren zu dieser Uhrzeit keine mehr hier in der Nähe. Selbst tagsüber, trotz des warmen und sonnigen Wetters, wurde die Badestelle in der Frühsommerzeit nur selten benutzt, weil das Wasser der Havel noch zu kalt war. Doch obwohl Anna hier am Fluss alleine war (das Wesen, das sie verfolgte, nicht einbezogen) gab es an diesem Ort reichlich Leben. Das wilde Quaken der Frösche im Schilf konnte man schon auf der Hauptstraße hören. Nachtaktive Füchse und einige Hauskatzen streiften durch das teils hohe Gras. Je näher Anna dem Wasser kam, desto aufgeweichter war der Boden. Sie hatte die Grundstücke hinter sich gelassen und ging einen immer schmaler werdenden Weg zur kleinen Liegewiese mit Strand. Links und rechts von ihr war ein sumpfartiges Gelände, das in Hochwasserzeiten auch als Überschwemmungsgebiet fungierte. Im Rahmen der groß angelegten Renaturierung der Havel und deren angrenzenden Auen war alles sehr naturbelassen. Hier gab es fast alles Amphibische, von Kröten, Wasserschlangen, Fröschen, Lurchen und unzähligem anderen Getier, mit dem Anna als Stadtmensch noch nie so nah auf Tuchfühlung gegangen war wie in diesem Augenblick.

Sie näherte sich dem Strand langsam und mit geschärften Sinnen. Die unnatürliche Kälte, die das Wesen ausstrahlte, konnte sie immer noch spüren. Schließlich hatte sie das Ufer erreicht. Sie leuchtete auf das fließende dunkle Wasser. Irgendwo in der Ferne hörte sie ein Platschen, das aber nicht unnatürlichen Ursprungs war. Wahrscheinlich war ein Frosch ins Wasser gehüpft.

Anna drehte sich einige Male um sich selbst und leuchtete die Gegend ab. Von dem Dauergequake der Frösche, das einem schnell den letzten Nerv rauben konnte, nahm sie kaum etwas war. Was immer sie verfolgt hatte, es war wohl fort.

Sie wollte sich schon umdrehen und wieder zurück nach oben zum Ort gehen, als ihr plötzlich auffiel, dass das Quaken der Frösche schlagartig verstummt war. Es war plötzlich still wie in einem Grab. Und es wurde wieder kälter. Eine regelrechte Kältewoge erfasste Anna und ließ sie erzittern. Hastig sah sie um sich, drehte sich auf dem Absatz in alle Richtungen, konnte aber die glühenden Augen nicht aufspüren.

Aber es ist hier. Ganz in der Nähe. Ich kann es fühlen. Bleib wachsam.

Kaum hatte sie den letzten Satz in Gedanken ausgesprochen, begann ihre Taschenlampe zu flackern. Zuerst nur kurz, dann immer länger und in immer kürzer werdenden Intervallen.

»Geh jetzt bloß nicht aus! Schön weiter leuchten, du verdammtes Mistding.«

Doch die Lampe hielt sich nicht daran, sie flackerte nochmal heftig und versagte dann komplett ihren Dienst.

»Scheiße!«

Anna stand nun komplett im Dunkeln. Doch dunkel war die falsche Bezeichnung. Es war stockfinster. In der Stadt gab es immer Lichter, zu jeder Nachtzeit, meistens mehr als für Mensch und Natur gut waren. Aber hier draußen auf dem Land war es stockfinster. Man konnte die Hand vor Augen nicht sehen. Kein Wunder: Anna hatte in Vorbereitung auf ihre Reise ins Havelland gelesen, dass es hier in der Nähe einen Ort gab, der als einer der dunkelsten auf der ganzen Welt gilt und daher auch für Sternenbeobachter regelmäßig ein beliebter Treffpunkt ist. Es hieß, man könnte hier die Milchstraße mühelos erkennen. Etwas, das man in der Großstadt vergessen konnte.

Anna hämmerte noch ein paar Mal gegen ihre geliehene Lampe, jedoch ohne Erfolg.

Die Kälte nahm zu. Das Wesen kam immer näher. Was sollte sie jetzt tun? Wegrennen? Nein, sie wusste, das war zwecklos. Sie hatte Angst, entgegen ihrer Erfahrung, obwohl das unnötig war, denn bisher hatte ihr noch nie ein Wesen ernsthaft Schaden zufügen können. Aber dasjenige, dem sie hier in der Nacht gefolgt war, war anders.

Es ist böse, fuhr es Anna unweigerlich durch den Kopf, und sie erschauerte.

»Spiel keine Spielchen mit mir«, sprach sie in die Dunkelheit, wissend, dass es unklug wäre, Angst zu zeigen. »Zeig dich mir, und sag mir endlich, was du willst!«

Statt einer Antwort aus der Finsternis ging plötzlich die Taschenlampe wieder an. Überrascht richtete sie ihren Blick darauf. Im selben Moment blies ihr ein eisiger Wind ins Gesicht. Sie hielt daraufhin die Taschenlampe vor sich und blickte in das hassverzerrte Gesicht einer dunklen Gestalt, die genauso schwarz war wie die Nacht. Rote, unnatürlich große Augen starrten sie an. Alles geschah so schnell, dass sie nicht reagieren konnte. Das Ding schrie ihr etwas entgegen, aber nicht mit gesprochenen Worten. Vielmehr hörte Anna eine tiefe Stimme in ihrem Kopf.

Verschwinde, und komm nie wieder!, waren seine Worte.

Bevor Anna beschloss, zu antworten, stieß sie das Etwas mit Wucht zurück. Es fühlte sich an, als wäre sie von einem starken Windstoß ruckartig von den Füßen gerissen worden. Die Taschenlampe glitt ihr aus der Hand und fiel ins feuchte Gras. Ehe sie begriffen hatte, was geschehen war, sah sie, wie im Lichtkegel der Lampe sich das Gras an bestimmten Stellen zusammenrollte und binnen Sekunden verwelkte. Jede weitere Stelle faulen Grases, die sich bildete, rückte näher an sie heran. Es waren genau die Stellen, welche von den unsichtbaren Füßen des Wesens betreten worden waren. Die faulen Stellen im Gras waren nichts anderes als Fußspuren, die auf sie zukamen. Sie versuchte sich aufzurappeln, konnte sich aber nicht bewegen. Sie war desorientiert, und Arme und Beine fühlten sich bleischwer an.

»Bleib weg von mir!«, schrie sie das Ding an. Die lodernde Glut in seinen Augen wurde, je näher es kam, größer und größer.

Anna schaffe es gerade einmal, sich mit den Ellenbogen am Boden abzustützen. Das Ding war nun schon über ihr, wurde länger und länger und beugte sich weit über sie.

»Nein!«, schrie sie panisch.

Lass sie in Ruhe!, hörte sie eine Stimme in ihrem Kopf. Es war nicht das abscheuliche Wesen.

Plötzlich flammte ein heller weißer Lichtpunkt auf der gegenüberliegenden Flussseite auf und schoss einen grellen Lichtstrahl über das Wasser auf das über sie gebeugte Ding. Als es von dem weißen Licht getroffen wurde, stieß es einen gellenden Schrei aus, der nicht von dieser Welt war. Er war nur sehr kurz, aber so fürchterlich, dass sich Anna die Ohren zuhalten musste. Im selben Moment wich das Wesen mit den roten Augen zurück und verschwand in der Dunkelheit. Es floh, das konnte Anna mit Sicherheit annehmen, da auch die Kälte schlagartig verschwand.

Sie brauchte ein paar Sekunden, um sich zu sammeln. Als sie sich aufgerichtet hatte, war das merkwürdige Licht auf der anderen Flussseite immer noch da. Es bewegte sich aufgeregt hin und her mit einer unnatürlichen Schnelligkeit. Es blieb aber auf der anderen Seite, als wolle es das Wasser meiden. Die zickzackförmigen Bahnen, die es knapp über dem Erdboden vollführte, erinnerten Anna an die Berichte über UFO-Sichtungen von Piloten aus der zivilen und militärischen Luftfahrt. Aber sie glaubte nicht an etwas Extraterrestrisches, welches das Wesen mit den roten Augen vertrieben hatte.

»Was bist du?«, flüsterte sie. Mit dem letzten Wort ihrer Frage hielt das Licht in seiner Bewegung inne, so als würde es sie ansehen. Dann, mit einem Mal, schoss es in den Himmel hinauf und verschwand. Anna war wieder allein. Sie stand auf, nahm die Taschenlampe an sich und verharrte für eine Weile in der absoluten Stille.

Wenige Sekunden später traute sich ein erster mutiger Frosch wieder, einen Laut von sich zu geben. Dann ein zweiter. Schließlich dauerte es nicht mehr lange, bis die Frösche wieder im Chor ihr nächtliches Lied sangen. Die Nacht im Havelland war wieder so, wie sie sein sollte. Der Spuk war vorbei - vorerst.

DAS BÖSE

Anna ging zurück zur Straße. Frau Germens wartete dort schon auf sie. Sie war ihr nach langem Zögern hinterhergelaufen, hatte sich jedoch nicht getraut, den Weg hinunter zum Fluss zu gehen.

»Haben Sie dieses Licht gesehen? Haben Sie es gesehen?«, rief sie Anna aufgeregt zu.

»Ja.«

»Du meine Güte, Sie sind ja ganz dreckig. Sind Sie gestürzt?«

»Nein, es geht mir gut. Ich weiß nicht genau, was passiert ist.«

»Gehen wir in mein Haus, ich mache Ihnen ein Tee, wenn Sie wollen.«

Anna wollte eigentlich lieber in ihr Apartment und unter die Dusche, aber nach dem, was geschehen war, konnte sie die alte Dame unmöglich alleine lassen.

Eine Tasse Tee stellte sich als eine hervorragende Idee heraus, als Anna den ersten Schluck genommen hatte. Diese ständige Kälte, die ihr entgegen geströmt war, ließ sie immer noch im Nachhinein frieren. Frau Germens hatte ganz genau wissen wollen, was Anna unten am Fluss erlebt hatte, also erzählte sie ihr alles, obwohl sie selber gerade erst im Begriff war, zu verstehen, was wirklich passiert war.

»Das ist so schrecklich. Ich habe den Geist meines Mannes schon so oft gesehen, aber diese furchtbaren roten Augen in der Dunkelheit. Das hat mir fast den Verstand geraubt.«

»Das war nicht der Geist Ihres Mannes, Frau Germens.«

»Was sagen Sie? Aber er hat doch genauso ausgesehen wie er.«

Anna machte ein nachdenkliches Gesicht, während sie antwortete: »Das meinte ich nicht. Es waren unterschiedliche Erscheinungen. Drei um genau zu sein.«

»Drei?«

»Ja, die erste Erscheinung war der Geist Ihres Mannes. Er hat Sie vor etwas warnen wollen. 'Flieh' habe ich ihn rufen hören.«

»Ja, aber wovor sollte er mich denn warnen?«

»Das weiß ich noch nicht. Womöglich vor dem zweiten Wesen. Das mit den roten Augen. Als die Gestalt des Geistes Ihres Mannes in der Dunkelheit verschwand, tauchte kurz darauf das Ding mit den roten Augen auf. Ich möchte schwören, dass der Geist vor dem Ding geflohen ist.«

»Dann war dieses Wesen mit den roten Augen auch ein Geist?«

»Das weiß ich noch nicht. Ich muss zugeben, dass ich so etwas noch nie zuvor gesehen habe. Zumindest nicht in dieser Form einer klaren Erscheinung.

Als ich unten am Fluss war, wollte das Wesen mich vertreiben. Ich solle verschwinden. Offensichtlich sieht es in mir eine Bedrohung.«

»Weil Sie eine Geisterjägerin sind«, schlussfolgerte Frau Germens.

»Ja, vielleicht.« Anna erinnerte sich an die Abläufe der vorigen sechs Heimsuchungen. Bei jedem dieser Ereignisse starb mindestens ein Mensch. Einer war schon gestorben, das hatte ihr Kronenberg erzählt. Bei diesem Gedanken wurde ihr ganz mulmig. Hatte es das Wesen mit den teuflischen Augen auf Frau Germens abgesehen? War sie die letzte Auserwählte, die sterben sollte? Hatte der Geist ihres Mannes sie deshalb immer wieder warnen wollen und mit stummer Stimme zugerufen, sie solle fliehen? Fliehen vor den bösen Augen? Wenn es so war, dann war Frau Germens in großer Gefahr. Nicht mehr heute Nacht; heute war es vorbei. Aber was war morgen?

Die alte Dame riss sie wieder aus den Gedanken. »Sie sprachen aber von drei Wesen. Welches war das dritte?«

»Das merkwürdige weiße Licht, das auch Sie gesehen haben.«

»Und was soll das für ein Gespenst gewesen sein?«

»Wenn ich das wüsste. Ich weiß nur Eines: Es hat das Wesen mit den Augen vertrieben. Hier geht in der Tat etwas Großes vor sich. Es scheint hier in diesem Ort eine offene Verbindung zum Reich der Toten zu geben. Gleich drei verschiedene Entitäten in einer Nacht! Das habe ich noch nie erlebt.«

Es könnte wirklich die siebte Heimsuchung sein.

Dieser Gedanke löste bei Anna abwechselnd Faszination und Unbehagen aus.

»Und noch Eines weiß ich.« Sie sah die alte Dame ernst an. »Dieses Geschöpf mit den roten Augen ist absolut böse. Vielleicht ist es sogar die Ursache des Ganzen.«

»Warum glauben Sie das?«

»Weil zwei andere Geister, der Ihres Mannes und jener, der als Irrlicht erschien, das Wesen aufhalten wollten. Damit es zu so etwas kommt, muss die Trennlinie zwischen dem Diesseits und dem Jenseits schon äußerst dünn sein.

Was immer hier vor sich geht, es hat gerade erst begonnen.«

»Sie machen einem ja Mut. Glauben Sie, das Ding kommt heute Nacht noch einmal zurück?«

»Nein, machen Sie sich keine Sorgen. Ich kann nichts dergleichen spüren.« Anna leerte ihre Tasse und stellte sie ab. Ich sollte jetzt wieder in mein Apartment gehen. Ich gebe Ihnen aber noch meine Telefonnummer, dann können Sie mich jederzeit anrufen. In Ordnung?«

»Der Gedanke, heute Nacht alleine zu sein, gefällt mir nicht. Aber ich weiß ja, dass Sie ganz in meiner Nähe sind.«

»Das bin ich. Ich bin sofort hier, falls Sie wieder etwas bemerken, oder wenn ich etwas spüre.«

Anna verabschiedete sich und ging zurück zu ihrer Ferienwohnung. Es gab noch etwas, dass sie Frau Germens nicht gesagt hatte, weil sie ihr keine Angst machen wollte. Denn, je länger sie darüber nachdachte, desto mehr kam sie zu dem Schluss, dass es das Beste wäre, wenn die alte Dame diesen Ort verließ, zumindest für ein paar Tage. Hier war es für sie zu gefährlich. Das Wesen mit den Feueraugen hatte es sehr wahrscheinlich auf sie abgesehen. Und zu diesem Zeitpunkt hatte Anna noch keinen Plan, wie sie es aufhalten konnte.

Gleich morgen früh würde sie ihr den Vorschlag machen, Urlaub zu machen oder zu Verwandten zu fahren. Irgendetwas würde sich diesbezüglich schon ergeben.

Ja, Anna war überzeugt davon, dass hier in Nimtow mitten im Nirgendwo des Havelländischen Luchs etwas sehr Altes und Gefährliches an Kraft gewann. Etwas, dem sich Anna noch nie zuvor hatte stellen müssen. Ein Wesen alter Tage, das diesen Ort aus einem bestimmten Grund ausgewählt hatte, um sich zu manifestieren.

Erst jetzt wurde Anna klar, dass die siebte Heimsuchung vielleicht der Beginn von etwas sehr Gefährlichem sein könnte. Von etwas absolut Bösem.

VERÄNDERUNGEN

Als sie in ihrer Wohnung war, an die sie sich noch gar nicht hatte gewöhnen können, wollte sie nur noch unter die Dusche und dann ins Bett - auch wenn sie für den Rest der Nacht mit Sicherheit keinen Schlaf mehr finden würde.

Ihr war immer noch kalt, deshalb stand sie lange unter dem warmen Schauer und versuchte, das Erlebte zu verarbeiten. Dem Wesen mit den verstörenden Augen galten nicht ihre Gedanken. Sie zerbrach sich darüber den Kopf, wer hinter dem Lichtwesen steckte. Sie hatte dessen Stimme in ihrem Kopf gehört.

Diese Stimme.

'Lass sie in Ruhe!', hatte es gerufen. Die Stimme war zwar verzerrt in ihre Gedanken gedrungen, aber sie glaubte, dass es die Stimme eines Kindes gewesen war.

Ja, es war ein Kind.

Aber diese Stimme, woran erinnert sie mich? Warum kommt sie mir so bekannt vor?

Weiter wollte Anna nicht denken. Nicht mehr in dieser Nacht. Sie wollte nicht an das völlig Unmögliche denken, das sie nicht einmal im Geheimen auszusprechen wagen würde.

Sie stellte das Wasser ab und öffnete die Duschtür. Sie hatte so lange geduscht, dass das kleine Badezimmer völlig vernebelt war. Der Spiegel war beschlagen, deshalb öffnete sie das Fenster. Als sie sich wieder umdrehte und den Spiegel mit einem Handtuch abwischen wollte, jagte ihr das, was sie dort plötzlich sah, einen gehörigen Schrecken in die Glieder.

Drecksschlampe
Hau ab!,

war in krakeliger Schrift auf den Dunstbeschlag des Spiegels geschrieben worden. Anna hatte sich höchstens für vier Sekunden vom Spiegel weggedreht, um das Fenster zu öffnen. War das Ding vom Fluss nun hier in ihrer Wohnung? Hastig wischte sie die Worte weg und atmete einmal tief durch.

Ruhig, Anna. Es will dir bloß Angst machen. Es kann dir nichts anhaben.

Sie machte einen Rundgang durch ihr Apartment. Sie wollte herausfinden, ob sie die Anwesenheit einer fremden Präsenz spüren würde. Aber recht schnell kam sie mit Erleichterung zu der Erkenntnis, dass außer ihr niemand hier war. So stark, wie sie für einen Moment befürchtet hatte, war das Geistwesen also doch nicht, weil es nicht dauerhaft ins Diesseits durchdringen und Unheil anrichten konnte. Die Warnung auf dem Badezimmerspiegel war nur ein kleiner Abschiedsgruß bis zum nächsten Aufeinandertreffen. Anna hatte ähnliche Botschaften schon in früheren Besichtigungen von Spukhäusern gesehen. Solche Drohungen waren so etwas Ähnliches wie eine Reviermarkierung des Geistes. Schon unten am Fluss hatte ihr das Ding klargemacht, dass sie hier nichts zu suchen hatte.

Anna war zwar durch ihre frühere Arbeit immer noch weit davon entfernt, Panik zu bekommen, aber es verunsicherte sie ein wenig, weil der Geist (wenn es denn einer war) genau zu wissen schien, dass sie im Umgang mit Intelligenzen aus dem Jenseits umzugehen wusste. Das Ding war schlau, soviel stand für sie fest.

Sie föhnte sich schnell die Haare und legte sich aufs Bett. Das Licht hatte sie herunter gedimmt. Ganz im Dunkeln wollte sie dann doch nicht mehr schlafen. An Schlaf war nach diesen Ereignissen für sie ohnehin nicht mehr zu denken. Stunden später, nachdem es schon längst gedämmert hatte, schlief sie dann doch ein.

Gegen neun Uhr morgens wurde sie durch ein kurzes knackendes Geräusch geweckt. Es hatte gedämpft geklungen, war aber laut genug, um sie aus dem Schlaf zu reißen. Sie sprang aus ihrem Bett, öffnete die Vorhänge und schaute sich geblendet von dem hellen Tageslicht blinzelnd im Zimmer um. Sie ging ins Wohnzimmer und sah dort nach. Nichts.

Doch dann kam ihr ein böser Verdacht. Sie hatte gestern ihre Reisetasche nur halb ausgepackt und auf der Couch liegen lassen. Zig Klamotten waren noch darin. Sie kramte wild in dem Wäschehaufen, bis sie endlich das ertastete, wonach sie gesucht hatte. Und kaum hatte sie die Oberfläche des Gegenstandes berührt, merkte sie, dass sie sich daran geschnitten hatte. Sie zog die Hand wieder zurück. Von zwei Fingern quoll Blut heraus.

»Verdammt!«

Die Schnitte waren nicht tief, taten aber an den Fingerspitzen trotzdem weh. Sie nahm sich ein Taschentuch und wickelte es um die Finger. Dann griff sie mit der anderen Hand vorsichtig erneut in die Tasche, um den Gegenstand herauszuholen. Es war das Bild ihrer Familie. Joachim, Robert und sie bei einer Grillparty. Das Foto war von Annas Vater aufgenommen worden. Doch das Bild im Fotorahmen war nicht mehr in dem Zustand, in dem sie es eingepackt hatte. Die dünne Glasscheibe war zerbrochen, als hätte man einen kleinen Stein darauf fallen lassen. Das war das Geräusch, das sie geweckt hatte. Eine weitere Warnung.

Aber was sollte das? Ihr Mann und ihr Sohn waren bereits tot. Noch immer war Anna davon überzeugt, dass ihr das Wesen - was immer es auch in Wahrheit sein mochte - nur Angst machen wollte. Zu diesem Zweck bediente es sich der üblichen Methoden. Es hinterließ Drohungen und machte Sachen kaputt. Sachen, die einem von Bedeutung waren. Ja, davon war Anna überzeugt. Aber das erklärte nicht das, was sich am Fluss heute Nacht abgespielt hatte. Sie hatte es hier in Nimtow nicht mit einem gewöhnlichen Spuk zu tun. Hier steckte mehr dahinter. Womöglich handelte es sich tatsächlich um die siebte Heimsuchung.

Anna musste noch mehr herausfinden. Sie wollte nur schnell zum nächsten Bäcker im Nachbarort und sich ein Frühstück genehmigen. Es war warm, die Sonne schien. Ein Tag, von dem man nur schwer annehmen konnte, dass etwas Unheimliches geschehen könnte. Anna ging ins Wohnzimmer und zog die Vorhänge weg.

Der Tag verhieß viel Sonnenschein. Aber etwas störte den Blick auf das endlos scheinende Rapsfeld unter dem blauen Himmel. Es war diese ungemein hässliche Vogelscheuche weit hinten im Bauerngarten vor dem Rapsfeld. Irgendetwas hatte sich verändert. Anna hätte schwören können, dass die Vogelscheuche gestern noch weiter weg gestanden hatte. Vielleicht täuschte sie sich nur. Oder jemand hatte gestern das hässliche Ding versetzt.

Vielleicht.

DER DREIKÖPFIGE GOTT

Anna saß schon im Auto und wollte den Motor starten, als ihre Vermieterin Elisabeth angewetzt kam und ihr dabei hektisch zuwinkte. Anna ließ das Fenster der Fahrertür runter.

»Ist was passiert?«

»Nein, nein. Keine Sorge. Ich wollte Sie doch zu einem Frühstück einladen, Anna. Ich habe alles vorbereitet und gewartet, bis Sie ausgeschlafen haben.«

»O, das wusste ich nicht. Das ist mir jetzt aber peinlich. Ich wäre natürlich früher aufgestanden, wenn ich gewusst hätte, dass...«

»Das muss Ihnen doch nicht peinlich sein. Ich habe schon mit Frau Germens gesprochen. Sie hat mir erzählt, was gestern in ihrem Haus vorgefallen ist. Kein Wunder, dass Sie erschöpft sind.«

Anna stieg wieder aus dem Auto und folgte Elisabeth zum reich gedeckten Frühstückstisch, der auf der Rückseite des Hauses im Bauerngarten mitten im Rasen auf freier Fläche aufgestellt war. Anna hatte ihn aus ihrem Fenster nicht sehen können, weil eine Hecke die Sicht versperrte. Der Anblick des Frühstückstisches, umgeben von blühenden Blumen, grünem, saftigen Gras und reichlich Sonnenschein, sah aus wie aus einem Sommeridylle-Werbespot für Konfitüre oder Pflanzenfettmargarine. Zum ersten Mal seit ihrer Ankunft im Havelland verstand sie, welche Vorteile es haben konnte, weit ab der Großstadt auf dem Land zu leben.

»Lassen Sie uns erst mal etwas essen. Dann können wir ja über das reden, was ich Ihnen noch erzählen wollte. Über meine Erlebnisse.«

Anna war perplex. Das war wohl das reichhaltigste, längste und mit Abstand das schönste Frühstück, das sie je serviert bekommen hatte. Es ließ sie glatt die Geschehnisse der letzten Nacht fast vergessen. Es gab selbstgebackene Brötchen aus dem Steinofen, der von Elisabeths Mann nur einmal die Woche betrieben wurde. Dazu selbst produzierten Honig, selbstgemachtes Holunderbeergelee von der letztjährigen Ernte, Ziegenkäse vom Biobauern, mit dem Elisabeth befreundet war, Eier der eigenen Hühner, die frei auf Teilen des Grundstücks herumlaufen durften. Fast alles war selbst gemacht.

Anna war eigentlich nicht für opulente Frühstücke zu haben, aber hier konnte sie nicht widerstehen. Es war eine angemessene Entschädigung für ihr unsanftes Aufeinandertreffen mit den Geistern dieses Ortes, dachte sie.

»Das war... unglaublich!«, sagte Anna, als sie fertig war und staunte über sich, wie viel sie hinuntergeschlungen hatte.

»Es freut mich, dass es Ihnen geschmeckt hat. Sie haben sich ja hier ganz schön was aufgebürdet.«

»Was meinen Sie damit?«

»Nun, Sie sind doch gekommen, um dem Spuk ein Ende zu bereiten - im wahrsten Sinne des Wortes.«

War Anna gekommen, um es zu beenden? Nein, ihre Auftraggeberin wollte nur eine Bestätigung von ihr, dass es sich um die siebte Heimsuchung handelt. Anna hatte sich bis zu diesem Moment keine Gedanken darüber gemacht, dass es ihre Profession nicht war, das Übernatürliche bloß aufzuspüren, sondern den Betroffenen zu helfen, wenn es denn in ihrer Hand lag. Doch hier sollte sie nur etwas finden. Etwas, dessen Nutzen nur ihre Auftraggeberin kannte. Sie hätte Kronenberg mehr ausquetschen sollen. Wer weiß, was die Frau im Sinn hatte? Sie hatte eine schon fast unheimliche Begeisterung für die Sieben Heimsuchungen an den Tag gelegt. Das hätte Anna misstrauisch machen sollen. Aber sie war so begeistert von der Vorstellung, endlich wieder ihre Arbeit tun zu können, dass sie ihre Bedenken beiseite gewischt hatte.

Doch wollte sie an ihren Grundüberzeugungen festhalten. Sie würde den Menschen helfen. Zunächst musste sie weitere Nachforschungen anstellen, um zu verstehen, was hier vor sich ging. Und sollte sie dann finden, wonach ihre Auftraggeberin suchte, würde sie damit beginnen, den Ort von den Geistern zu befreien.

Deshalb antwortete sie: »Ja, sicher will ich helfen. Aber erst muss ich verstehen, was hier passiert. Sie könnten mir da weiterhelfen. Sie haben selbst etwas erlebt?«

»Ja. Ich bin zwar keinem Gespenst begegnet, aber ich hatte trotzdem höllische Angst. Um genau zu sein, war eines dieser Erlebnisse nur ein Traum.«

»Ein Traum?«

»Ich weiß, das klingt albern, aber es war ein Traum, der so real war wie keiner zuvor.«

»Und worum ging es darin?«

»Ich verstehe selber nicht, was ich in diesem Traum gesehen habe. Es war, als wäre ich dort gewesen. Ich war Teil des Traums und verstand dennoch nicht, was um mich herum geschah.

Ich befand mich an einem Fluss. In der Nähe gab es einen kleinen Hain. Die Bäume und der Geruch des Wassers lassen mich schwören, dass es die Havel war. Es war Tag, aber der Himmel war grau und die Wolken hingen tief. Ich stand etwas abseits von einer Gruppe von Menschen. Sie sprachen eine mir fremde Sprache. Sie klang irgendwie osteuropäisch, oder auch russisch, war aber dennoch anders. Diese Menschen waren ärmlich gekleidet. Sie trugen einfache Roben und keine Schuhe. Alle standen im Kreis um einen großen runden und flachen Steinsockel, bestimmt vier Meter im Durchmesser.

Einer von ihnen sang in der fremden Sprache ein Lied und wippte dabei immer vor und zurück, als sei er im Gebet.

Ich sah dem unheimlichen Treiben eine Weile lang zu, und plötzlich formte sich ein glühender, dunkelrot leuchtender Wirbel über dem flachen Stein. Verrückt, oder?«

»Hmm, es klingt so, als wären Sie in Ihrem Traum Zeuge einer Art von Beschwörung gewesen. Und was geschah dann?«

»Dieser Wirbel formte sich zu etwas Anderem. Die Gestalten in ihren Roben schienen nervös zu werden. Sie riefen lauter merkwürdige Worte und fuchtelten wild mit den Armen. Und dann, noch bevor ich erkennen konnte, was sich aus dem Nebel heraus geformt hatte, wurde ich entdeckt. Einer der Anwesenden drehte sich nach mir um, schrie etwas in seiner fremden Sprache und stürmte auf mich zu. Ich drehte mich um und wollte fliehen, aber stattdessen stolperte ich gegen etwas Großes. Ich taumelte zurück und erblickte eine Gestalt mit drei Köpfen. Es war kein Mensch, sondern vielmehr eine Statue. Riesengroß. Ich erschrak so sehr, dass ich aufwachte, schweißgebadet.«

Anna hätte dem Traum ihrer Vermieterin nicht viel Beachtung geschenkt, wenn sie nicht von diesem dunkelroten Licht erzählt hätte.

»Glauben Sie, Anna, dass mein Gehirn verrückt gespielt hat, oder hat das, was ich im Traum gesehen habe, tatsächlich stattgefunden?«

»Wenn ich das wüsste. Dieses rote Leuchten macht mir zunehmend Sorgen. Ich habe es in den Augen des Wesens gestern Nacht gesehen, als ich ihm zum Fluss gefolgt bin.

Sind Sie sich sicher, dass das, was Sie gesehen haben, in der Nähe der Havel stattgefunden hat?«

»Ja, absolut. Ich bin hier geboren worden. Ich lebe schon mein ganzes Leben hier am Wasser. Es war die Havel und kein anderer Fluss.«

»Wenn es hier irgendwo im Havelland tatsächlich stattgefunden haben sollte, dann verstehe ich nicht, warum die Gestalten aus Ihrem Traum nicht deutsch sprachen.«

»Vielleicht waren es Fremde, die hier für diese Beschwörung - oder was auch immer ich beobachtet hatte - extra angereist waren.«

»Möglich.« Anna runzelte die Stirn. Daran wollte sie nicht glauben. »Oder es fand einfach nur zu einer Zeit statt, an dem jene Sprache hier gesprochen wurde. In der Vergangenheit, meine ich.«

»Geschichte ist nicht so mein Fall«, sagte Elisabeth mit einem entschuldigenden Achselzucken.

»Meiner auch nicht. Vielleicht ist es an der Zeit, sich mehr damit zu beschäftigen.«

»Ich helfe Ihnen gerne, wo ich kann. Ich habe ein paar Bücher über das Havelland und seine Geschichte. Ich werde Sie Ihnen gleich heraussuchen.«

»Danke. Sie erwähnten, dass Sie noch mehr Erlebnisse hatten. Was ist noch geschehen?«

»Ich habe schon zwei Leute aus dem Ort gesehen, die schlafwandelten. Erst vor zwei Tagen das letzte Mal. Das war der Herr Bucher, dessen Grundstück das erste am östlichen Ortseingang ist.«

»Wo haben Sie ihn schlafwandeln sehen?«

»Auf der Straße. Er lief direkt an meinem Schlafzimmerfenster vorbei. Er ging runter zum Wasser. Ich traute mich nicht, ihm nachzulaufen. Zu diesem Zeitpunkt hatte ich noch gar nicht realisiert, dass er schlafwandelte. Ich dachte, er würde spazieren gehen, obwohl ich weiß, dass er noch nie nachts unterwegs war. Ich kenne ihn ein wenig; er geht früh zu Bett.

Obwohl ich nicht nach draußen gegangen bin, machte ich mir Sorgen und wartete, ob er zurückkam. Das tat er dann auch, nach einer halben Stunde oder so. Er ging wieder mit gesenktem Kopf, mitten auf der Straße.«

»Ist kein Autofahrer auf ihn aufmerksam geworden?«

Elisabeth lächelte müde. »Hier kommt nachts so gut wie nie ein Auto vorbei. Die Landstraße führt ja praktisch nach zwanzig Kilometern in eine Sackgasse. Hier ist nachts nichts los.

Jedenfalls sah ich ihn näherkommen. Ich wollte ihn fragen, ob alles in Ordnung wäre und öffnete das Fenster. Da blieb er abrupt stehen. Den Kopf ließ er hängen, so dass er wie ein Zombie wirkte. Dann hob er langsam seinen Kopf und sah zu mir. Und … seine Augen!«

»Was war mit ihnen?«

»Sie waren ganz weiß, verstehen Sie. Sie waren so verdreht, dass man nur das Weiße im Auge gesehen hat. Dann öffnete er den Mund, und es kam nur ein fürchterliches Stöhnen heraus. Es war widerlich. Ich schlug das Fenster vor Schreck wieder zu und schloss die Vorhänge. Als ich nach einer Weile nachsah, ob er weitergegangen war, stand er immer noch da. Erst zehn Minuten später setzte er sich wieder in Bewegung und schlurfte teilnahmslos zurück zu seinem Haus.

Von dem Erlebnis war ich so aufgewühlt, dass ich am nächsten Morgen sofort zu ihm gegangen bin und ihn fragte, was er da nachts gemacht hatte. Aber er konnte sich an nichts erinnern. Er schwor Stein und Bein, dass er noch nie in seinem Leben geschlafwandelt sei, auch nicht als Kind. Und da er verheiratet ist, hätte seine Frau längst etwas bemerkt, wenn er es doch getan hätte.« Elisabeth seufzte. »Ich weiß, das hört sich nicht besonders gruselig an, aber Sie hätten dabei sein sollen. Ich hatte in der

Nacht am Fenster noch nie in meinem Leben so einen Schiss. Entschuldigung für diese Ausdrucksweise.«

»Das glaube ich gern, dass Sie Angst hatten. Ging mir letzte Nacht nicht anders, obwohl ich der Meinung war, schon alles gesehen zu haben.«

»Wissen Sie schon, was Sie jetzt tun werden?«

»Ja. Ich werde erst mal ein paar Sachen einkaufen, die ich brauchen werde, mich ein wenig über die Geschichte des Havellands informieren und dann werde ich heute Nacht ein wenig auf Erkundungstour gehen.«

»Nachts? Ganz allein?«

»Machen Sie sich um mich keine Sorgen. Ich weiß, was ich tue«, sagte Anna.

Weiß ich das wirklich?

Sie war nicht mehr sicher, womit sie es zu tun hatte. War das Ding mit den blutroten Augen wirklich ein Geist? Wenn dem nicht so wahr, musste sie sich besser vorbereiten. Bevor Anna zurück zu ihrem Auto ging, informierte sie noch Elisabeth darüber, dass sie es für besser hielt, wenn Frau Germens die nächsten Tage woanders schlafen würde. Sie versprach, mit ihr zu sprechen und sich darum zu kümmern.

»Ich habe noch zwei Zimmer frei. Die Urlaubssaison hat noch nicht begonnen, also kann sie hier bei mir in der Pension schlafen, es sei denn, Sie halten auch das nicht für sicher. Ansonsten hat sie noch eine Schwester in NRW. Sie würde sie auch aufnehmen, mit Sicherheit.«

»Ich denke, sie sollte weit weg von diesem Ort. Ich würde das nicht vorschlagen, wenn ich nicht überzeugt davon wäre.«

»Sie haben Recht. Ich werde mit ihr sprechen. Das kriegen wir schon hin.«

Anna wurde von Elisabeth noch bis zu ihrem Wagen begleitet. Sie stieg ein und wollte den Motor starten, aber der Starter gab nur ein gequältes Geräusch von sich.

»So ein Mist!«

Ein alter dunkelblauer Kombi näherte sich auf der Straße, fuhr langsamer und hielt neben Annas Auto auf dem Parkplatz an. Das Fenster der Fahrerseite wurde heruntergekurbelt.

»Probleme?«, rief ein Mann mit kurzen Haaren, die schon einige graue Strähnen aufwiesen, zu ihr herüber.

»Ja, es startet nicht. Vielleicht die Batterie.«

»Warten, Sie, ich schau mir das mal an«, sagte der Mann, parkte seinen Wagen am Straßenrand und kam zu Annas Auto. Er grüßte Elisabeth. Sie schienen sich zu kennen. Wahrscheinlich kannte hier im Ort sowieso jeder jeden.

Anna öffnete die Verriegelung der Motorraumhaube und stieg aus. Ein wenig argwöhnisch beobachtete sie, wie der Fremde, der schlank und etwa in ihrem Alter, also Ende dreißig sein musste, den Motorraum inspizierte. Soviel Hilfsbereitschaft war Anna nicht gewöhnt. Es gab Gegenden in Berlin, da konnte man den ganzen Tag mit einem defekten Auto am Straßenrand stehen, und niemand würde anhalten, um einem zu helfen.

»Könnte wirklich die Batterie sein. Ich habe ein Testgerät im Auto. Ich hole es schnell.«

»Sehr freundlich, aber ich bin im Automobilclub, die können sich darum kümmern.«

»Ach was. Das dauert nur eine Minute.« Er ging zurück zu seinem Auto und kramte in seinem Kofferraum.

Anna warf Elisabeth, die noch nicht gegangen war, einen skeptischen Blick zu.

»Keine Sorge, der ist in Ordnung. Das ist Maximilian Wenger, aber wir nennen ihn alle nur Max. Er hat eine kleine Schreinerei in der Nähe von Havelberg und hat sich auf die Restaurierung alter Möbel spezialisiert. Er kommt oft hierher nach Nimtow zum Angeln. Er hat zwei Boote an der Anlegestelle unten, vermietet die auch ab und an im Sommer und organisiert auch Angelausflüge.«

Das beruhigte Anna. Max kam mit seinem Testgerät zurück. Ein paar Sekunden später bestätigte er Annas ersten Verdacht.

»Ja, die ist wohl hinüber. Kein Wunder, die ist neun Jahre alt. Ich habe leider kein Überbrückungskabel dabei.« Er sah zu Elisabeth. Die winkte ab.

»Mit diesen Dingen kenne ich mich nicht aus. Ich hab leider auch keins.«

Anna wollte schon zu ihrem Handy greifen, als Max vorschlug: »Ich bin gerade auf dem Weg zu meiner Schreinerei, weil ich noch etwas vergessen habe, dann muss ich wieder zurück. Auf dem Weg kann ich Sie mitnehmen und an der nächsten Tankstelle absetzen. Dort kriegen Sie mit Sicherheit eine neue Batterie. Auf dem Rückweg zu meinem Kunden nehme ich Sie wieder mit.«

Anna fühlte sich überrumpelt. Doch Elisabeth nickte ihr aufmunternd zu.

'Sie können ihm trauen', sollte ihr Blick sagen.

»Nun, danke. Da habe ich aber Glück.«

»Kein Problem.«

GEISTER DER VERGANGEN-HEIT

»Machen Sie hier Urlaub?«, fragte Max, der sich mit vollem Namen vorgestellt und bei der Gelegenheit Anna gleich eine Visitenkarte in die Hand gedrückt hatte.

Anna saß auf dem etwas schmuddeligen Beifahrersitz und sah die Landschaft an sich vorbeirauschen.

»Ja, ich möchte hier ein wenig schreiben.«

»O, Sie sind Schriftstellerin?«

»Nein, nicht wirklich. Ich möchte es nur versuchen und wollte ein wenig abschalten, hier im Havelland.« Kein Grund, die Wahrheit über ihren Aufenthalt zu verraten.

»Na, da konnten Sie sich keinen besseren Ort aussuchen. Der Sommer kann hier wirklich schön sein, vorausgesetzt, das Wetter spielt mit.«

»Sind Sie hier aufgewachsen?«

»Nein, ich bin erst vor fünf Jahren hierher gezogen. Ich war Logistikmitarbeiter in einem großen Unternehmen. Ich habe zwar eine Schreinerlehre gemacht, aber zuvor nie in dem Bereich arbeiten können. Irgendwann hatte ich genug und beschloss, mich selbstständig zu machen. Und nun bin ich hier, und ich komme ganz gut über die Runden.«

»Ich kenne viele wie Sie, die davon träumen, aus dem Hamsterrad auszubrechen und etwas Eigenes zu wagen. Doch nur die wenigsten trauen es sich, weil sie Angst vor dem Scheitern haben«, sagte Anna.

»Nicht zu Unrecht. Scheitern ist wesentlich einfacher, als es beim ersten Anlauf richtig zu machen. Man kriegt immer einen Knüppel zwischen die Beine, egal wie sehr Sie sich auch anstrengen, wenn Sie verstehen, was ich meine. Man fällt hin und muss sich immer wieder aufs Neue aufrappeln.«

»Ja, ich weiß, was Sie meinen.«

»Sind Sie auch selbstständig?«

»Äh, ja. Ich mache... Lebensberatung. Diverse Schwerpunkte. Ziemlich breit gefächert.«

»Ah, ich verstehe. So etwas ist ja heutzutage auch sehr gefragt, wie ich gehört habe. So eine Lebensberatung hätte mir unter Umständen auch ganz gut getan«, sagte Max und grinste schelmisch. »Dann wäre ich schon viel früher hierher gezogen, raus aus dem Stadtmief und raus aus dieser unerträglichen Lagerhalle mit diesem künstlichen Kaltweißlicht. Ganz ehrlich, im Nachhinein weiß ich gar nicht mehr, wie ich das so viele Jahre ausgehalten habe. Wenn man sich hier eingelebt hat, dann will man nie wieder zurück, das schwöre ich Ihnen.«

»Ich bin gerade dabei, die Vorzüge dieses Landlebens zu verstehen«, sagte Anna, in Erinnerung ihres gerade erst getätigten opulenten Frühstücks.

»Na ja, es hat nicht nur Vorteile. Alles dauert hier ein wenig länger. Die Wege sind länger, das Internet ist dürftig, es gibt immer noch Funklöcher bei Handy-Verbindungen. Damit muss man klarkommen.«

»Ich glaube, damit hätte ich am wenigsten Probleme.«

»Also, manchmal vermisse ich es schon, meine alten Freunde zu treffen, nach der Arbeit. Das geht jetzt nicht mehr. Aber ich bereue meine Entscheidung nicht.«

»Das sollten Sie auch nicht. Sie haben sich hier ganz allein etwas Neues aufgebaut, wenn ich Sie richtig verstanden habe.«

»Also ich hatte schon ein wenig Unterstützung, so will ich es mal nennen. Nachdem meine Großeltern gestorben waren, haben sie mir ihr Haus hier im Havelland vererbt, samt großem Grundstück. Es war allerdings kaum etwas wert. Viel zu abgelegen, und das Haus war verkommen.

Ich habe einiges an Geld und Arbeit reinstecken müssen, um es zu renovieren, und das praktisch im Alleingang.«

»Sie leben allein?«

»Nein, ich lebe mit zwei Katzen. Sie sprechen nicht allzu viel, aber das bringe ich ihnen auch noch bei.«

Anna lächelte, obwohl sie Katzen nicht mochte.

»Wissen Sie vielleicht etwas über die Geschichte des Havellands? Ich recherchiere ein wenig für mein Buch, das ich schreiben will.«

»O, da hätten Sie mal meinen Großvater fragen sollen. Der hat alles gewusst. Alles! Leider habe ich mich dafür nie interessiert. Aber bei mir ist trotzdem einiges hängen geblieben. Als er mir das Angeln beibrachte, erzählte er immer von den Elbslawen, die hier schon vor Jahrhunderten gefischt hätten.«

»Den Elbslawen?«

»Ja, das war - soweit ich das richtig in Erinnerung habe - jener Teil der Slawen, die sich schon seit dem 9. Jahrhundert östlich der Elbe und hier im Havelländischen Luch angesiedelt haben - deshalb Elbslawen.«

»Luch?« Anna wurde mit Begriffen konfrontiert, die sie nicht kannte.

»Das ist die Bezeichnung für ein Feuchtgebiet, welches auf das Havelland zutrifft. Dem Begriff Luch werden Sie hier sehr oft begegnen. Ich glaube, er entstammt auch aus dem Slawischen. Er steht für sumpfigen Boden und feuchte Auen.«

Anna witterte eine Spur für ihre Ermittlungen: »Elbslawen hier im Havelland. Interessant. Das wusste ich gar nicht. Was wissen Sie über die Elbslawen?«

»Nicht viel. Ich weiß, dass die Slawen in Runddörfern gelebt haben, auch Burgen gebaut haben, eine eigene Sprache hatten und Kriege geführt haben. Später sind sie dann infolge der Christianisierung nach und nach verschwunden.

Sorry, aber mehr weiß ich wohl nicht.«

»Hatten diese Slawen hier auch eine eigene Religion, einen Kult oder dergleichen?«

»Auf jeden Fall! Ein Lieblingsthema von meinem Großvater. Die Elbslawen hatten einen naturbezogenen Kult und entsprechende Kultstätten in sagenumwobenen Hainen, in denen ihren Naturgöttern gehuldigt wurde. Sie glaubten auch an Naturgeister und Dämonen. Die vier Elemente, Feuer, Wasser, Luft und Erde waren auf eine bestimmte Weise personifiziert. Soll heißen, es gab Luftgeister, Wassergeister und Erdgeister. Es soll auch Dämonen gegeben haben, die hier in den Wäldern umherstreiften, um Wanderer in die Irre zu führen.

Man glaubte auch, dass es das Gute und das Böse gab, welche beide an der Erschaffung der Welt beteiligt waren. Ebenso gab es in ihrem Glauben Hausgeister, die als Schutz für ein jeweiliges Haus dienten. Es gibt noch zig andere Formen von Geistern und Dämonen - ich kann sie alle gar nicht aufzählen.«

Anna musste an den Geist des verstorbenen Mannes von Frau Germens denken. Und als sie Max' Worte über die zahlreichen Geistertypisierungen rekapitulierte, hatte sie das Gefühl, hier im Havelland in ein Wespennest gestochen zu haben. Einen derart geschichtsträchtigen Ort, was die Verehrung von Geistern und sonstigem Übernatürlichen betraf, hatte sie noch nie besucht.

Max setzte sie wie versprochen an der Tankstelle ab. Anna kaufte ein neue Batterie und im Shop noch eine Stirnlampe und Salz. Kurze Zeit später wurde sie von Max abgeholt und in Nimtow abgesetzt.

»Also, vielen Dank und auf Wiedersehen.«

»Sicher, dass ich Ihnen beim Einbau der Batterie nicht helfen soll?«

»Das habe ich schon mal gemacht. Ich schaffe das schon.«

»Alles klar. Vielleicht sieht man sich ja nochmal. Ich angle hier regelmäßig. Sie könnten ja an einer meiner geführten Touren teilnehmen.«

»Ich angle zwar nicht, aber ich werde darüber nachdenken.«

»Gut, meine Karte haben Sie ja. Wiedersehen.«

Max brauste davon. Anna sah ihm mit gemischten Gefühlen nach. Man musste kein Hellseher sein, um zu erkennen, dass er an ihr interessiert war. Aber sie war weit, weit davon entfernt, sich wieder auf jemand anderen einzulassen - das glaubte sie zumindest.

Bevor sie wieder in ihre Wohnung ging, lief sie erneut den Weg zur Havel hinunter. Bei Tag wirkte alles vollkommen anders, als sei es ein anderer Ort. Unten vor dem kleinen Badestrand brauchte sie nicht lange das Gras abzusuchen, bis sie die verbrannten Stellen fand. Noch in der Nacht war sie der Meinung gewesen, dass das Gras verwelkt war, heute jedoch bei Sonnenschein konnte man sehen, dass das Gras regelrecht verbrannt war, und zwar genau an jenen Stellen, auf denen das Ding mit den roten Augen gelaufen war. Die Formen der Brandstellen erinnerten an Fußabdrücke. Anna hatte sich demnach nichts eingebildet. Und natürlichen Ursprungs konnten die Stellen im Gras kaum sein, da es in den letzten Tagen und Wochen oft ergiebigen Niederschlag gegeben hatte.

Sie sah sich um und erblickte den Buchenhain, der in der Mittagssonne neben der gemächlich fließenden Havel wie aus einem Bilderbuch für Märchen zu stammen schien. Wer weiß, was sich vor tausend Jahren hier abgespielt hatte? Sollte es einen ähnlichen Hain schon damals gegeben haben, wäre dies mit Sicherheit ein perfekter Ort für eine der heiligen Zeremonien der Priester jener Zeit gewesen, um den Naturgeistern zu huldigen. Vor ihrem geistigen Auge konnte sie es sich lebhaft vorstellen. Sie glaubte jetzt mehr denn je daran, dass das, was Elisabeth in ihrem Traum gesehen hatte, eine jener Zeremonien des Slawenkultes war. Vieles wies darauf hin. Die fremde Sprache zum Beispiel, die Elisabeth mit russisch verglich, war wohl eine der Spracharten der Elbslawen. Der Ort muss hier gewesen sein. Ihre Vermieterin wurde im Traum Zeuge der Arbeit eines Kultes. Doch was genau hatten die Kultisten getan? Hatten sie versucht, einen jener Geister zu beschwören? Oder einen Dämon? Das rote Leuchten, das sie Anna beschrieben hatte, könnte darauf hindeuten. Sie hatte aber auch beobachtet, dass die Zeremonie unterbrochen wurde. War die Beschwörung des Dämons schiefgegangen? Was wäre, wenn jener Dämon nun viele Jahrhunderte später erneut versuchen würde, in unsere Welt vorzustoßen? Anna wollte diese Möglichkeit nicht mehr ausschließen.

Als sie in ihre Wohnung zurückgekehrt war, recherchierte sie lange im Internet und fand die meisten Aussagen von Max bestätigt. Die Mythologie und das Weltbild der Elbslawen im Speziellen deutete auf einen engen Bezug zur Natur und deren Geistern und Dämonen hin. Und noch etwas Interessantes fand sie heraus: Elisabeth hatte erzählt, dass sie eine dreiköpfige Gestalt gesehen hatte. Anna glaubte nun zu wissen, worum es sich gehandelt haben könnte. Die Elbslawen hatten neben ihren Geistern natürlich auch eine Reihe von verschiedenen Gottheiten. Eine davon war Triglaw, der als dreiköpfiger Kriegs- oder Stammesgott beschrieben wurde. Drei Köpfe, die Himmel, Erde und Hölle symbolisierten. Wenn das kein

Beleg dafür war, dass Elisabeth einen Kult der Elbslawen beobachtet hatte!

Trotzdem zweifelte Anna. Denn wenn es hier tatsächlich um Geister ging, die schon vor tausend Jahren im Glauben der Elbslawen verankert waren, was hatte dies dann mit den Sieben Heimsuchungen zu tun? Denn die anderen Heimsuchungen hatten ja in völlig anderen Teilen der Erde stattgefunden. Gab es hier eine große Verbindung, die jene Ereignisse zu einem Ganzen zusammensetzten?

DAS GEHEIMNIS DES WASSERS

Der Tag verging schnell. Am späten Nachmittag bekam Anna einen Anruf von Frau Germens. Sie sagte, sie säße bereits im Zug, um die nächsten Tage bei ihrer Schwester zu wohnen. Anna freute sich, das zu hören. Gleichwohl sie davon ausgehen musste, dass es im Falle der siebten Heimsuchung zu einem weiteren Todesfall kommen könnte, wollte sie dennoch an ihrem Grundsatz festhalten, Schaden von den Menschen in diesem Ort fernzuhalten. Sofern es in ihrer Macht lag, würde sie verhindern, dass ein Todesopfer gefordert werden würde, auch wenn das bedeuten würde, die siebte Heimsuchung zu verhindern.

Es wurde spät dunkel. Anna wartete bis nach Mitternacht. Dann band sie sich ihre neu erworbene Stirnlampe um den Kopf und machte sich auf den Weg nach draußen. Es war eine klare Nacht. Niemand außer ihr war auf der Straße. Bei Nacht war dieser Ort wie ausgestorben.

Anna beschloss, erneut den Pfad hinunter zum Fluss zu gehen. Es war wie in der Nacht zuvor stockdüster. Sie schaltete ihre LED-Stirnlampe ein, die drei Helligkeitsstufen hatte. Die hellste war enorm und schon fast zu grell, also wählte sie die mittlere Stufe. Unten am Fluss angekommen, war außer dem leisen Geräusch des Wassers nichts zu hören. Selbst die Frösche waren still. Nur vereinzelt quakte es ab und an aus dem Schilf.

Es war nichts los. Keine Lichter, keine Geister. Anna war enttäuscht. Offensichtlich suchte sie an der falschen Stelle, obwohl sie doch gemutmaßt hatte, dass die Kultstätte, von der Elisabeth geträumt hatte, sich irgendwo hier in der Nähe befunden haben musste. Dieser Ort hier neben dem Wasser war auf eine besondere Weise energetisch aufgeladen. Das Wasser war die Ursache. Das

Wasser, das ständig in Bewegung war, seit Jahrhunderten. Es floss hier schon entlang, als dieser Ort noch von Menschen unbehelligt war, als nur Himmel und Erde existierten. Es barg die Geheimnisse jener Zeit, als Mythen noch existierten.

Anna ging wieder zurück. Heute Nacht würde sie wohl nicht finden, was sie suchte. Sie erwog, in ihrer eigenen Wohnung weiterzumachen. Ein Geisterbeschwörung hielt sie für angebracht, auch wenn sie ein wenig Bedenken hatte. Sie wollte natürlich nicht das Wesen mit den roten Augen anrufen. Da sie gestern erlebt hatte, dass mindestens zwei weitere Geistwesen aktiv gewesen waren, sollten sich ihre Bemühungen auf eben jene Geister beschränken. Denn die wollten offensichtlich das mysteriöse Ding bekämpfen, oder zumindest die Einwohner davor warnen. Frau Kronenberg hatte recht: Die Geister sind in Aufruhr.

Noch bevor Anna den schmalen Weg zwischen den beiden Grundstücken zurück zur Straße erreicht hatte, sah sie eine Gestalt ihr entgegenkommen. Sie machte sofort ihre Stirnlampe aus und hoffte, nicht gesehen worden zu sein. Wer außer ihr sollte nachts hier im Dunkeln herumstreunen?

Mit der Straßenbeleuchtung im Rücken wirkte die Gestalt gespenstisch groß, als sie ungewöhnlich langsam näher und näher kam. Anna versteckte sich hinter einem Baum. Zumindest konnte sie davon ausgehen, dass es sich um eine Person aus Fleisch und Blut handelte, die zum Wasser lief und kein Geist war. Doch hier unten war es viel zu dunkel, um das Gesicht erkennen zu können, soweit reichte das Straßenlicht dann auch nicht. Die Person ging langsam an ihr vorbei, mit gesenktem Kopf. War es der Schlafwandler, von dem Elisabeth erzählt hatte? Anna hatte keine Wahl. Sie wollte wissen, mit wem sie es zu tun hatte. Sie aktivierte wieder ihre Stirnlampe und richtete sie auf die Gestalt.

»Hallo?«, fragte sie. Sie sah, dass es sich vermutlich um eine Frau handelte, sie hatte ein Nachthemd oder etwas Ähnliches an. Die Frau reagierte jedoch weder auf den Schein der Lampe noch auf Annas Zuruf.

»Hallo! Verstehen Sie mich?«, versuchte es Anna erneut und ging der Frau hinterher, die nach wie vor langsam, fast schlurfend mit gesenktem Kopf zum Ufer schritt.

Anna ging schneller, überholte die Frau und stellte erschreckt fest, dass es ihre Vermieterin war.

»Elisabeth! Was machen Sie denn hier?«

Aber Elisabeth antwortete nicht. Sie hörte nichts, sondern schritt weiter.

Anna hatte zwar reichlich Erfahrung im Umgang mit dem Paranormalen, aber über Schlafwandler wusste nichts. Es war ihr klar, dass es sich nicht um einen gewöhnlichen Fall von Schlafwandeln handelte. Es hatte mit diesem Ort zu tun. So beschloss Anna, nichts weiter zu sagen und Elisabeth zu folgen. Vielleicht würde sie sie an eine interessante Stelle führen.

Sie erreichten das Ufer. Elisabeth blieb davor regungslos stehen. Anna blieb still und wartete ab. Dann, ganz langsam, hob ihre schlafende Vermieterin den Kopf und blickte aufs Wasser. Anna hielt den Fokus ihres Stirnlichts auf Höhe ihres Gesichts, immer darauf bedacht, sie nicht zu blenden. Sie sah, dass die Augen der Schlafwandlerin ganz weiß waren und hätte fast bei dem Anblick einen Schrei ausgestoßen. Es sah nicht nur unheimlich und ungesund aus, es sah irgendwie diabolisch aus. Welche fremde Macht konnte derart viel Kontrolle über Menschen wie Elisabeth erlangen, um das mit ihr anzustellen?

Anna verspürte mehr denn je den Drang, ihre Vermieterin wachzurütteln, aber dann drehte die sich zur Seite und ging langsam weiter am Ufer entlang. Den Kopf hielt sie diesmal aufrecht. Anna folgte ihr. Sie verließen den kleinen Strand und gingen einen winzigen ausgetretenen Pfad entlang, den man bei Tag im hohen Gras schnell übersehen konnte. Vermutlich wurde er auch von Wildschweinen, Füchsen, Katzen und dergleichen benutzt.

Immer weiter entfernten sie sich von der offenen Uferstelle. Nach einer Weile vermutete Anna, dass sie den Ortsrand bereits hinter sich gelassen hatten. Irgendwann endete der schmale Pfad und sie streiften durchs hohe Gras, immer in Nähe des Flussufers. Von der Havel selber war aber nichts zu sehen, zu hoch waren Schilf und Bäume. Immer weiter drangen sie ins Dickicht der Havelauen vor.

Schließlich erreichten sie eine weitgehend freie Fläche. Anna leuchtete ein wenig die Umgebung ab. Sie befanden sich auf einer großen Freifläche, die als Überschwemmungsgebiet diente und daher auch nicht landwirtschaftlich genutzt wurde.

Elisabeth hielt kurz an, zuckte ein paarmal mit dem Kopf, als habe sie etwas gehört und steuerte daraufhin einen großen Baum an, der ganz allein auf weiter Flur stand. Es war eine riesige Eiche, bestimmt schon viele hundert Jahre alt.

Anna begann ein wenig zu frieren. Sie konnte aber nicht sagen, ob das an der Kühle der Nacht lag, oder ob sie sich etwas näherten, das seine Energie aus der Umgebungswärme bezog. Je näher sie dem Baum kamen, desto unangenehmer roch die Luft. Modrig, fast faul. Sie bekam Atembeklemmungen. Hier war etwas. Eine fremde Präsenz. Etwas, das hier nicht hingehörte.

In etwa zwanzig Metern Entfernung zur Eiche blieb Elisabeth stehen und hielt inne. Ihre verdrehten Augen waren weiterhin zur Eiche gerichtet.

»Wo sind wir hier?«, flüsterte Anna. Daraufhin hob Elisabeth einen Arm und deutete auf den Baum. Trotz des starken Lichtstrahls ihrer Stirnlampe konnte Anna nichts Ungewöhnliches daran erkennen.

Elisabeth hielt den Arm weiterhin ausgestreckt. Plötzlich drehte sie den Kopf zu Anna und sagte mit langsam gesprochenen Worten: »Dort beginnt es. Dort endet es.«

»Was beginnt dort? Elisabeth, können Sie mich verstehen?«

Keine Reaktion.

»Elisabeth, hören Sie mich?« Es war sinnlos. Elisabeth schlief tief und fest. Sie bekam nichts mit.

Ein Rascheln im Gras schreckte Anna auf. Es war ganz in der Nähe. Dann ein Flüstern. Eine Stimme, die irgendwo aus dem Gras zu kommen schien. Nein, es waren mehrere Stimmen. Sie hallten auf unnatürliche Weise nach. Anna konnte nichts sehen. Ihr Kopf zuckte herum. Der Lichtkegel ihrer Stirnlampe folgte der Bewegung, konnte jedoch nichts enttarnen.

»Wer ist da?«, rief sie. »Gebt euch zu erkennen!«

Die Flüsterstimmen wurden zahlreicher und lauter. Sie kreisten Anna und die schlafende Elisabeth ein.

»*Anna*«, hörte sie die Stimmen mehrfach wispern.

Anna wusste, dass sie jetzt entschlossen reagieren musste. Angst zu zeigen, war genau das, was die Flüsterstimmen von ihr wollten. Sie wollten ihre Angst, die sie noch stärker machen würde.

»Hört auf damit, sage ich! Hört auf mit dem Unsinn. Sagt, was ihr wollt. Sagt, was ihr wollt, und ich werde zuhören, aber nicht alle auf einmal.«

»*Anna...*«

Die Stimmen wiederholten wieder und wieder ihren Namen. Sie wurden zahlreicher und zogen den Kreis um die beiden Frauen enger.

»Sagt mir, was ihr wollt!«

Auf einmal fasste Elisabeth Anna an die Schulter. Sie schrie auf. Elisabeth hatte immer noch die Augen verdreht. Doch sie schien Anna anzusehen. Dann sprach sie mit gequält gesprochenen Worten: »Ich sagte, verschwinde!«

»Warum? Warum, Elisabeth? Ich bin hier, um zu helfen.«

»*Lügnerin!, Lügnerin!*«, raunte es durch die nächtliche Havelaue.

»*Lügnerin!*«, schrien die Stimmen wie aus einem Munde.

Im Schein ihrer Stirnlampe sah sie einen dunklen Umriss ein paar Meter von ihr entfernt vorbeiziehen. Es war kein Mensch, kein Lebewesen. Es war eine Art Rauchgestalt, die auf sie zustürmte. Anna leuchtete verzweifelt alles ab, ehe die Angst in ihr doch Überhand nahm und sie flüchten wollte. Doch ehe sie einen Schritt getan hatte, riss sie etwas von den Füßen. Sie schrie und trat nach der Umklammerung, aber da war nichts, was ihren Tritten Widerstand bot. Eine unsichtbare Kraft hielt sie an den Fußknöcheln und schleifte sie durchs Gras Richtung Fluss. Anna drehte und wand sich, aber es war zwecklos. Die fremde Macht hatte vollständig Kontrolle über sie. Anna war ihr hilflos ausgeliefert.

»Nein! Lass mich los!«

»Lügnerin!«, schrien die Stimmen wieder, während sie weiter zum Wasser gezogen wurde.

Elisabeth reagierte unterdessen nicht. Die Stimmen flüsterten ihr unhörbar etwas zu und zogen sich daraufhin wieder zurück. Die Schlafwandlerin selbst setzte sich anschließend wieder in Bewegung und schlurfte dieselbe Route, die sie gekommen war, zurück zu ihrem Haus.

Anna befand sich immer noch im Klammergriff der mit der Dunkelheit verschmolzenen Rauchgestalt. Sie stieß mehrfach gegen Bodenunebenheiten und verlor ihre Stirnlampe vom Kopf. Unnachgiebig wurde sie von dem Ding weiter gen Fluss gezerrt. Sie versuchte, sich irgendwo festzukrallen, aber ohne Erfolg. Erst als das Schilf in Reichweite kam, konnte sie für einen Augenblick den Zug etwas bremsen, aber sie ließ die umklammerten Halme wieder los, weil sie merkte, dass sie ihr schmerzhaft in die Finger schnitten.

Ihre Füße tauchten ins Wasser. Anna schrie panisch. Die Rauchgestalt wollte sie ertränken, kein Zweifel. Jetzt ging es um Leben und Tod. Sie wand und drehte sich um ihre eigene Achse und krallte ihre Finger in den lockeren Morast des Ufergrunds. Doch es half alles nichts. Binnen Sekunden war sie vollständig im Wasser und wurde zur Flussmitte gezogen. Es fiel ihr schwer, den Kopf über Wasser zu halten. Ihre Beine waren immer noch im unsichtbaren Griff ihres Entführers. Sie verlor in der Finsternis die Orientierung. Aus dem Augenwinkel sah sie plötzlich ein Licht.

»Hilfe!«, schrie sie.

Niemand antwortete. Annas Füße wurden langsam nach unten in die Tiefe gezogen. Gleich würde auch ihr Kopf untertauchen. Sie würde ertrinken. Hier und jetzt. Sie hatte sich mit Dingen jenseits ihrer Fähigkeiten angelegt und musste das nun mit ihrem Leben bezahlen. Dank einer letzten Spur rationalen Denkens inmitten ihrer enthemmten Panik holte sie tief Luft, bevor sie vollständig unter Wasser gezogen wurde. Sie hielt die Augen offen und sah wieder dieses helle Licht, wie es dicht über der Wasseroberfläche über ihren Kopf sauste. Sie merkte, wie die

Kälte des Wassers ihr allmählich in die Knochen fuhr. Lange würde sie den Atem nicht mehr anhalten können. Sie unternahm einen letzten Befreiungsversuch, indem sie versuchte, ihre Beine zu befreien. Tatsächlich gelang es ihr, den linken Fuß frei zu kriegen. Mit diesem trat sie in Richtung des anderen Fußes, an dem sie festgehalten wurde. Etwas blendete sie. Das Licht war im Wasser und huschte durch ihr Blickfeld. Dann wurde es wieder dunkel. Einen Herzschlag später merkte sie, dass auch das zweite Bein frei war. Das Ding hatte von ihr abgelassen. Doch wo sollte sie jetzt hinschwimmen? Es war absolut dunkel. Wo war oben? Wo unten?

Dann flammte wieder das weiße Licht auf. Es befand sich über der Wasseroberfläche, die Anna jetzt erkennen konnte. Sie war nicht so tief hinuntergezogen worden, wie sie befürchtet hatte. Zwei Schwimmstöße reichten, um die Wasserlinie zu durchbrechen und die brennenden Lungen endlich wieder mit Luft zu füllen. Das weiße Licht war, kaum dass es aufgetaucht war, auch schon wieder verschwunden. Anna musste so schnell wie möglich das Ufer erreichen, nur machte ihr hierbei wieder die Dunkelheit einen Strich durch die Rechnung. Sie spürte, wie überraschend stark die Strömung der Havel hier war, und sie probierte, seitlich wegzuschwimmen. Sie hatte bislang kaum drei Atemzüge genommen, aber sie wollte hier nur weg. Die Rauchgestalt musste immer noch irgendwo in der Nähe sein.

Anna schwamm, aber sie fand keinen Boden unter den Füßen. Sie befand sich immer noch im tiefen Bereich und verzweifelte, weil sie glaubte, nicht gegen die Strömung anschwimmen zu können.

»He! Was ist das?«, hörte sie eine Stimme rufen. Jemand war hier. Mitten im Nirgendwo.

»Hilfe!«, schrie sie aus Leibeskräften.

Zwei kleine Lichter gingen an. Eines davon bewegte sich. Dort musste das rettende Ufer sein. Anna schwamm so schnell, wie sie nur konnte. Die Lichter sah sie nicht mehr. Und dann, kurz nachdem sie mit den Füßen den Grund ertasten konnte, packte sie eine Hand am Kragen und zog sie ans Ufer.

»Du meine Güte!«, rief jemand.

»Hol eine Decke aus dem Auto!«, rief der Mann, der sie aus dem Wasser gezogen hatte, einem anderen zu. Er leuchtete Anna ins Gesicht, die dadurch geblendet wurde und die Augen zukniff.

»Was? Sie?«, stieß ihr Retter aus. »Was ist passiert?«

»Wer...? Wer sind Sie«, stammelte Anna.

»Erinnern Sie sich nicht? Ich bin Max, ich habe Sie heute zur Tankstelle gefahren.« Er hielt die Taschenlampe so, dass sie sein Gesicht sehen konnte.

»Max?«, wiederholte sie ungläubig.

»Geht es Ihnen gut? Soll ich einen Krankenwagen rufen?« Er zog schon sein Handy aus der Jackentasche, aber Anna hielt seine Hand fest.

»Nein! Bitte, es geht mir gut.«

Der andere Mann kam mit einer Decke angerannt und legte sie um sie. »Sind Sie sicher?«

»Ja, ich war nicht lange im Wasser.«

Max zögerte zuerst. Dann steckte er das Handy wieder ein. »Wie Sie meinen. Die Havel ist für diese Jahreszeit schon relativ warm. Unterkühlt sind Sie jedenfalls nicht. Sie zittern jedenfalls nicht«, sagte der Mann, der etwas älter als Max war, nachdem er ihre Hände berührt hatte.

»Was ist passiert?«, wollte Max wieder wissen.

Anna wollte nicht die Wahrheit sagen. Die beiden Männer würden ihr sowieso nicht glauben. Aber auf die Schnelle und nach dem Schock fiel ihr keine Lüge ein, die nicht allzu unglaubwürdig klingen würde.

»Ich... ich weiß es nicht.«

»Sie wissen es nicht?«

»Haben Sie dieses Licht gesehen?«, wollte der ältere Mann von ihr wissen.

»Das Licht? Sie haben es gesehen?«

»Ja, und nicht zum ersten Mal, ist es nicht so Max?«

Der nickte nur, während er Anna mit Sorge betrachtete.

»Ja, ich habe es gesehen. Ich weiß aber nicht, was es war.« Das war nicht einmal gelogen, denn außer der Tatsache, dass jenes weiße Licht Anna nun schon zum zweiten Mal das Leben gerettet hatte, wusste sie nichts darüber.

»Hier gehen merkwürdige Dinge vor sich«, sprach der alte Mann mit ein wenig Ehrfurcht in seiner Stimme. »Ich glaube, ich weiß, was mit Ihnen geschehen ist. Sie sind geschlafwandelt. Sie kommen aus Nimtow, oder? Es ist ein offenes Geheimnis, dass in Nimtow komische Sachen passieren. Sie wären nicht die erste Schlafwandlerin von dort, die sich nachts verirrt hat. Ein Mensch soll schon gestorben sein, weil er genau dasselbe gemacht hat wie Sie.«

»War es so?«, fragte Max. »Haben Sie geschlafen und sind im Fluss wieder aufgewacht?«

»Ja«, log Anna. »Ja, ich glaube, so war es.«

Die beiden Männer ließen Anna ein wenig Zeit, sich zu erholen. Sie hatte noch nicht ansatzweise verarbeitet, was gerade geschehen war. Alles, was sie über Geister gelernt hatte, alles, was sie sich in unzähligen Beschwörungen und Recherchen angeeignet hatte, schien ihr in dieser Nacht vollkommen nutzlos. Sie kam sich vor wie eine blutige Anfängerin, die sich blauäugig in Gefahr begeben hatte und diesen Fehler beinahe mit ihrem Leben bezahlt hatte.

»Geht es wieder? Ist wirklich alles in Ordnung?« Max glaubte nicht so recht an die Version mit dem Schlafwandeln.

»Ja, es geht mir gut. Was machen Sie denn eigentlich hier nachts am Fluss?«

Der ältere Mann nahm seine Angel in die Hand und zeigte sie Anna.

»Nachtangeln«, erklärte er.

Anna schaute, als würde es ihr schwerfallen, das zu glauben. Noch weniger glaubte sie an solch einen merkwürdigen Zufall, dass sie ausgerechnet von Max aus dem Wasser gezogen worden war.

»Einmal im Monat gehen wir auf Jagd, wenn ich es so ausdrücken darf«, sagte Max.

Anna glaubte zwar an Zufälle, aber nicht an so einen extremen Zufall. Max war ihr sympathisch, aber in dieser Nacht beschloss sie, ihm vorerst nicht zu trauen. Doch, was für einen Grund sollte er gehabt haben, sie zu verfolgen oder ihr aufzulauern? Hatte er sie beobachtet, wie sie Elisabeth gefolgt war? Frau Kronenberg hatte gesagt, dass auch andere hinter dem siebten Symbol her wären. Vielleicht war er einer von ihnen.

Sie schaute sich die Angelausrüstung der Männer an. Zwei Klappstühle, vier Ruten, Angelkoffer und die Angelkleidung wirkten so, als ob sie tatsächlich hier angelten. Nichts wirkte gestellt. War Anna jetzt so runter mit den Nerven, dass sie jedem zu misstrauen begann?

Vielleicht sollte ich einfach nach Hause fahren. Scheiß auf das Geld. Scheiß auf die alte Kronenberg. Soll sie doch selber durch den Morast kriechen, um nach dem Symbol zu suchen. Soll sie sich doch von den Geistern fertig machen lassen. Ich riskiere doch nicht mein Leben!

Anna hatte die Nase voll.

»Bringen Sie mich in meine Wohnung?«

»Natürlich. Wir packen nur schnell unsere Sache zusammen und nehmen Sie mit.«

»Sie können Anna zu mir sagen, Max«, bot sie an, obwohl sie ihm misstraute. Sie wollte aber, dass er glaubte, sie wäre ahnungslos. Er verbarg etwas vor ihr, das fühlte sie.

»Gern. Ich bin Max, aber das wissen Sie ja schon.«

Es dauerte nicht lange, und alle drei saßen in Max' Auto und fuhren zurück nach Nimtow. Die Fahrt dauerte gerade mal knapp fünf Minuten. So weit weg war Anna also nicht geraten. Im Ort angekommen, wollte Max sie noch bis zur Tür begleiten, aber Anna lehnte ab. »Ich rufe dich morgen mal an, wenn ich wieder einen klaren Kopf habe. Ich bin total fertig und will nur noch schlafen«, sagte sie.

»Kann ich gut verstehen. Also bis morgen.«

Anna ging in ihre Wohnung. Sie hatte nicht übertrieben, als sie meinte, dass sie vollkommen erledigt wäre. Sie zog ihre nassen Sachen aus, sprang unter die Dusche und fiel ins Bett. Ihr fielen sofort die Augen zu, und sie schlief einen traumlosen Schlaf.

NÄHER

Als Anna am nächsten Morgen erwachte, fühlte sie sich nicht so schlecht, wie sie befürchtet hatte. Sie legte zwei Scheiben Toast in den Toaster und schlurfte zum Wohnzimmerfenster, um die Gardinen aufzuziehen. Heute schien die Sonne nicht.

Anna starrte auf den Bauerngarten und zuckte zusammen: Die verdammte Vogelscheuche war um mindestens zwanzig Meter vorgerückt und wirkte nun viel bedrohlicher und größer als sonst. Irgendjemand musste sie versetzt haben. Entweder gab es dafür einen guten Grund, oder jemand spielte mit ihr ein falsches Spiel.

Sie wollte die Möglichkeit, dass jemand in diesem Ort hinter dem angeblichen Spuk steckte, noch nicht vollends verwerfen. Zwar war das nach dem, was sie gestern und den Tag vorher erlebt hatte, äußerst unwahrscheinlich, aber nicht unmöglich. In der gestrigen Nacht noch hätte Anna am liebsten ihre Sachen gepackt und hätte Nimtow den Rücken gekehrt. Aber heute fühlte sie sich mehr denn je herausgefordert. Sie hatte sich dumm verhalten. Sie war hierher gekommen, in dem Glauben, es gäbe einige paranormale Erscheinungen, die sie miterleben könnte. Stattdessen wurde sie direkt von etwas Bösem attackiert, und sie war den Angriffen hilflos ausgeliefert. Den Fehler, nachts allein zum Fluss zu gehen, würde sie nicht mehr machen.

Die Vogelscheuche, auf die Anna immer noch ihre Augen gerichtet hatte, hatte einen hässlichen Hut auf und schien sie mit ihrem Anblick zu verhöhnen, als wolle sie sagen: Geschieht dir ganz recht.

»Sei bloß still«, raunte Anna und ging frühstücken.

Als Nächstes meldete sie sich wie versprochen bei Max, der schon auf ihren Anruf gewartet hatte.

»Wenn ich dir irgendwie helfen kann, lass es mich wissen, in Ordnung?«, sprach er am Ende ihres Telefonats.

Anna versprach, sich wieder bei ihm zu melden. Ob sie das tun würde, wusste sie zu diesem Zeitpunkt noch nicht. Ihr Misstrauen war womöglich unangebracht. Aber sie blieb lieber vorsichtig.

Kaum hatte sie das Gespräch beendet, spielte ihr Smartphone den Anrufton. Ein unbekannter Anrufer. Anna berührte die grüne Hörertaste. »Hallo?«

»Kronenberg hier. Geht es Ihnen gut?«

»Ach, Sie sind es. Wieso fragen Sie mich das?«

»Ich habe gehört, was Ihnen gestern passiert ist und habe mir große Sorgen gemacht.«

»Woher wissen Sie das?« Hatte die Frau überall Spitzel, die Anna auf Schritt und Tritt verfolgten?

»Ich habe einen guten Kontakt zu der Frau eines Ihrer Retter.«

»Sie meinen Maximilian Tenger?«

»Nein, der andere Mann. Er hat seiner Frau noch in der Nacht erzählt, was geschehen ist.«

Anna war wütend. Noch so ein angeblicher Zufall. Eine zufällige Bekanntschaft, so ein Quatsch! »Sagen Sie mir, Frau Kronenberg, lassen Sie mich etwa observieren?«

»Aber nein, natürlich nicht. Aber ich will natürlich immer auf dem Laufenden bleiben und spreche daher regelmäßig mit den Leuten, von denen ich meine Informationen bekommen kann, die ich brauche.«

Diese Antwort stellte Anna nicht zufrieden. »Wenn Sie mir nicht vertrauen, dann sollten Sie sich vielleicht jemand anderen suchen! Mir macht das hier ehrlich gesagt keinen Spaß mehr.«

»Bleiben Sie bitte ruhig. Ich kann verstehen, dass Sie aufgebracht sind. Ich wollte mich nur erkundigen, wie es

Ihnen geht. Ich will zwar, dass Sie für mich arbeiten, auf keinen Fall aber wollte ich Sie in Gefahr bringen. Das müssen Sie mir glauben.«

Anna antwortete nicht. Sie blieb skeptisch. »Was hat man Ihnen erzählt, was gestern Nacht passiert wäre?«, fragte sie forsch.

»Dass man Sie aus dem Fluss gefischt hat. Und dass dort ein weißes Licht war. Die beiden Männer wollen es mehrfach dicht über dem Wasser im Zickzackkurs schweben gesehen haben. Haben Sie es auch gesehen?«

»Ja, habe ich. Es hat mir das Leben gerettet. Wir haben es nicht nur mit einem Geist zu tun, sondern mit einer ganzen Schar. Und sie bekämpfen sich offensichtlich gegenseitig.«

»Sie bekämpfen sich? Wie meinen Sie das?«

»Es gibt hier Wesen, die wollen verhindern, dass etwas Böses hier Einzug hält. Es hatte leuchtende rote Augen. Können Sie damit irgendetwas anfangen?«

»Nein. In keinem der bisherigen Fälle ist ein Wesen mit roten Augen erwähnt worden. Was glauben Sie, was es ist. Ein böser Geist?«

»Möglich. Vielleicht einer mit einer bedeutenden Vergangenheit zu seinen Lebzeiten. Vielleicht ist es auch ein Dämon, dafür würde einiges sprechen, immerhin hat das Wesen mich zweimal körperlich attackiert. Ich konnte mich nicht wehren. Ich war ihm hilflos ausgeliefert.« Anna machte eine Pause, die Frau Kronenberg nicht unterbrach. Dann sprach sie nachdenklich: »Ich bin mir nicht mehr sicher, ob ich die richtige Person für diesen Job bin. Ich bin ehrlich gesagt ein wenig ratlos.«

»Sie sind die Richtige. Ich würde verstehen, wenn Sie sagen, dass Sie aufhören möchten. Ich würde es allerdings sehr bedauern.«

»Warum halten Sie so verbissen an mir fest, Frau Kronenberg? Ich meine, es gibt dutzende andere, die diesen Job für einen Bruchteil dessen machen würden, den Sie mir geboten haben.«

»Das Thema hatten wir doch schon mal. Ich vertraue Ihnen. Sie müssen nur vorsichtiger sein. Sicher würden andere die Aufgabe gerne übernehmen, aber sie würden mir nicht bringen, wonach ich suche. Ich weiß, dass Sie es aber können. Sie sind zwar erst zwei Tage in Nimtow, aber Sie wollen mir doch bestimmt nicht erzählen, dass Sie noch keine Fortschritte gemacht haben, oder?«

»Nein«, sagte Anna zögerlich. »Ich bin gestern meiner Vermieterin - Ihrer Nichte -, die geschlafwandelt ist, gefolgt. Sie ging hinunter zum Fluss und führte mich zu einem großen alten Baum und zeigte darauf. Irgendetwas ist dort.« Dabei fiel Anna ein, dass sie dringend nach Elisabeth sehen musste, ob sie es sicher nachhause geschafft hatte. Sie hatte sie vollkommen vergessen.

»Faszinierend. Was, glauben Sie, könnte dort sein?«

»Ich habe nur eine vage Vermutung. Es könnte eventuell mit der fernen Vergangenheit dieses Ortes zu tun haben, als die Slawen noch hier gelebt haben, bevor sie im Rahmen der Christianisierung vertrieben wurden. Es könnte sich um eine alte Kultstätte handeln. Aber um das herauszufinden, müsste man Grabungen anstellen, was sich wohl als schwierig erweisen dürfte.«

»Allerdings. Sie sind da etwas Großem auf der Spur. Sie dürfen jetzt nicht aufhören. Also, was sagen Sie? Machen Sie weiter?«

Anna seufzte. »Ja, ich mache weiter.«

»Aber seien Sie bitte, bitte vorsichtiger.«

»Darauf können Sie sich verlassen.«

»Sie können mich jederzeit anrufen. Ich gebe Ihnen meine Telefonnummer.«

Anna programmierte die Nummer in ihr Smartphone. »Gut, Ihre Nummer habe ich.«

»Viel Glück, Sie sind nahe dran, das weiß ich.«

»Hoffentlich. Je eher dies endet, desto lieber ist es mir. Wiederhören.«

Anna hätte sich denken können, dass Kronenberg sie im Auge behielt. Ihre Verärgerung rührte eher von dem Schock von letzter Nacht her. Trotzdem war ihre Auftraggeberin nicht ganz zu durchschauen. Wer weiß, was sie sich von der Entdeckung des siebten Symbols versprach? Womöglich den Weg zum Jungbrunnen, der ewiges Leben versprach - sie wäre nicht die Erste, die sich danach sehnen würde. Letztlich war es Anna auch egal. Etwas Böses war hier am Werk, das unbedingt verhindern wollte, dass sie weiter herumschnüffelte. Davon wollte sie sich aber nicht abhalten lassen. Sie wollte nicht klein beigeben. Und ja, sie wollte verdammt noch mal wissen, was es mit der siebten Heimsuchung auf sich hatte.

Ein Klopfen an der Tür riss sie aus ihren Gedanken.

»Anna, sind Sie da?« Es war Elisabeth.

Anna öffnete die Tür. »Ich bin froh, Sie zu sehen. Geht es Ihnen gut, Elisabeth?«

Die schaute irritiert. »Ja, wieso denn nicht?«

»Sie können sich wohl an nichts mehr erinnern. An das, was letzte Nacht geschehen ist.«

»Nein. Was soll denn passiert sein? Ich habe geschlafen, wenn auch sehr schlecht.«

Anna führte Elisabeth zur Couch. »Setzen Sie sich. Dann erzähle ich es Ihnen.«

»Ja, um Himmels Willen, was ist denn?«

»Sie sind gestern Nacht geschlafwandelt.«

»Ich? Sind Sie sicher, dass ich es war?«

»O ja. Ich bin mir sicher. Sie sind zum Fluss gelaufen, und dann sind Sie ein großes Stück querfeldein marschiert, zu einem großen Baum.«

Elisabeth machte nur große Augen und sah Anna schockiert an. »Das kann ich gar nicht glauben.«

»Sie selbst haben doch jemanden neulich beim Schlafwandeln beobachtet. Das scheint jetzt hier häufiger zu passieren.«

»Ich kann mich an absolut nichts erinnern. Und Sie sind mir hinterher gelaufen?«

»Ja, ich habe mich nicht getraut, Sie zu wecken.«

Elisabeth stand auf und holte eine Wanderkarte aus einer Kommode heraus. »Zeigen Sie mir bitte, wie weit ich gelaufen bin.«

»Hm, mal sehen. Es war Richtung Westen, eine große freie Fläche mit einem einzigen riesigen Baum darauf. Die Straße war ganz in der Nähe, und es gab dort eine kleine offene Stelle im Schilf.«

»Ja, dann weiß ich, wo das sein könnte.« Elisabeth markierte die Stelle mit einem Kugelschreiber.

»Und wie bin ich wieder zurückgekommen?«

»Das weiß ich nicht. Ich... wurde durch ein Geräusch abgelenkt und habe Sie aus den Augen verloren. Tut mir Leid.« Erneut entschied sich Anna, nicht die Wahrheit zu sagen. Hätte sie es getan, würde Elisabeth ihr vermutlich sogar glauben, aber warum sollte sie ihr unnötig Angst machen?

»Ich bin im Dunkeln ins Wasser gefallen, und Max hat mich herausgezogen. Ist das nicht ein Zufall, dass ausgerechnet er dort nachts angelt, während wir im Dunkeln umherirrten?«

Elisabeth sah Anna skeptisch an. »Also, ich weiß, dass er im Sommer ziemlich oft draußen ist und angelt, gerne auch nachts. Aber ich kann immer noch nicht glauben, dass ich so weit im Schlaf gelaufen sein soll. Ich hoffe nur, das geschieht nicht noch einmal!«

»Das hoffe ich auch.

Wollten Sie eigentlich etwas Bestimmtes, als Sie an meine Tür geklopft haben?«

»Ach ja, mir ist noch etwas von meinem Traum eingefallen, von dem ich Ihnen erzählt habe. Der Traum mit diesem Ritual, oder was immer das auch gewesen sein mag.«

»Ja, erzählen Sie!«

»Es ist nichts Besonderes. Aber ich erinnere mich, dass einige dieser unheimlichen Gestalten etwas in der Hand hielten. Es sah aus wie dunkelbraune Steine, die oval waren. Faustgroß.« Elisabeth machte ein entschuldigendes Gesicht. »Das hilft Ihnen sicher nicht, oder?«

»Alles könnte wichtig sein.« Anna überlegte ihre nächsten Schritte. »Elisabeth, würden Sie mir einen Gefallen tun? Einen großen Gefallen?«

»Gerne, wenn ich Ihnen helfen kann.«

»Es wird Ihnen aber nicht gefallen.«

»Nun sagen Sie schon! Die Tatsache, dass ich nachts am Fluss herumspaziert sein soll, gefällt mir auch nicht, aber trotzdem ist es passiert. Wenn ich etwas dazu beitragen kann, diesen Ort von dem Bösen zu befreien, dann will ich es tun.«

»Sie wissen ja, dass ich jemand bin, der mit paranormalen Erscheinungen in Verbindung treten kann.«

»Ja, Sie sind so eine Art Medium, richtig?«

»Sozusagen. Und genau das ist es, was ich heute Nacht vorhabe. Ich möchte Kontakt aufnehmen.«

Elisabeth wurde kreidebleich. »Kontakt? Mit all diesen Geistern, die diesen Ort heimsuchen? Oder etwa mit diesem Ding mit den roten Augen, von dem mir Frau Germens erzählt hat.«

»Nein. Das wäre viel zu gefährlich. Vor allem nach dem, was letzte Nacht passiert ist. Ich hatte nämlich noch eine... Begegnung mit diesem Wesen mit den merkwürdigen Augen. Es verhält sich mir gegenüber extrem aggressiv.«

»Was ist es? Ein Gespenst, ein böser Poltergeist?«

»Das kann ich noch nicht sagen. Es ist definitiv ein Wesen, das nur zeitweilig den Übergang in unsere Realität schafft. Es besitzt ungeheure Kräfte, die es ihm ermöglichen, nicht nur von uns gesehen zu werden, sondern uns sogar körperlich anzugreifen.

Es gibt aber auch eine Reihe von anderen Geistern. Ich weiß nicht, wie viele es sind, aber mindestens zwei davon, die ich bisher unterscheiden konnte, scheinen dieses böse Wesen aufhalten zu wollen, oder sie möchten davor warnen.

Ich möchte also versuchen, mit einem von diesen Geistern in Kontakt zu treten, heute Nacht. Doch es wäre für mich wesentlich einfacher, wenn ich dabei nicht allein wäre.« Anna sah Elisabeth mit einem Blick an, der sagen sollte, dass eine Ablehnung ihrer Bitte sie sehr enttäuschen würde. Sie brauchte jemanden, dem sie vertrauen konnte, wenn sie das heute Nacht durchziehen wollte.

»Oje, Sie reden von einer Geisterbeschwörung. Ich meine einer echten Geisterbeschwörung. Also ich weiß nicht, ob ich das durchstehe.«

»Es kann Ihnen nichts passieren. Ich werde dafür Sorge tragen.«

Elisabeth zögerte, doch dann sagte sie: »Na also schön. Wenn es denn hilft.«

Keiner der beiden Frauen gefiel der Gedanke an eine Geisterbeschwörung. Anna wollte Elisabeth nicht in Gefahr bringen, aber sie konnte nicht ausschließen, dass das aggressive Wesen erscheinen würde.

»Ich mache das nicht zum ersten Mal, keine Sorge. Ich werde auf uns beide schon aufpassen«, sagte Anna und war überrascht, dass sie ihren eigenen Worten misstraute.

EIN UNERWARTETER BESUCH

Anna bat Elisabeth, gegen zehn Uhr abends zu ihr ins Apartment zu kommen. Viel vorzubereiten hatte sie nicht. Sie wollte lediglich eine einfache Anrufung versuchen, ohne viel Aufwand. Das erschien ihr angesichts der bisherigen Ereignisse am besten, weil sie den bösen Geist nicht unnötig anlocken oder provozieren wollte. Je weniger Aufwand, desto weniger Aufmerksamkeit würde sie im Zwischenreich erzeugen, hoffte sie.

Es klingelte an der Tür. Anna machte auf und sah in das ziemlich blasse Gesicht ihrer Vermieterin.

»Ich hatte mehr als einmal mit dem Gedanken gespielt, abzusagen. Aber nun bin ich hier.«

»Dafür bin ich Ihnen sehr dankbar. Keine Angst. Die Wahrscheinlichkeit, dass wir heute gar nichts Außergewöhnliches erleben werden, ist wesentlich größer, als dass wir mit einem Geist ein Gespräch führen können.«

»Na hoffentlich! Lassen Sie uns das schnell hinter uns bringen.«

»Gut. Kommen Sie, setzen wir uns an den Tisch.« Anna zündete zwei Kerzen an und schaltete das Licht aus.

Elisabeth bekam Beklemmungen. »Muss das denn sein? Können wir nicht wenigstens ein einzelnes Licht anlassen?«

»Es ist so einfacher, glauben Sie mir. Bleiben Sie ganz ruhig.«

»Ich habe einen ganz trockenen Hals!«

»Ich hole ein Glas Wasser.«

Nachdem Elisabeth einen Schluck getrunken hatte, nickte sie. »Also los.«

Anna holte ein paar kleine Steine hervor, die sie immer bei sich hatte, und legte sie in einem Halbbogen vor sich auf den Tisch.

»Was hat es mit diesen Steinen auf sich?«, wollte Elisabeth wissen.

»Sie helfen mir, mich zu konzentrieren.«

»Sind das diese energetischen Steine, von denen manche glauben, sie würden bestimmte Energien bündeln oder verstärken?«

»So etwas Ähnliches.« Anna wollte jetzt keine langen Erklärungen abgeben. Sie war ungeduldig. Das erste Mal überhaupt, seit sie hier im Havelland war, begann sie mit ihrer eigentlichen Arbeit. Ihre vorigen Begegnungen geschahen überfallartig und ohne ihre Kontrolle. Und genau die wollte sie jetzt zurückerlangen.

»Ich schließe jetzt die Augen und werde eine Weile lang nichts sagen. Seien Sie bitte absolut ruhig«, sprach Anna und senkte den Kopf.

Elisabeth nickte. Was sich einfach anhörte, wurde für ihre Vermieterin mehr und mehr zur Qual, je länger sich der Moment der Stille hinzog. Sie wurde nervöser und nervöser. Sie kratzte sich mehrfach am Nacken und traute sich nicht einmal, einen weiteren Schluck Wasser zu trinken. Sie hatte das Gefühl, beobachtet zu werden. Sie war überzeugt, dass sie nicht mehr alleine in der Wohnung waren. Jemand anderes war auch hier. Etwa dieses Ding mit den roten Augen?

Bloß nicht! Denk nicht mal daran!

Dann, nach endlos scheinenden Minuten blickte Anna wieder auf und sah in Elisabeths erwartungsvolle Augen. »Ich rufe jenen, der mich warnen wollte. Ich rufe dich, der mir gestern im Fluss geholfen hat. Jenen, den ich als helles Licht gesehen habe. Bist du hier?«

Stille. Elisabeth hielt den Atem an. Sie versuchte, sich auf den Schein der Kerzen zu konzentrieren, um von der Vorstellung wegzukommen, jemand oder etwas würde hinter ihrem Rücken in der Dunkelheit lauern.

»Ist hier jemand? Ist hier jemand, der mit mir sprechen möchte?«

Elisabeth konnte sich nicht mehr zurückhalten und flüsterte über den Tisch: »Hier ist etwas. Ich kann es deutlich spüren.«

Anna deutete nur ein Kopfschütteln an. Sie wusste, dass sich Laien in einer solchen Situation schnell etwas einbildeten. Anna spürte jedenfalls in diesem Moment gar nichts.

»Wenn hier jemand ist, dann bitte ich ihn, sich bemerkbar zu machen.

Ist hier jemand, der uns etwas mitteilen möchte?«

Wieder hielt Elisabeth den Atem an und wartete furchtsam ab. Nichts als Stille und Dunkelheit.

Anna streckte ihre Hände über den Tisch aus, womit sie ihre Vermieterin aufforderte, sie zu ergreifen.

»Was haben Sie vor?«

»Vertrauen Sie mir. Nehmen Sie meine Hände.« Elisabeth tat es und fühlte sich zugleich kribbeliger als zuvor.

Anna hielt die Augen geschlossen und schwieg. Sie versuchte, sich so sehr auf eine fremde Präsenz zu konzentrieren, dass sie ihre Lippen zu einem dünnen Strich zusammenpresste. Aber es schien nichts zu helfen.

Elisabeths Augen wanderten rastlos hin und her. Sie wollte wieder die Kerzen anstarren und sich auf deren schwaches Licht konzentrieren. Doch dabei fiel ihr etwas am Wasserglas auf. Das Wasser bildete auf der Oberfläche konzentrische Ringe, so als wenn jemand gegen den Tisch gestoßen wäre, auf dem das Glas stand. Elisabeth erschrak und konnte nur mit Mühe einen Schrei unterdrücken.

Anna öffnete die Augen, ohne ihre Konzentration zu unterbrechen. Ihr Blick fiel auf das Wasserglas. In regelmäßigen Abständen bildeten sich die Ringe.

Als ob jemand mit den Füßen auf den Boden aufstampft, dachte sie. *Etwas ist hier. Es kommt näher.*

Anna sah sich um, versuchte, im dunklen Raum etwas zu erkennen, das hier nicht hin gehörte. Aber sie fand nichts. Dennoch: Etwas näherte sich.

»Ist hier jemand, der mit uns sprechen möchte?«, wiederholte sie ihre Frage.

Mit einem Mal wurde die Stille von einem Knall durchbrochen. Elisabeth schrie verängstigt auf und zuckte zusammen. Die Tür vom Wohnzimmer zu dem kleinen Flur war zugefallen. Aber nicht von alleine. Etwas war jetzt hier im Wohnzimmer. Es war hier drin. Anna fühlte, dass die Luft aufgeladen wirkte. Sie bekam eine Gänsehaut.

»Grundgütiger, ich habe solche Angst. Ich stehe das nicht durch«, flüsterte Elisabeth mit zittriger Stimme. Anna wollte etwas sagen, um sie zu beruhigen, da sah sie, wie ihre Vermieterin plötzlich vollkommen erstarrt und mit weit aufgerissenen Augen auf ihr Wasserglas blickte.

»Was haben Sie?«

Zunächst antwortete Elisabeth nicht. Sie starrte fassungslos auf das Glas. Anna sah dort nichts Ungewöhnliches.

»Da ist jemand. Da!«, flüsterte Elisabeth und zeigte auf das Glas.

Anna sah noch immer nichts. »Im Glas?«

»Nein, da spiegelt sich jemand auf der Glasoberfläche. Eine Gestalt. Sie muss direkt hinter mir sein.«

Anna schaute, ob hinter ihrer verängstigten Vermieterin etwas zu sehen war. Aber außer dem dunklen Raum war dort nichts. »Sind Sie sicher?«

»Ja. Eine Gestalt.«

»Wie sieht sie aus?«

»Sie ist ganz weiß. Sie kommt näher. O mein Gott, sie kommt immer dichter an mich heran!«

»Bleiben Sie ruhig. Bewegen Sie sich nicht. Ich sehe da nichts.«

»Ich kann die Kälte in meinem Nacken spüren. Die Kälte, die von ihr ausgeht. Es ist scheußlich.«

»Blicken Sie weiter auf das Glas. Was sehen Sie dort?«

»Die Gestalt! Sie steht nun direkt hinter meiner rechten Schulter.«

Anna blickte in die Dunkelheit, die ihre Vermieterin regelrecht eingehüllt zu haben schien. Sie konnte aber immer noch nichts erkennen. Welchen Grund mochte es geben, dass der Geist sich ihrer Vermieterin, aber nicht ihr, Anna, dem Medium, zu erkennen gab?

»Ich glaube, sie sagt etwas«, flüsterte Elisabeth.

»Können Sie sie verstehen?«

»Nein. Sie bewegt den Mund.«

»Hören Sie genau hin!«

Absolute Stille folgte. Anna saß starr und gespannt da, die Hände um die Tischkante geklammert.

Elisabeth drehte den Kopf leicht nach rechts. Sie hörte etwas. Es war nicht mehr als ein Wispern. Es schien von weit her zu kommen. Es waren Worte, die sie hörte, aber kaum verstehen konnte. Sie wollte schon eines wiederholen, im Glauben, es verstanden zu haben, zögerte dann aber wieder, weil sie sich nicht sicher war. Sie kniff mehrmals die Augen zusammen und schüttelte mit zunehmender Frustration den Kopf.

Anna ließ ihr Zeit. Sie wusste, dass es in dieser Situation nichts bringen würde, ihr Gegenüber oder den Geist zu drängen.

»Gefahr«, murmelte Elisabeth unvermittelt. »Gefahr.«

»Wer ist in Gefahr? Sind wir es? Ist es der ganz Ort, der in Gefahr ist?«

Elisabeth schüttelte erneut den Kopf. »Nein, nein. Es könnte auch 'Gefangen' sein, was ich gehört habe. Es ist einfach zu leise.« Sie schaute nach wie vor auf das runde Glas, welches die Spiegelung einer gespensterhaften Frauengestalt zeigte. Sie kam sich wie in einem Albtraum vor und hoffte, endlich zu erwachen.

Anna spürte ebenfalls Frustration in sich aufsteigen. Wieso sprach der verdammte Geist nicht mit ihr? Sie war schließlich die Expertin für das Paranormale.

»Was hast du uns zu sagen? Wer bist du? Wir können dich nicht verstehen.«

Elisabeth zuckte zusammen. Der Geist in ihrem Nacken hatte nun lauter gesprochen. Sogar Anna meinte, etwas gehört zu haben. Allerdings nichts, das sie als Worte hätte verstehen können.

»Er hat ihn gefangen«, sagte Elisabeth schließlich. »Das habe ich gehört. 'Er hat ihn gefangen.'«

»Wer hat wen gefangen?«, fragte Anna laut. »Antworte uns, sonst können wir dir nicht helfen.«

»*Gefangen...*«, zischte es durch den Raum. Jetzt hatte Anna es auch gehört. Klar und deutlich.

»*Aufhören...*«

Anna wiederholte ihre Frage. »Wer ist gefangen?«

Kurze Stille. Dann: »*Er hat ihn.*«

»Wer ist *er*?«

»*Er... Rote Augen in der Dunkelheit. Ein weißer Strahl in der Ferne.*«

Elisabeth fröstelte. Es schien eiskalt geworden zu sein. Die Stimme der geisterhaften Frau wirkte immer noch verzerrt und weit weg, war aber nun klar und deutlich zu verstehen.

»Rote Augen in der Dunkelheit?« Anna war auf der richtigen Spur. Der Geist, der mit ihr sprach, hatte definitiv etwas Wichtiges zu sagen. Etwas, das ihr vielleicht helfen könnte, Licht ins Dunkel zu bringen.

»Rote Augen.... Ein Strahl, so hell. Für immer erloschen.«

»Von was für einem Strahl sprichst du? Meinst du ein Licht?«

»Ein Strahl, so hell wie die aufgehende Sonne...«

Anna konnte das Gesagte nicht in einen sinnvollen Zusammenhang zu den Geschehnissen hier bringen.

»Ein Strahl, so hell. Für immer erloschen... Er hat ihn... Er hat ihn gefangen...«

»Was will das Wesen mit den roten Augen? Wer ist es?« Anna sah in den Schein der Kerze und glaubte für den Bruchteil einer Sekunde, die Frau in Weiß darin zu erkennen.

»Rückkehr... Er hat ihn... Hüte dich vor dem zweiten Ich.«

»Wen hat er? Wen hält er gefangen?«

Keine Antwort.

»Wen hält das Wesen mit den roten Augen gefangen? Sag es mir! Wen?«

Statt einer Antwort erklang nur ein furchtbares Geräusch. Es hörte sich wie ein Stöhnen oder ein Wehklagen an.

»Sag mir, wen es gefangen hält! Sag es mir!«, herrschte Anna die Erscheinung an.

Elisabeth sah, wie die Spiegelung auf dem Glas an Konturen verlor. Sie schien transparent zu werden. »Ich glaube, sie löst sich auf.«

»Nein, geh noch nicht! Du musst uns mehr sagen, wenn wir dir helfen sollen.«

»Kann nicht..«, hörte Elisabeth und wiederholte es für Anna. Die Stimme aus dem Jenseits war wieder so schwach geworden, dass nur sie sie hören konnte.

»Sehen Sie sie noch? Ist sie noch da?«, fragte Anna.

»Nur noch ganz schwach. Sie verschwindet.«

»Sag uns, wen das Ding mit den roten Augen gefangen hält. Von was für einem zweiten Ich sprichst du?«

Ein entsetzlicher Schrei ertönte. Die beiden Frauen hielten sich erschrocken die Ohren zu. Dann sah Elisabeth, wie das Bild der Geisterfrau wieder auf der Glasoberfläche an Form gewann und größer wurde. Sie schien in das Wasserglas hineinzufliegen, so sah es jedenfalls in ihren Augen aus. Das Glas zersprang lautstark, Elisabeth schrie auf und hielt sich die Hand vor den Mund.

So etwas hatte selbst Anna noch nicht erlebt. Sie sah auf die Glassplitter, die sich über dem Tisch verteilt hatten. Blut tropfte aus den scharfen Kanten. Aber es war weder ihres, noch das von Elisabeth.

»Es ist vorbei. Sie ist weg. Ist alles in Ordnung?«

Ihre Vermieterin rang nach Worten. »Ja, schon, aber...«

»Was ist? Haben Sie noch etwas gehört?«

»Allerdings. Haben Sie es denn nicht gehört?«

»Ich hörte nur dieses Stöhnen und sah dann das Glas zerspringen.«

»Die Geisterfrau, sie hat den Namen genannt, nach dem Sie sie gefragt haben, kurz bevor sie in das Glas geschossen kam.«

»Welchen Namen hat sie genannt?« Anna bekam plötzlich ein flaues Gefühl im Magen. Ihr Herzschlag beschleunigte sich abrupt und ihre Pupillen weiteten sich. Sie verspürte genau das, was einige Forscher als das 'Fühlen der Zukunft' bezeichneten. Annas Körper und ihr Unterbewusstsein nahmen für ein paar Sekunden die Reaktion auf die schreckliche Botschaft vorweg, die Elisabeth mit der Nennung des Namens ihr überbringen würde.

»Sagen Sie schon! Welcher Name?«

»Robert«, sprach Elisabeth nachdenklich. »Sie sagte Robert. Können Sie damit etwas anfangen? Ich kenne niemanden, der so mit Vornamen heißt.«

Anna wurde schlagartig kreidebleich. In ihren Fingern begann es zu kribbeln. Sie fühlte sich einer Ohnmacht nahe.

»Was haben Sie?«

Annas Mund fühlte sich trocken an. Als sie antworten wollte, klebte ihre Zunge regelrecht am Gaumen fest. »Ich...«

»Hat es etwas mit dem Namen zu tun? Kennen Sie jemanden, der Robert heißt?«

Anna sah entsetzt ihr Gegenüber an. Für einen Moment hatte sie gehofft, halluziniert und sich den Namen Robert eingebildet zu haben. Aber dem war nicht so.

»Sagen Sie schon! Wer ist dieser Robert?«

Anna sah zu Elisabeth, aber sie sah durch sie hindurch. Sie fühlte sich leer und wie betäubt. »Robert war mein Sohn.«

ES LAUERT

»Ich verstehe nicht.«

»Mein Sohn und mein Mann sind vor einigen Jahren bei einem Verkehrsunfall ums Leben gekommen.«

»Das ist ja furchtbar.«

Anna achtete gar nicht auf Elisabeths Worte. Sie konnte einfach nicht glauben, was der erschienene Geist ihr zugeflüstert haben sollte. »Sind Sie sicher, dass Sie diesen Namen gehört haben?«

»Absolut! Aber was hat das zu bedeuten? Was wollte uns die Geisterfrau sagen?«

Anna wagte es nicht auszusprechen, was sie befürchtete. Nämlich, dass sich dieses Ding mit den feuerroten Augen der Seele ihres toten Sohnes bemächtigt hätte. Das konnte nicht sein. Nein, sie wollte es nicht glauben. Das war zu absurd. Es war zu schrecklich, um wahr sein zu können. »Wahrscheinlich bedeutet es gar nichts«, brachte sie gequält hervor, so dass Elisabeth sofort klar war, dass mehr dahinter steckte.

Anna war immer noch blass. Elisabeth entschied sich daher, das Licht wieder einzuschalten und ihr ein neues Glas Wasser zu holen; und sich auch. Als sie mit beiden Gläsern an den Tisch zurückkehrte, konnte sie den tiefen Schock, den die Botschaft der Geisterfrau bei Anna hinterlassen hatte, in ihren Augen sehen.

Es machte keinen Sinn, ihre wahren Gefühle verbergen zu wollen.

»Glauben Sie, dass das möglich ist?«, fragte Anna mit gesenktem Blick. Sie wirkte völlig niedergeschlagen.

»Was meinen Sie?«

»Dass dieses Wesen, dieses... Ding, das diesen Ort heimsucht, die Seele meines Sohnes gefangen halten

kann. Glauben Sie, dass es kein Zufall war, dass ich hierher gekommen bin und den Geistern nachspüre?«

»Ich... ich weiß überhaupt nicht, was ich denken soll.
Schon gar nicht nach dem, was gerade geschehen ist. Sie
sagten doch, dass Ihr Sohn schon vor Jahren gestorben ist
und das bestimmt nicht hier an diesem Ort, nicht mal in
der Nähe von hier, oder?«

»Richtig.«

»Wie kann es dann sein, dass ausgerechnet hier und
jetzt ein böser Geist seiner unsterblichen Seele etwas anhaben kann. Ich meine...« Elisabeth suchte nach den richtigen Worten. »Wenn wir sterben, dann dachte ich immer, dass unsere Seele, oder das, was uns nicht an unseren Körper bindet, an einen besseren Ort gelangt, vorausgesetzt man war ein rechtschaffener Mensch oder
einfach jemand, der - egal wie - positiv auf die Welt ein-
gewirkt hat. Das ist zumindest mein Weltbild. Wie sollte
dann die Seele eines unschuldigen Kindes in die Hände
eines bösen Geistes geraten können?«

»Das ist es ja, was mir Angst macht. Was, wenn die
Seele meines Sohnes den Weg nicht zu ihrem Bestim-
mungsort gefunden hat? Was, wenn sie im ewigen Fege-
feuer gefangen ist? Und den dunkelsten, heimtückischs-
ten Wesen, die dort lauern, hilflos ausgeliefert ist?« Anna
brach in Tränen aus.

»Das dürfen Sie nicht denken! Viel wahrscheinlicher ist
es doch, dass dieses Ding Ihnen Angst machen will. Es
weiß ganz genau, dass Sie vielleicht die Einzige sind, die
dieses Monster aufhalten kann. Es hat Sie angegriffen,
schon am ersten Tag Ihrer Ankunft. Es weiß um Ihre
Stärken und wahrscheinlich auch um Ihre Schwächen.
Und die will es eiskalt ausnutzen.«

Das war in der Tat viel wahrscheinlicher. Dennoch hielt
Anna das für Wunschdenken.

»Wer, glauben Sie eigentlich, war diese Frau? Dieser Geist, meine ich, den ich als Spiegelung gesehen habe?«

»Es könnte die Frau in Weiß gewesen sein.«

»Die Frau in Weiß?«

»Ja, sie taucht in zahlreichen Geschichten auf, in denen etwas Übernatürliches passiert ist. Und das schon seit vielen Jahrhunderten. Nicht selten wurde ihre Erscheinung im Zusammenhang mit einem großen Unglück beschrieben, bei dem Menschen zu Tode kamen. Vor, während oder nach einem solchen Ereignis. Manche glaubten, sie wollte die Menschen warnen, das galt insbesondere dann, wenn Kinder in Gefahr waren.«

Elisabeth schluckte trocken. »Aber wenn das wirklich diese Frau in Weiß war, die ich gesehen habe, und keine Täuschungsabsicht von wem auch immer dahinter stand, dann...«

»...würde das bedeuten, dass die Seele meines Sohnes tatsächlich in den Händen dieser Kreatur sein könnte.«

LICHTER

Lange saßen Anna und Elisabeth da und schwiegen. Mitternacht war schon längst vorbei.

»Ich werde dann mal nach Hause gehen und mich hinlegen. Ich bin reif fürs Bett. Aber ich weiß jetzt schon, dass ich kein Auge zukriegen werde«, sagte ihre Vermieterin mit blassem Gesicht und müden Augen.

»Ja, sicher. Es tut mir leid, dass ich Sie mit diesen ganzen Dingen konfrontiert habe. Ich hoffe, Sie sind mir nicht böse.«

»Aber nein. Sie sind schließlich hier, um uns zu helfen, nicht um uns Ärger zu bescheren. Niemand versteht das wohl besser als ich. Wenn Sie wieder meine Hilfe brauchen, dann werde ich für Sie da sein. Sie müssen diesem Spuk ein Ende bereiten.« Elisabeth schnaufte verächtlich. »Dem Spuk - im wahrsten Sinne des Wortes.«

Anna begleitete sie noch zur Tür. »Gute Nacht.«

»Für Sie auch.«

Anna wollte sich jetzt nicht einfach ins Bett legen und eine endlos scheinende Nacht ohne Schlaf allein mit ihren Gedanken verbringen. Sie war viel zu aufgewühlt.

Vielleicht sollte ich... Sie konnte diesen Gedanken nicht zu Ende bringen, da es laut an der Tür hämmerte, die sie eben noch hinter ihrer Vermieterin verschlossen hatte.

»Anna!«, hörte sie eine mittlerweile vertraute Stimme rufen.

Kaum war die Tür wieder offen, fiel Elisabeth in die Wohnung ein und packte Anna am Arm. »Draußen! Kommen Sie mit, das müssen Sie sehen!«

Sie stürzten beide aus dem Haus zum Gartenzaun. »Da. Ist das nicht furchtbar?«

Auf der Straße war wie immer um diese nächtliche Uhrzeit kein einziges Auto mehr unterwegs. Dafür schlurften mehr als ein halbes Dutzend Gestalten über den Asphalt. Sie sahen in dem trüben Licht der spärlichen Straßenbeleuchtung aus wie Zombies, die auf der Suche nach Menschenfleisch umherstreiften. Doch es waren keine Zombies. Alle waren Einwohner Nimtows. Und sie hatten alle ein Ziel: Den Weg hinunter zum Fluss.

»Sie schlafwandeln«, flüsterte Anna.

»Alle zur selben Zeit? Das ist doch verrückt! Der Anblick ist so unheimlich. Was geht hier bloß vor sich?«

Wenn ich das wüsste, hätte ich die Sache vielleicht schon längst beendet, dachte Anna grimmig.

»Es werden immer mehr. Mit jeder Nacht kommen immer mehr Leute aus ihren Schlafzimmern und streifen durch die Nacht. Wo wollen sie nur hin?«

»Dorthin, wo Sie auch letzte Nacht hin geschlafwandelt sind, Elisabeth. Zur alten Eiche auf der großen freien Aue in der Nähe der Havel.«

»Was ist an diesem Ort so Besonderes?«

»Ich bin mir sicher, dass dort einmal eine Kultstätte zur Zeit der Slawen gewesen sein muss - vor über tausend Jahren. Sie selbst haben davon geträumt.«

»Ja, das muss es gewesen sein. Diese Gestalten, die im Kreis um einen Steinsockel standen.«

Anna wollte sich nicht in dieser Nacht noch einmal zu nahe an jene Stelle wagen. Nach der letzten Attacke, durch die sie in den Fluss geschleift und in der Folge fast ertrunken wäre, wollte sie dieses Mal vorsichtiger sein. Also hatte sie eine andere Idee. Sie holte die Karte und zeigte auf die Stelle, an der sie den mysteriösen Baum vermutete. »Da sehen Sie. Die Straße führt dort parallel zum Fluss. Sie haben mir die Stelle, wo der Baum sein muss, auf der Karte gezeigt.«

»Ja. Von dort kann man die Havel sehen. Und auch den Baum, soweit ich das richtig in Erinnerung habe. Was haben Sie vor?«

»Ich will mir das Ganze aus sicherer Entfernung ansehen. Ich fahre mit dem Auto dorthin. Haben Sie ein Fernglas?«

»Ja. Ich hole es, dann komme ich mit. Ich lasse Sie nicht alleine. Ich beeile mich.«

»Sie müssen sich nicht zu beeilen. Die Schlafwandler werden noch eine Weile brauchen, bis sie die Eiche erreichen.«

Nachdem Elisabeth ihr Fernglas geholt hatte, stiegen beide in Annas Wagen und fuhren los. Sie verließen den Ort, fuhren wenige Kilometer durch die Nacht und kamen nach ein paar Minuten wieder am Rande der Landstraße zum Stehen.

»Hier müsste es sein.«

Anna war enttäuscht. »Es ist stockfinster. Ich hatte gehofft, wenigstens etwas zu sehen. Aber hier draußen auf dem Land ist das wohl unmöglich. Typisch für mich als Großstädterin, oder? Zu glauben, hier wäre es genauso hell wie nachts in Berlin. Dort, wo ich wohne, sind soviel Straßenlaternen, Gehwegleuchten und beleuchtete Hausnummernschilder, dass man ohne Mühe bei Nacht ein Buch lesen könnte, so hell ist es. Aber hier...«

»Warten wir noch ein wenig. Irgendwo dort hinten müsste der Baum stehen. Soll ich mal mit der Taschenlampe leuchten?«

»Nein, lieber nicht. Warten wir und sehen, ob sich etwas tut.«

So warteten sie im Auto bei geöffneten Fenstern. Nach einer halben Stunde ging direkt vor ihnen eine blitzschnelle Sternschnuppe nieder.

»Sie dürfen sich etwas wünschen«, sagte Elisabeth.

Doch das tat Anna nicht mehr. Nicht, seit sie ihre Familie verloren hatte. Aberglaube wie dieser und die ganzen Rituale des täglichen Lebens widerten sie seither an. Nur mit Mühe hatte sie es nach Jahren wieder geschafft, unter Menschen zu gehen und ein halbwegs normales Leben zu führen. Nein, sie wollte sich nichts mehr wünschen. Nie wieder.

»Dort!«

»Ich sehe es.« Eines dieser seltsamen, hektisch im Zickzack fliegenden Lichter war aus dem Nichts aufgetaucht. Es umflog den alten Baum und tauchte ihn jedes Mal, wenn es nahe genug herankam, in ein kühles, weißes Licht.

»Was ist das? Noch ein Geist?«

»Vermutlich. Es gibt hier sehr verschiedene Erscheinungsformen. Von diesen Lichtern haben wir hoffentlich nichts zu befürchten.«

»Hoffentlich?«

Hatte ich hoffentlich gesagt? »Keine Sorge, Elisabeth. Wir sind viel zu weit entfernt, als dass wir als Störenfriede wahrgenommen werden könnten.«

Die Antwort stellte ihre Vermieterin nicht zufrieden, aber sie war viel zu abgelenkt von dem irre tanzenden Licht. »Es bewegt sich so unfassbar schnell. Und diese abrupten Richtungsänderungen. Sehen Sie nur!«

»Ja, manche glauben an Begegnungen mit einem außerirdischen UFO, wenn sie etwas Vergleichbares gesehen haben.«

»Es macht überhaupt keine Geräusche. Es ist still wie ein Grab.« Bei dem Satz erschauerte Elisabeth.

»Da weiter rechts kommt noch eines.« Und nicht nur dieses. Binnen Sekunden flammten weitere helle Lichter auf. Wie aufgeschreckte Fliegen jagten sie um den Baum herum.

Die Lichter produzierten nun genug Helligkeit, um das Areal um die Eiche einigermaßen gut sehen zu können. Die Schlafwandler traten einer nach dem anderen aus der Dunkelheit und versammelten sich um den Baum.

»Ich glaube es ja nicht! Was machen die da?«

»Das ist die Eine-Million-Euro-Frage.«

Elisabeth sah dem Treiben der wie untot wirkenden Schlafwandler mit einer Mischung aus Gruseln und Befremden zu. Während sie die Szenerie betrachtete, hatte sie das Gefühl, sich an etwas zu erinnern. Etwas aus ihrem merkwürdigen Traum. »Rückkehr«, murmelte sie nachdenklich.

»Was sagten Sie?«

»Rückkehr. Dieses Wort - es ging mir gerade durch den Kopf. Ich habe dieses Wort in meinem Traum gehört. Hat es nicht auch die Frau in Weiß erwähnt? Ich weiß es nicht mehr.«

»Hat jemand in Ihrem Traum gesprochen?«

»Nein, es war mir einfach in den Sinn gekommen, während ich träumte. Das, was die Gestalten in ihren Umhängen taten, während sie um diesen Steinblock herumstanden, diente der Rückkehr. Aber der Rückkehr von wem? Oder von was?«

»Ich weiß es nicht. Aber vielleicht wollten sie einen dieser Elementargeister, an die man damals glaubte, rufen. Und vielleicht war dies der Ort, an dem sie es getan hatten. Ich möchte wetten, dass sich unter dem riesigen Wurzelwerk der alten Eiche noch immer dieser große Steinblock befindet. Dies muss damals ein sehr spiritueller Ort gewesen sein. Ein Ort, von dem man glaubte, dass die kosmischen Energien, aus denen die Welt in ihrem Glauben bestand, gebündelt wurden. Und wenn ich mir die Lichterschar und die Schlafwandler so ansehe, dann glaube ich, dass es wirklich ein derartiger Ort ist. Ein Ort, an dem die Schwelle zwischen unserer Realität und dem Jenseits besonders leicht zu überwinden ist. Wo der Schleier, der unsere beiden Welten trennt, so dünn ist, dass man möglicherweise sogar von der einen in die andere Welt hindurchsehen kann.

Ich muss diesen Ort genauer untersuchen. Gleich morgen.«

»Dann ist das, was sich jetzt hier abspielt, eine Art Vorbereitung für die Rückkehr von diesem Elementargeist?«

»Möglich. Aber ich verstehe einfach nicht, welche Verbindung hier zu den Sieben Heimsuchungen besteht, die ich untersuchen soll.«

»Sieben Heimsuchungen?«

»Ja. Das sind besonders intensive Vorkommnisse im Zusammenhang mit Geistererscheinungen, die sich weltweit ereignet haben. Man glaubt, dass die siebte Heimsuchung etwas ganz Besonderes sein soll. Fragen Sie mich bitte nicht, was genau, denn ich weiß es auch nicht. Das, was hier in Nimtow geschieht, könnte die letzte große Heimsuchung sein. Was immer dort drüben an dieser ehemaligen Kultstätte herbeigerufen werden soll, muss damit zu tun haben.«

»Das klingt ja furchtbar. Ein Geist aus einer fernen Vergangenheit soll gerufen werden? Darauf kann ich verzichten. Ich will, dass das aufhört. Die Geister, meine Nachbarn, die wie ferngesteuert schlafwandeln - ich selbst habe es auch getan! Das muss enden. Deswegen sind Sie doch hier. Wie wollen Sie es beenden?«

»Das kann ich erst sagen, wenn ich verstehe, wer hier gerufen werden soll. Und selbst wenn ich es herausfinden sollte, ist das noch keine Garantie, dem Spuk ein Ende zu bereiten.«

»Glauben Sie, dass es heute Nacht noch zu der Rückkehr kommen wird?«

»Unwahrscheinlich. Aber wie Sie selbst gesagt haben, es wird von Nacht zu Nacht mehr. Mehr Leute, die schlafwandeln, mehr von diesen geisterhaften Lichtern. Es wird nicht mehr lange dauern; ein paar Nächte vielleicht noch, dann wird es soweit sein. Und bis dahin will ich vorbereitet sein.« Annas Mund fühlte sich furchtbar trocken an. Sie hatte nichts zu trinken in ihrem Auto. Also kramte sie im Dunkeln in Staufach der Mittelkonsole und suchte nach einem Bonbon.

Während sie das unergründliche Fach mit der rechten Hand durchwühlte, sah Elisabeth wie gebannt auf das Treiben rund um die alte Kultstätte. Doch plötzlich veränderte sich etwas. Etwas, das ihr so sehr Angst machte, dass sie in ihrer Hilflosigkeit Anna heftig am Arm schüttelte.

»Anna!«

»Was ist denn?« Sie hatte immer noch nicht gefunden, wonach sie gesucht hatte und schaute nur widerwillig auf.

»Sehen Sie doch!«

Anna sah zur alten Eiche und glaubte, ein Standbild zu sehen. Die Lichter und die Schlafwandler waren noch da, aber sie bewegten sich nicht mehr. Gar nichts rührte sich, als hätte jemand bei einer Aufnahme die Pause-Taste gedrückt.

»Sehen die zu uns rüber?«, fragte Elisabeth nach einer Weile der Ratlosigkeit.

»Ich glaube nicht.«

»Haben Sie das Standlicht angelassen? Irgendein Licht?«

»Nein, nichts. Die können uns nicht sehen.«

»Sie sehen aber genau in unsere Richtung. Und die Lichter pulsieren auf so merkwürdige Weise. Mir gefällt das nicht. Lassen Sie uns schnell von hier verschwinden.«

Anna drückte zielsicher den Startknopf der Zündung, aber nichts tat sich. Schlüssel nicht erkannt erschien auf dem Display in der Mitte.

»Mist! Wo habe ich den Schlüssel gelassen?« Annas Auto musste mit eingestecktem Schlüssel gestartet werden. Das Keyless-System hatte sie beim Kauf für überflüssig gehalten. Jetzt wünschte sie sich, sie hätte sich damals anders entschieden.

Sie durchwühlte wieder die unergründlichen Tiefen des Staufachs in der Mittelkonsole. »Wo ist er nur?«

»Beeilen Sie sich!«

»Ja. Ich weiß, er muss da drin sein.«

»Anna!«, schrie Elisabeth und packte sie am Arm.

»Was ist?«

»Die Lichter! Sie sind weg. Sie sind alle weg. Ich kann nichts mehr erkennen, es ist zu dunkel.«

Anna hätte sich Sorgen gemacht, wenn die Lichter auf sie zugekommen wären. Besser die Lichter waren verschwunden, als etwas anderes.

Nach einer endlos scheinenden Weile ertastete sie schließlich den ersehnten Schlüssel.

»Ich habe ihn.«

»Endlich! Bloß schnell weg von...« Elisabeth wurde durch einen heftigen Seitenaufprall gegen das Auto, in dem sie saßen, unterbrochen. Zumindest fühlte es sich wie ein Aufprall an. Der Wagen geriet ruckartig in Schieflage und fiel dann wieder zurück auf die Räder, so dass ihr Kopf beinahe gegen die Seitenscheibe geknallt wäre, hätte sie vor Furcht vor dem nächtlichen Treiben am Baum nicht ihre Nackenmuskeln angespannt.

Anna schrie vor Schreck auf. »Was ist das?« Der erste Gedanke, der ihr durch den Kopf schoss, war, dass jemand in sie hineingefahren sein musste, obwohl sie doch einige Meter entfernt von der Landstraße geparkt hatten. Sie sah sich um, konnte aber nichts und niemanden sehen.

»Mein Gott! Das waren diese Dinger da draußen. Sie haben uns entdeckt. Machen Sie schon! Starten Sie das Auto!«

Anna widersprach nicht. Doch hatte sie beim Aufprall den Schlüssel fallen lassen. Er war nun unglücklich zwischen Mitteltunnel und dem Fahrersitz eingeklemmt. Sie tastete sich in die schmale Spalte vor.

»Worauf warten Sie noch? Fahren Sie doch!«

»Ich habe ihn gleich.« Anna ertastete den Schlüssel, als das Auto erneut wieder einen Stoß abbekam. Dieses Mal jedoch weniger heftig als zuvor. Doch gleich danach begann sich der Wagen zu drehen. Die Reifen drückten tiefe Furchen in den weichen Untergrund, während die beiden verängstigten Frauen hilflos miterleben mussten, wie das Auto eine Pirouette drehte. Es war so, als ob ein Riese mit einer Hand ein Spielzeugauto bewegen würde.

Elisabeth schrie mehrfach vor Angst. »Ich will hier raus!« Sie riss am Türgriff, aber die Tür öffnete sich nicht. Sie hatte sich offenbar verklemmt.

Nachdem der Wagen eine vollständige Drehung vollführt hatte, wurde es wieder still. Anna nutzte die Gelegenheit, endlich den Schlüssel zu packen und ihn ins Kontaktfach zu stecken. Sie presste den Startknopf und der Motor sprang an.

»Los, geben Sie Gas!«

Anna legte den ersten Gang ein, ließ die Kupplung kommen und drückte das Gaspedal. Die Vorderreifen drehten durch. Sie hatten sich durch die Drehung so tief in den morastigen Untergrund gegraben, dass sie nicht mehr griffen.

Das Auto wurde erneut von der unsichtbaren Hand gepackt und wieder ein Stück gedreht, bis das Heck zur Flussseite ausgerichtet war. Dann, langsam aber sicher, wurde das Fahrzeug zum Wasser gezogen.

»Was geschieht hier nur?«

Anna ließ den Motor aufheulen, aber die Räder gruben sich nur tiefer in den Untergrund. Jetzt wurde auch sie von Panik ergriffen. Sie wollte nicht noch einmal ertränkt werden. Instinktiv tastete sie nach dem Türgriff und zog daran. Die Tür ließ sich tatsächlich öffnen. Anna wollte sie ganz aufstoßen, um herauszuspringen, doch irgendjemand schlug die Tür von außen wieder zu. Es war zwar dunkel, doch konnte Anna die Silhouette einer menschlichen Gestalt erkennen, die neben ihrer Fahrertür her lief, während der Wagen weiter gen Fluss gezogen wurde.

Anna betätigte den Schalter an der Decke für die Innenraumbeleuchtung. Das schwache Licht, das nach außen drang, fiel auf eine männliche Gestalt, die mit verdrehten Augen Anna anzustarren schien. Sie stieß einen kurzen Schrei aus.

»O, nein!«, rief Elisabeth neben ihr. »Das ist Herr Winkel. Er wohnt drei Häuser weiter. Ich kenne ihn schon seit vielen Jahren.«

Anna versuchte wieder, die Tür zu öffnen, aber der schlafwandelnde Mann aus Elisabeths Nachbarschaft knallte die Tür wieder mit Kraft zu.

»Herr Winkel, was machen Sie denn?«, schrie Elisabeth ihn an. Doch der reagierte in keinster Weise. Er trottete mit verdrehten Augen und einer ausdruckslosen Mimik neben dem Auto her.

Anna versuchte nochmals, die Tür zu öffnen, doch beim dritten Mal scheiterte sie schon im Ansatz, denn der Mann draußen hielt die Tür zu. Anna hatte keine Chance.

»Sind Sie denn verrückt geworden?«, rief Elisabeth ihm zu.

»Der hört sie nicht. Er weiß wahrscheinlich nicht, was er tut.« Noch während Anna das sagte, bemerkte sie, dass sie von weiteren Schlafwandlern umgeben waren. Sie hatten sich vor, hinter und neben dem Auto gruppiert und folgten diesem, ohne auch nur die geringste Ahnung zu haben, was sie gerade taten.

»Das ist ein Alptraum. Das darf nicht wahr sein!« Elisabeth hielt sich wie ein kleines Kind die Hände vor die Augen.

Anna rang mit sich, ob sie es wagen sollte, das Fenster herunter zu lassen, ließ es aber dann bleiben. Sie fürchtete, dass der Mann draußen hinein fassen und sie würgen könnte.

Zwei der zombiegleichen Gestalten, ein Mann mittleren Alters und eine junge Frau - beide mit verdrehten Augen -, lehnten sich vorne gegen die Motorhaube und schoben, während die unsichtbare Kraft von hinten weiter unerbittlich zog.

»Wir werden sterben!«, wimmerte Elisabeth hinter ihren Händen und schluchzte.

Wie weit waren sie schon verschleppt worden? Würde es jetzt enden? Hatte Anna wieder denselben Fehler wie zuvor gemacht? Hatte sie sich mit Mächten angelegt, denen sie nichts entgegensetzen konnte? Dieses Mal konnte sie sich nicht darauf verlassen, dass eines der hellen Lichter auftauchen und sie retten würde. Sie musste selbst etwas tun.

Ich will nicht sterben! Nicht heute und nicht hier!

Sie drückte die Hupe und ließ sie nicht mehr los. Das laute Geräusch aus dem Horn schnitt durch die sonst alles beherrschende Stille der Nacht wie ein scharfes Messer. In der ersten Sekunde änderte sich an ihrer ausweglosen Situation gar nichts. Doch dann begannen die ersten Schlafwandler stehen zu bleiben. Sie drehten die Köpfe langsam von einer Richtung in die andere, als hätten sie die Orientierung verloren, und als ob sie sich fragten, was sie hier gerade taten. Die Hupe war verdammt laut, aber sie vermochte es nicht, die Schlafenden zu erwecken. Doch immerhin blieben nun alle stehen und verloren damit den Kontakt zum Wagen, der weiter zum Fluss glitt.

Anna vergewisserte sich, dass draußen an der Fahrertür niemand mehr war und machte sich daran, die Tür zu öffnen. »Ich steige zuerst aus. Sie drücken dann weiter auf die Hupe, klettern dann zum Fahrersitz und folgen mir! Verstanden?« Elisabeth nickte.

Anna stieg aus, während sie aufpassen musste, dass ihre Beine nicht unter die Vorderräder gerieten. Sie schaffte es mit einem Satz hinaus. Elisabeth hielt weiter die Hupe gedrückt und machte sich daran, auf die andere Seite zu kommen. Mehr bekam Anna nicht mit. Denn kaum hatte sie den Wagen verlassen, packte sie etwas an den Beinen und riss sie von den Füßen.

Das Auto kam zum Stillstand.

»Nein!«, schrie Anna. »Lass mich los, du verdammtes Scheusal. Lass mich los!«

Elisabeth stolperte schockiert aus dem Wagen und musste mitansehen, wie Anna vor ihren Augen über den feuchten Auenboden in die Dunkelheit fortgeschleift wurde. Sie hatte jetzt nur zwei Möglichkeiten: Starr vor Angst stehen bleiben, oder Anna zu Hilfe eilen. Das war keine Sache der Vernunft oder des Abwägens, sondern reiner Instinkt. Glücklicherweise entschied sie sich für

Letzteres. Sie eilte hinterher und bekam Anna an den Händen zu fassen. Sie packte zu, so kräftig sie konnte und hielt sie fest. Es gelang ihr, das Fortschleifen zu unterbinden, wenn auch nur für einen kurzen Moment. Sie verlor das Gleichgewicht, stolperte und fiel vornüber. Anna entglitt ihrem Griff.

»Mein!«, hörte Anna eine Stimme sagen. Sie stammte nicht von Elisabeth, auch nicht von einem der Schlafwandler, die schon viel zu weit entfernt waren. Nein, diese Stimme gehörte keinem Menschen. Es war dieses Ding. Die körperlose Kreatur aus dem Jenseits, die sie erneut ertränken wollte.

»Du bist mein!«

Anna glaubte für einen Moment, die glühenden Augen ihres transzendentalen Entführers zu erblicken. Und was sie darin sah, schockierte sie so sehr, dass sie erstarrte und aufhörte, sich zu wehren. In diesen Augen waren die Augen von anderen Seelen verborgen. Seelen, die als Geisel von der Kreatur gehalten wurden, um sich von ihnen zu ernähren. Und eines dieser Augenpaare gehörte ihrem toten Sohn.

Das darf nicht wahr sein. Das kann nicht wahr sein!

Aber Anna hatte sich nicht geirrt. Die Frau in Weiß hatte sie gewarnt. Und sie hatte nicht gelogen. Roberts Seele war in dieser Kreatur gefangen. Für Anna verlor die Tatsache, dass sie sich in Lebensgefahr befand, verschleppt von einem übernatürlichen Wesen, vollkommen an Bedeutung. Es war reiner, beschützender Mutterinstinkt, der sie alles andere vergessen ließ. Alles außer dem Seelenheil ihres toten Sohnes. Sie würde nicht zulassen, dass dieses Ding sich daran vergriff.

Und es war der Mutterinstinkt, den sie nach Roberts Tod nie wirklich abgelegt hatte, der sie in rasender Wut eine ungeahnte Macht in sich aufsteigen und folgende

Worte ausspeien ließ, während sie weiter unerbittlich durch die Dunkelheit geschleift wurde: »Ich lasse nicht zu, dass du ihm das antust! Ich beschwöre jeden Geist, ob gut oder böse, jede Macht in diesem Universum, ja sogar den Teufel selbst, wenn es sein muss, um dich dafür zu bestrafen! Hörst du, du verdammtes Scheusal?

Herbei ihr Geister! Herbei! Lasst nicht zu, dass er sich über euch erhebt. Lasst nicht zu, dass er euch zu Sklaven seiner Herrschaft macht! Gebietet ihm Einhalt!«

Elisabeth war wieder auf die Beine gekommen und war hinterhergelaufen. Als sie Anna jene Worte in die Nacht schreien hörte, glaubte sie, sie hätte ihren Verstand verloren.

»Herbei! Herbei ihr verlorenen Seelen! Kommt herbei und stoppt ihn!« Anna wusste selbst gar nicht, was sie da rief. Die Worte kamen ganz automatisch aus ihrem Mund, ohne ihr Zutun. Und entgegen ihrer Erwartung bewirkten ihre Worte etwas.

Sie wurde losgelassen. Elisabeth half ihr hoch. »Schnell, lassen Sie uns verschwinden, bevor es wiederkommt!«

Anna hielt aber inne. War es für einen kurzen Moment absolut still, erfüllten kurz darauf leise Flüsterstimmen die Dunkelheit. Zuerst wenige, dann viele.

»Was ist das?«

Anna wusste die Antwort. Es waren jene Geister, die an diesen Ort gekommen oder gebunden waren. Jene Geister, die sie soeben beschworen hatte. Die unverständlichen Flüsterstimmen verschmolzen zu einem Chor. Es mussten hunderte, vielleicht tausende sein. Bei dem Gedanken erschauerte sie.

Was eben mit ihr geschehen war, hatte sie vollkommen in den Hintergrund gedrängt. So viele tote Seelen, vereint an einem einzigen Ort - das musste etwas bedeuten. Noch nie hatte sie von etwas Vergleichbarem gehört. Die siebte

Heimsuchung fand hier statt, mitten im Havelland, am Wasser, das die unergründlichen Geheimnisse der Vergangenheit in sich trug.

Und dann flammte es mit einem Mal vor den beiden Frauen auf: Das Wesen mit den roten Augen. So deutlich wie nie zuvor formte sich eine Gestalt aus kalt glühendem Nebel ohne Substanz. Noch nicht richtig hier in dieser Wirklichkeit und doch schon mächtig genug, um eine Form anzunehmen. Sie bäumte sich auf, wurde größer und größer und ließ alles, das unter ihr gediehen war, verderben.

Elisabeth sackte auf die Knie. Gleichzeitig wurden die Flüsterstimmen lauter. Einige von ihnen traten aus ihrem Schleier der Unsichtbarkeit heraus und nahmen auch Formen an. Anna konnte Gesichter erkennen, manchmal nur für den Bruchteil einer Sekunde, bevor sie sich wieder in Nichts auflösten. Sie standen um sie herum. Sie stellten sich dem Wesen entgegen, weil sie wussten, dass sie es nicht gewähren lassen durften. Annas Bitte hatten sie erhört. Sie zeigten sich.

Die roten Augen der bösen Gestalt schienen Anna zu durchbohren. Je länger sie in sie hineinsah, desto mehr bekam sie das Gefühl, sich in ihren schauerlichen Abgründen zu verlieren. Die Vorstellung, dass irgendwo dort tief drinnen die Seele ihres Sohnes gefangen war, machte sie rasend.

»Verschwinde! Und lass meinen Sohn in Ruhe!« Sie deutete um sich. Die unzähligen Stimmen in der Dunkelheit flüsterten abwehrende Worte. Sie waren zu ihrer Armee geworden, wenn auch nur für diesen Augenblick. »Du kannst nicht gewinnen. Nicht heute.«

Ein furchtbares Geräusch ertönte. Es klang wie ein Schrei, der bis zur Unkenntlichkeit verzerrt war. Kurz darauf erloschen die glühenden Augen. Die nicht-stoffliche Erscheinung des Wesens verschwand. Genauso wie die Stimmen und die Gesichter der toten Seelen. Nichts als Dunkelheit und Stille blieb zurück.

Anna hatte Recht behalten. Dank der Unterstützung der Geister des Havellandes musste das Wesen mit den roten Augen aufgeben und sich zurückziehen. Seine Kräfte waren noch nicht weit genug entwickelt. Es verschwand. Und mit ihm auch die Geister, die heute Nacht mehr geleistet hatten, als Anna je für möglich gehalten hatte.

Heute Nacht hatte sie diesen Kampf gewonnen.

Doch was würde morgen geschehen?

DAS LETZTE OPFER

Viel Schlaf fand Anna in der restlichen Nacht nicht mehr. Eigentlich hatte sie überhaupt nicht geschlafen. Viel zu viele Dinge gingen ihr durch Kopf. Allen voran die Sorge um die Seele ihres Sohnes. Sie hatte ihn gesehen. Sie hatte seine Augen in denen der abscheulichen Kreatur gesehen. Sie hatte den Beweis für das, was sie zuvor noch für absolut unmöglich gehalten hatte. Es war keine Einbildung, es war real. Das hatte alles geändert. Sie wäre noch in derselben Nacht stehenden Fußes abgereist und wäre nie wieder an diesen unseligen Ort zurückgekehrt. Doch jetzt hatte sie nur noch ein Ziel: Roberts Geist aus den Händen dieser Bestie zu befreien.

Wer war dieses Ding? Oder besser gesagt, wer war es früher einmal? Es musste sich um eine bedeutende Person gehandelt haben. Vielleicht jemand, der zu Lebzeiten mit dunklen Mächten in Verbindung stand. Jemand, der einen Weg gefunden hatte, seinen Geist über den Tod hinaus aus eigener Kraft zu kontrollieren. Eine Art Druide vielleicht. Von etwas Ähnlichem hatte Anna schon einmal gelesen, wenngleich es nicht vergleichbar mit dem Geschehen hier war.

Die Kultisten, die Elisabeth in ihrem Traum gesehen hatte, sie waren der Schlüssel. Wollten sie das Wesen befreien und in diese Welt holen, oder wollten sie es vernichten? Was war schiefgelaufen? Was hat sie aufgehalten? Ohne das siebte Symbol, das dabei mit den anderen sechs eine Rolle gespielt haben musste, würde Anna das nie herausfinden. Fest stand: Es war eine mächtige Kreatur, deren bevorstehende Rückkehr sich durch die Sieben Heimsuchungen ankündigte.

Die Geister des Havellandes fanden sich, wie bei den vorigen sechs Heimsuchungen auch, zusammen, weil die

Kluft zwischen dem Diesseits und dem Jenseits so schmal geworden war, dass ihr Interesse geweckt worden war. Einige der Geister, darunter jene, die Anna in dieser Nacht beigestanden hatten, wussten offenbar, dass der Kreatur mit den roten Augen das Betreten dieser Welt in seiner neuen Gestalt nicht erlaubt werden durfte.

Doch es gab auch andere Geister. Anna erinnerte sich, wie sie in der Nacht zuvor als Lügnerin von einigen von ihnen beschimpft wurde. Warum hatten sie das getan? Sie trauten ihr nicht. Sie fürchteten vielleicht, dass Anna die Kreatur herbeilocken oder bei dem Übertritt in diese Welt helfen könnte, womöglich sogar unabsichtlich. Und diese Gefahr war durchaus nicht von der Hand zu weisen. Denn jedes Mal, wenn Anna des Nachts auch nur in die Nähe der alten Kultstätte beim alten Baum kam, wurde sie aufs Heftigste von der Kreatur attackiert. Warum? Wirklich deshalb, weil das Wesen in Anna eine Gefahr sah? Oder brauchte es sie? Die Geister des Havellandes wussten es vielleicht. Aber sie teilten ihr Wissen nicht mit Anna. Nur die Frau in Weiß, die schon in zahlreichen Legenden aufgetaucht war, war zu ihr durchgedrungen, wenn auch nur mit Elisabeths Hilfe.

Eines schwor sich Anna jedenfalls. Sie wollte keinesfalls wieder nachts diesen Ort besuchen. Es war zu gefährlich. Nur noch bei Tag würde sie sich dorthin wagen. Sie musste jetzt das siebte Symbol finden. Das war ihre einzige Chance zum Verstehen. Aber vorausgesetzt, sie würde das letzte Symbol finden, dann wäre sie immer noch auf die Mithilfe von Kronenberg angewiesen. Und die machte aus ihrem Wissen über die Symbole ein Staatsgeheimnis. Sie brauchte ihre Zusicherung, dass sie ihr Wissen mit ihr teilen würde, sonst tappte Anna weiter im Dunkeln, und die Seele von Robert wäre verloren.

Wenn Anna das letzte Symbol finden sollte, dann würde sie es der alten Frau nur dann überlassen, wenn sie ihr die anderen Symbole zeigen würde. Kronenberg hatte bestimmt schon eine ganz genaue Vorstellung davon, wer an diesem Ort seine Rückkehr ins Diesseits vorbereitete. Aber sie brauchte noch den letzten Beweis. Und ohne Anna würde sie ihn nicht bekommen.

Anna musste jetzt vorsichtig sein, denn sie traute ihrer Auftraggeberin nach wie vor nicht über den Weg. Etwas Böses erwachte an diesem Ort, und Kronenberg wusste das. Sie wollte es sich vielleicht zu eigen machen, ihren Vorteil daraus ziehen. Was auch immer sie vorhatte, es konnte wohl kaum etwas Gutes sein.

Als hätte sie Annas Gedanken gelesen, klingelte das Telefon, als Anna früh morgens noch mit geöffneten Augen im Bett lag. 'Kronenberg' stand auf dem Display von Annas Handy. Die Alte konnte wohl wirklich Gedanken lesen, dachte sie.

Was will sie jetzt? Hat sie mich wieder ausspioniert?

Das hatte sie ganz offensichtlich. Wie sich herausstellte, hatte Kronenberg Elisabeth angerufen, unter dem Vorwand, sich nach ihrem Wohlbefinden zu erkundigen. Natürlich war Elisabeth von letzter Nacht noch völlig aufgewühlt und hatte alles ausgeplaudert, was geschehen war. Aus diesem Grunde wollte Kronenberg nun Details von Anna wissen. Eines interessierte sie dabei ganz besonders: Die Sache mit ihrem Sohn.

»Es tut mir so leid, dass das geschehen ist. Ich kann nur ahnen, wie sie sich dabei fühlen müssen«, sagte Kronenberg ohne eine erkennbare Spur von Heuchelei. »Wie geht es Ihnen?«

»Das war eine harte Nacht. Elisabeth hat Ihnen ja wohl schon alles erzählt. Es war nicht ganz ungefährlich.«

»Das ist wohl die Untertreibung des Jahrhunderts. Nach dem, was mir Elisabeth erzählt hat, sind Sie beide dem Tod nur knapp von der Schippe gesprungen.«

»Vielleicht. Vielleicht war es aber nur eine weitere Warnung dieses Wesens, mich nicht einzumischen. Jedenfalls agiert es extrem aggressiv auf mich. Etwas Vergleichbares habe ich noch nicht erlebt. Inklusive der Drohung mit meinem Sohn.«

»Das ist schrecklich. Glauben Sie wirklich, dass das möglich wäre? Dass dieses Wesen die Seele Ihres Sohnes gefangen halten kann?«

»Nach dem, was ich die letzten Tage erlebt habe, schließe ich nichts mehr aus«, sagte Anna mit großer Anstrengung, sich ihre Bestürzung nicht anmerken zu lassen. Sie schluckte trocken und hielt dafür das Smartphone weg.

»Warum gerade *Ihr* Sohn? Er ist doch schon vor vielen Jahren verstorben, und das auch noch hunderte Kilometer vom Havelland entfernt, ist es nicht so?«

»Entfernungen spielen im Jenseits keine Rolle, Frau Kronenberg. Und warum dieses Wesen sich ausgerechnet die Seele meines Sohnes ausgesucht hat, liegt doch auf der Hand: Es will mich damit erpressen und mich zwingen, aufzugeben.«

Kronenberg schwieg einen Moment. »Ich würde natürlich verstehen, wenn Sie nicht mehr weitermachen wollen. Auf die Gefahr hin, ungeduldig zu klingen. Was haben Sie jetzt vor?«

»Ich werde nicht aufgeben. Ich glaube, ich weiß, wo das siebte Symbol zu finden ist.«

Kronenberg schwieg. Sie wartete ab, ob Anna ihr auch sagen würde, wo sie das letzte Symbol vermutete, aber Anna verriet es nicht. »Das klingt fantastisch. Ich bin schon so gespannt«, sagte sie schließlich, um das Schweigen nicht zu unangenehm werden zu lassen.

Anna sagte immer noch nichts. Sie überlegte, wie sie darauf reagieren sollte. Doch dann platzte es regelrecht aus ihr heraus. »Was meinen Sie mit fantastisch?«

»Sie wissen doch, wie wichtig mir Ihre Mission ist.«

»Das habe ich nicht gemeint. Es ist doch unverkennbar, dass hier etwas sehr Gefährliches stattfindet. Ich weiß noch nicht, was dieses Wesen ist, das sich hier auf seine Rückkehr vorbereitet, aber ich finde es heraus. Und dann bin ich vielleicht in der Lage, die Rückkehr zu verhindern. Das geht zwar über meinen Auftrag, das siebte Symbol zu finden, hinaus, aber ich werde nicht zulassen, dass dieses Ding in unsere Welt einfällt, komme was wolle. Ich hoffe, Sie sehen das genauso. Verstehen Sie mich nicht falsch, aber ich hatte eben den Eindruck, Sie würden die Rückkehr dieses Wesens willkommen heißen.«

»Wie kommen Sie denn darauf?« Frau Kronenberg klang empört.

»Nun, Sie verheimlichen mir Ihr Wissen um die anderen sechs Symbole. Ich weiß, Sie wünschen Diskretion. Aber spätestens, wenn ich das siebte Symbol habe, will ich endlich wissen, was es damit auf sich hat. Ich will die Symbole sehen, verstehen Sie?«

»Natürlich. Das Symbol, nach dem Sie suchen sollen, müsste auf einem kleinen Stein zu finden sein.«

»Einem Stein?«

»Ja. Alle sechs Symbole, die ich habe, befinden sich auf maximal faustgroßen Steinen. Beim siebten wird es nicht anders sein.«

»Das hätten Sie mir auch früher sagen können. Aber besser spät als nie.«

»Sobald Sie das letzte Symbol gefunden haben, werde ich zu Ihnen kommen. Dann werde ich Ihnen die anderen zeigen. Und was das Wesen betrifft, von dem Sie glauben, dessen bevorstehende Rückkehr wäre die Ursache für die siebte Heimsuchung, so kann ich Ihnen versichern, dass ich darüber nicht mehr weiß als Sie. Durch Sie habe ich doch überhaupt erst von diesem Ding mit den roten Augen erfahren.

Wenn Sie also beschließen, es zu bekämpfen, es ins Jenseits oder wo immer es auch herkommen mag, zu verbannen, dann stehe ich voll an Ihrer Seite. Aber ich will dabei sein, wenn es passiert. Ich will wissen, was es mit den Sieben Heimsuchungen auf sich hat. Und wenn Sie glauben, diese Serie von Heimsuchungen beenden zu können, so will ich an Ihrer Seite sein.«

»Das könnte aber sehr gefährlich werden.«

»Ich weiß. Aber die Sieben Heimsuchungen sind meine Obsession. Ich würde alles dafür geben, diesem Geheimnis auf die Spur zu kommen. Und ich würde das Wesen auch bekämpfen, genauso leidenschaftlich wie Sie, aber ich besitze nun einmal nicht Ihre besondere Begabung. Ich kann keinen Kontakt mit jenen aus dem Jenseits aufnehmen, so wie Sie. Deshalb brauche ich Sie, und ich werde alles tun, um Sie zu unterstützen. Vielleicht geht es aber auch gar nicht um dieses Wesen. Vielleicht will es die Enthüllung des Geheimnisses auch verhindern. Ich bin an jenem Geheimnis interessiert, nicht an Monstern.«

»Gut«, sagte Anna nach einer kurzen Pause. »Ich werde Sie dann anrufen, sobald ich etwas gefunden habe. Vielleicht schon sehr bald.«

»In Ordnung. Viel Glück, und auch wenn ich mich wiederhole: Seien Sie vorsichtig.«

»Das bin ich. Auf Wiederhören.«

Frau Kronenberg saß an ihrem Schreibtisch in ihrem Büro, während sie den Hörer auflegte. Sie faltete die Hände und war besorgt. Anna war ihre letzte Chance.

Anna war der Schlüssel. Sie musste Erfolg haben, denn die Zeit arbeitete gegen sie. Viele, viele Jahre hatte sich Kronenberg auf den Tag X vorbereitet. Sie hatte Unsummen in Investigation und Forschung investiert. Hatte Berge von historischen Büchern gewälzt und war in die entlegensten Winkel der Erde gereist. Alles nur für die siebte Heimsuchung. Sie hatte in dieser langen Zeit viele Opfer gebracht. Sehr viele sogar. Aber Kronenberg war so versessen auf ihre Mission, dass sie keine Reue verspürte. Sie hatte die Mächte, die hinter den Sieben Heimsuchungen standen, so lange studiert, dass sie sich als Meisterin sah. Eine Meisterin, die von höherer Stelle berufen worden war, das Geschenk, das nach der siebten Heimsuchung offenbart werden würde, zu erhalten. Und deshalb war für Bedauern und Reue kein Platz. Opfer mussten gebracht werden, Das galt auch für Anna. Sollte sie den Mächten, in deren Zentrum sie nach dem letzten Stein suchte, zum Opfer fallen, dann deshalb, weil es einer höheren Sache diente.

Die Sache wollte es.

NOCH NÄHER

Anna quälte sich aus dem Bett, auf dem sie keine Ruhe gefunden hatte und schlurfte ins Wohnzimmer. Als sie die Jalousie hochzog und das Fenster öffnete, fiel ihr Blick sofort auf die sie anstarrende Vogelscheuche. Sie war jetzt noch dichter ans Fenster gerückt. Sie war nun so nahe, dass Anna jedes Detail erkennen konnte. Wer auch immer dieses Ding zusammengeschustert hatte, hatte wahrlich kein künstlerisches Talent, was die Vogelscheuche umso abstoßender machte. Sie hatte die Arme zur Seite ausgebreitet, vermutlich mithilfe eines von Stroh ummantelten Besenstiels. An beiden Enden der Armstümpfe waren zerfledderte dunkle Lederhandschuhe befestigt. In ihrer Haltung sah es so aus, als wollte die Vogelscheuche nach Anna greifen oder sie umarmen. Auf dem Strohkopf trug das hässliche Ding einen alten Hut. Sogar an Augen aus großen Knöpfen hatte ihr Erbauer gedacht. Sie starrten nicht ins Leere, sondern schienen Anna zu fixieren. Und ein Mund, geformt aus einer alten, schmutzigen Ofenschnur war zu einem verhöhnenden Lächeln geformt.

Das erste Mal, als sie die Vogelscheuche gesehen hatte, war sie mindestens viermal so weit entfernt von ihrem Fenster gewesen. Irgendjemand musste sie versetzt haben. Ein Geist würde so etwas nicht tun.

»Da will mich doch jemand verarschen.«

Irgendjemand spielte ihr einen Streich. Aufgebracht verließ sie ihre Wohnung und klingelte an der Tür ihrer Vermieterin, die auf demselben Grundstück wohnte.

Elisabeth öffnete die Tür und sah noch mitgenommener im Gesicht aus als Anna. Tiefe dunkle Augenringe ließen sie krank aussehen.

»Tut mir leid, dass ich schon wieder störe, aber wer ist der Witzbold, der ständig diese verdammte Vogelscheuche versetzt?«

Elisabeth, die ebenfalls keinen Schlaf gefunden hatte, schaute Anna entgeistert an. »Wovon sprechen Sie?«

Anna war zu ungeduldig für Erklärungen. »Kommen Sie mal bitte mit.« Sie führte sie zum Bauerngarten, und schon als sie ihn betrat, bemerkte sie ihren Fehler.

»Die Vogelscheuche steht dort hinten, wo sie immer steht. Bei dem kleinen Feld. Hier vorne auf der Wiese nützt sie ja nichts«, meinte Elisabeth mit einem leisen Vorwurf in ihrem Tonfall.

Anna sagte nichts. Argwöhnisch starrte sie die Strohpuppe in der Ferne an. Sie hatte sich nicht geirrt. Das Ding hatte praktisch unter ihrem Fenster gestanden. Sie schaute hoch zu ihrer Wohnung und suchte danach den Boden nach einer Einstichstelle ab, wo die Puppe in den Boden gesteckt worden sein musste. Sie fand jedoch nichts.

Elisabeth seufzte müde.

Anna räusperte sich. »Tut mir leid. Anscheinend habe ich mich geirrt«, sagte sie reumütig, obwohl sie davon nicht überzeugt war.

»Schon gut. Kein Wunder, nach letzter Nacht. Ich habe kein Auge zugetan. Und Sie bestimmt auch nicht. Ich habe heute früh geglaubt, das Telefon würde klingeln. Aber das hatte ich mir auch nur eingebildet.

Seien Sie mir nicht böse, Anna, aber ich werde mal versuchen, wenigstens jetzt an der Matratze zu horchen. Heute Nacht werde ich bestimmt kaum besser schlafen können.«

»Sicher. Tut mir leid, dass ich Sie gestört habe.«

»Sie sollten sich auch hinlegen. Oder haben Sie etwas anderes vor?«

»Ich muss noch etwas erledigen. Nichts Wichtiges. Ruhen Sie sich nur aus.«

Stimmt. Ich muss nur das siebte Symbol finden, das Wesen mit den roten Augen aufhalten, die Seele meines Sohnes retten und das Rätsel der Sieben Heimsuchungen lüften. Überhaupt nicht wichtig, dachte Anna verbittert, nachdem sie sich von ihrer Vermieterin verabschiedet hatte.

AUS DER ERDE

Nachdem der Aufmarsch der Geister letzte Nacht beendet war, hatte Anna es geschafft, ihren Wagen aus der Pampa heraus zu manövrieren. Ihr Auto war noch dort, wo sie es mit Elisabeth letzte Nacht fluchtartig verlassen hatte. Erst jetzt bei Tageslicht konnte sie die Schäden an der Karosserie begutachten, fand aber zu ihrer Erleichterung außer der verzogenen Tür nur ein paar Kratzer, vor allem an den Leichtmetallfelgen. Da sie keine Ahnung hatte, was sie der Werkstatt und ihrer Versicherung über die Ursache erklären sollte, entschied sie sich, die Kosten für eine Reparatur und eventuell weitere Schäden Frau Kronenberg in Rechnung zu stellen. Doch jetzt hatte sie andere Sorgen.

Sie fuhr zum nächsten Baumarkt und besorgte sich eine anständige Schaufel und einen Spaten. Nachdem sie noch schnell ein Croissant heruntergeschlungen hatte, fuhr sie wieder zu der Stelle, an der sie in der Nacht zuvor ihre ganz besondere Art der unheimlichen Begegnung hatte.

Es war ein warmer Mittag und nur vereinzelte Quellwolken standen scheinbar regungslos am Himmel. Der Wetterbericht im Radio hatte für morgen schwere Gewitter mit Orkanböen vorhergesagt. Also musste Anna sich heute beeilen. Morgen könnte der Boden in Flussnähe so aufgeweicht sein, dass sie gar nicht mehr zur alten Kultstätte gelangen könnte.

Bei Tag war natürlich alles ganz anders. Lerchen zwitscherten in der Ferne, eine sanfte Brise wehte Anna durchs Haar, und es gab nichts, das diese Naturidylle störte. Die bedrohliche Atmosphäre der letzten Nacht war wie weggewischt. Es war, als ob man sich an einem vollkommen anderen Ort befand. Dennoch spürte Anna eine Art Energie, die sich um die verfallene Kultstätte herum aufgebaut hatte. Als sei die Luft elektrisiert. Je näher sie der Eiche kam, desto stärker spürte sie es. Hier lauerte etwas. Doch bei Tag hatte dieses Etwas offenbar keine Macht.

Anna umrundete den alten Baum zweimal, bevor sie sich eine Stelle suchte, an der sie graben wollte. Schon als sie mit dem ersten Spatenstich begann, stieß sie auf Widerstand. Es war eine der riesigen Wurzeln der Eiche, die Anna nie und nimmer durchtrennen könnte. Also setzte sie erneut an einer anderen Stelle an. Auch dort scheiterte sie. Und so musste sie es weiter versuchen, bis sie eine Stelle fand, an der sie tiefer graben konnte.

Es war wesentlich anstrengender, als sie angenommen hatte. Schweißperlen bildeten sich auf ihrer Stirn, und rannen ihr übers Gesicht, während sie den Aushub langsam aber stetig vergrößerte. Ab und an machte sie eine Pause und schaute sich um. Aber es war niemand hier, der sich an ihrem Treiben stören könnte. Die wenig frequentierte Straße war so weit weg, dass man sie wohl unter dem Baum gar nicht mit bloßem Auge sehen konnte.

Fast einen Meter tief hatte sie gegraben, als sie auf etwas Hartes stieß. Dieses Mal war es keine Wurzel, sondern ein Stein. Sie vergrößerte das Loch und befreite die steinerne Oberfläche von der Erde. Es war kein loser Feldstein, wie sie zunächst befürchtete. Es schien ein Teil einer ebenen Steinplatte zu sein. Anna berührte dessen Oberfläche mit der Hand und spürte noch vor der ersten Berührung ein Kribbeln in den Fingerspitzen.

Das muss dieser Sockel sein, den Elisabeth in ihrem Traum gesehen hat.

Anna beseitigte noch mehr Erde und fand eine Reihe von Einkerbungen. Auf den ersten Blick sahen sie aus, als seien sie auf natürliche Art entstanden, womöglich infolge der Abschürfungen während der letzten Eiszeit. Aber dann gelangte sie zu der Überzeugung, dass es ich um Runen handeln musste. Doch was bedeuteten sie?

Das Loch, das Anna gegraben hatte, war viel zu klein, um Rückschlüsse daraus zu ziehen, wie groß der Steinsockel war. Vermutlich war er, bevor er bearbeitet und in Form gebracht worden war, tatsächlich mit der letzten Eiszeit aus Skandinavien hierher gelangt.

Anna machte ein Foto von den Runen. Da es allein an der Stelle, die sie freigelegt hatte, mehrere dutzend verschiedene Symbole waren, glaubte sie nicht, dass sich darunter dasjenige befand, nach dem ihre Auftraggeberin suchte. Anna brauchte einen dieser kleinen Steine, die von Kultisten in Elisabeths Traum benutzt worden waren. Auf ihm befand sich das letzte Symbol, davon war sie überzeugt.

Müde und erschöpft kratzte sie noch ein wenig am Steinboden herum, hörte dann aber nach wenigen Minuten wieder auf. Sie war vollkommen fertig. Nicht vom Graben, sondern von dem, was ihr in den Nächten zuvor widerfahren war, und das ihr noch immer in den Knochen saß.

Sie seufzte und setzte sich ins Gras. »Wie soll ich hier bloß den Runenstein finden?«

Um an diesem Ort alles freizulegen, bräuchte man schweres Equipment und Knowhow. Keines von beiden besaß Anna. Hier nach dem Runenstein zu suchen, glich der Suche nach der Nadel im Heuhaufen. So konnte sie nicht weitermachen.

Niedergeschlagen kehrte sie zurück in ihre Wohnung. Obwohl es noch nicht einmal fünf Uhr am Nachtmittag war, wollte sie sich hinlegen und schlafen. Sie ließ alle Jalousien herunter, wobei ihr Blick erneut auf die Vogelscheuche fiel. Sie stand nun wieder dort, wo sie sie das erste Mal gesehen hatte. Weit hinten im Grundstück auf dem kleinen Feld.

»Bleib bloß, wo du bist«, raunte sie die Strohpuppe an. Dann warf sie sich ins Bett und schlief sofort ein.

Und sie träumte. Sie träumte von dem siebten Symbol...

DAS MASSAKER

Hier im Havelland, einem der am dünnsten besiedelten Orte in Deutschland, hatten sich Mächte eingefunden, deren Existenz die meisten von uns nicht einmal erahnten. Mächte, die im Grunde genommen schon immer dagewesen waren, deren Gegenwart wir uns aber nicht bewusst waren. Vor vielen hundert Jahren, als das Havelland dabei war, von slawischen Siedlern erschlossen zu werden, ahnte man anders als heute sehr wohl etwas von der Bedeutsamkeit des Landes. Sie besaßen ein komplexes spirituelles Weltbild, das von Geistern und Dämonen beherrscht war. Ihre Kultstätten waren Teil ihres Glaubens an das Gleichgewicht von Gut und Böse. Doch gab es eine Periode, in der dieses fragile Gleichgewicht gestört werden sollte.

Wusste etwa ein jeder zu der damaligen Zeit, dass es unklug war, sich alleine in den Wald zu wagen, weil man Gefahr lief, von einem Walddämon in die Irre geleitet zu werden, so gab es Menschen, die von der bösen Seite fasziniert waren und sich von ihr angezogen fühlten. Bezogen auf das Beispiel des Walddämons wollten sie wissen, wohin er sie führen würde, wenn man ihm nur bedingungslos folgte. Diese Menschen glaubten, dass es jenseits der Schar an bösen Geistern und Dämonen noch etwas gab, das noch viel böser, und viel wichtiger: mächtiger war als alle übernatürlichen Gestalten ihrer spirituellen Welt zusammen. Ein Wesen, welches das Gleichgewicht zu seinen Gunsten für immer verschieben würde. Und zu Gunsten jener, die sich an seine Seite stellen würden. So kam es, dass sich abseits der zahlreichen moderaten Vereinigungen ein radikaler Kult bildete, der nichts anderes erstrebte als die Herbeirufung des Einen, der die Welt in Dunkelheit versinken lassen würde. Zuerst geschah dies nur im Verborgenen. Niemand sollte davon erfahren. Später dann, als sich die Zielsetzung des Kultes der Dunkelheit, wie er grob übersetzt genannt wurde, herumgesprochen hatte, ließ man ihn gewähren, weil man ihn schlicht nicht ernst nahm. Dazu gab es zunächst auch keinen Grund, denn jegliche Versuche, den Einen, den Großmeister der Dunkelheit herbeizurufen, misslangen, obwohl die radikalen Kultisten vor nichts zurückschreckten, insbesondere nicht vor Menschenopfern.

Doch je mehr es sich herumsprach, was der Kult der Dunkelheit tat, desto mehr Missbilligung wurde ihm entgegengebracht. Und nicht nur das. Auch die langsamen Fortschritte bereiteten den gläubigen Menschen Sorge. Hatte man den Kult anfangs noch verlacht, breiteten sich zunehmend Zweifel aus, ob es ihm nicht doch gelingen könnte, den Einen herbeizurufen, der ihre Welt unterjochen würde.

Priester und Zeremonienmeister aus der ganzen Region wurden gerufen, um zu beratschlagen, wie man dem Kult entgegentreten könnte. Um Informationen zu sammeln, ließ man die Kultisten ausspionieren, denn sie schreckten nicht vor Gewalt zurück, sollte ein Fremder versuchen, sich in ihre Belange einzumischen. Schließlich gelangte man zu der Überzeugung, dass der Kult noch viel gefährlicher war als angenommen. Es schien, als ob er seinem Ziel - der Herbeirufung des namenlosen Dämons aus der Welt der Toten - mit jedem Tag näher und näher kam. Akribisch arbeiteten die Abtrünnigen an der Beschwörungsformel zur Anrufung des Dämons. Ein richtiges Wort hier, ein Menschenopfer dort. Es kam lediglich auf die richtige Zusammensetzung und den richtigen Ablauf der einzelnen Schritte an.

Weil die aufgebrachten einfachen Bewohner keine Geduld mehr hatten und von ihren spirituellen Führern verlangten, den Kult der Dunkelheit zu vernichten, schmiedete man einen Plan: Bei der nächsten Versammlung des Kultes wollte man seinen Mitgliedern bei Nacht auflauern und sie durch Attentäter ermorden lassen. Schnell und ohne Ausnahmen.

Diese Nacht, in welcher der Kult seinem Ziel so nahe war wie nie zuvor, erlebte Anna über tausend Jahre später in ihrem Traum. Er war so real, als wäre sie selbst dort gewesen.

Anna erwachte innerhalb ihres Traums während einer sternenklaren Nacht am Rande eines Hains. Sie wusste sofort, wo sie sich befand. Es war der Ort, an dem sie nahe der Havel nach dem siebten Symbol gesucht hatte. Nur das Jahrhundert war ein anderes. Eines aus einer kaum bekannten Zeit. Anna sah Lichter hinter den Bäumen. Vorsichtig näherte sie sich dem Zentrum des Hains.

Etwa zwei Dutzend Gestalten in dunklen Kutten hatten sich um einen großen, runden Steinblock versammelt. Einige hielten Fackeln. Andere kümmerten sich um drei kleine Lagerfeuer, die im Dreieck um den Steinsockel errichtet worden waren. Die Flammen züngelten anders, als man es erwartete. Aggressiver und in einem dunkelroten Schein.

Sieben der Kultisten standen dicht um den Steinsockel herum. Er war noch größer, als Anna bei ihrem ergebnislosen Ausgrabungsvorhaben befürchtet hatte. Etwa fünf Meter im Durchmesser. Die sieben Gestalten sprachen Sätze in einer frühen Form der slawischen Sprache, die Anna nicht verstand. Doch bemerkte sie, dass sich bestimmte Worte regelmäßig wiederholten. Und je länger sie zuhörte, desto mehr wurde aus gesprochenen Worten eine Art Sprachgesang, der bestimmten Rhythmen folgte.

Dabei schwankten die Kuttenträger von einer Seite zur anderen, als würden sie sich in Trance versetzen.

Dann sah Anna, wie die Luft im Zentrum des Steinkreises zu flimmern begann, als würde Hitze aufsteigen. Dagegen wurde es außerhalb des Steinkreises - auch dort, wo Anna sich hinter einem Baum versteckte - kalt. So kalt, dass sich Nebel in der feuchten Luft des Hains dicht über dem Boden bildete und sie ihre Füße nicht mehr sehen konnte.

Im Zentrum des Steinsockels ragte nun eine Fontäne aus Staub und Nebel auf, geformt wie ein Trichter.

Was ist das? Eine Art Wurmloch in eine andere Welt? Ein Übergang, mit dessen Hilfe dem Wesen mit den roten Augen der Eintritt in diese Welt ermöglicht werden sollte?

Ein Rascheln in ihrer Nähe unterbrach Annas Gedanken. Eine dunkle Gestalt huschte an ihr vorbei und suchte hinter einem anderen Baum Schutz.

Das ist bestimmt einer der Attentäter. Sie bereiten sich auf den finalen Schlag vor. Anna wusste plötzlich in ihrem Traum Dinge, die sie eigentlich nicht wissen konnte.

Die Zeremonie ging derweil ihrem Höhepunkt entgegen. Der Trichter rotierte und pendelte wild hin und her. Die sieben Beschwörer sangen weiter und hielten auf ein Kommando hin faustgroße Steine in die Höhe.

Das sind sie! Das sind die Steine mit den Runen darauf.

Anna bemühte sich, die Runen zu entziffern, aber das war unmöglich, weil die Steine durch die Hände größtenteils bedeckt waren. Was sie aber sah, war, dass die Steine zu glühen begannen, so dass sich die Runen deutlich von dem leuchtenden Untergrund abhoben.

Der Trichter aus Staub peitschte jetzt wild hin und her, verließ den Steinkreis aber nicht.

Es ist gleich soweit. Es kommt gleich aus dem Trichter heraus. Ich will wissen, was es ist. Ich will es sehen!

Innerlich hoffte Anna, dass die Attentäter, die sich um sie herum in Stellung gebracht hatten, noch ein wenig abwarten würden, damit sie sehen konnte, wie dieses Wesen aus dem Reich der Toten aussah. Aber ihr Wunsch wurde nicht erfüllt.

Blitzartig stürmten vermummte Männer und Frauen aus ihrer Deckung und griffen die Kultisten an. Sie jagten ihnen Messer in den Rücken und schlugen ihnen erbarmungslos mit Steinen die Köpfe ein. Trotz der Brutalität des Angriffs ging die Aktion beinahe geräuschlos vonstatten. Anna hielt sich die Hand vor den Mund und wendete sich mit Grauen ab. Das Einzige, das sie noch hörte, waren die dumpfen Schläge auf die Schädel der Kultisten, und wie einer nach dem anderen auf den Boden sackte.

Anna zwang sich nach ein paar Sekunden, ihren Blick wieder auf den Steinsockel zu richten. Der Wirbel aus Staub löste sich gerade in Nichts auf. Keiner der Beschwörer hatte überlebt. Die Attentäter hatten mit tödlicher Präzision alle ihre Opfer ausgeschaltet. Sie sah, wie einige von ihnen die leblosen Körper durchsuchten. Sie wollten die Steine mit den Runen haben. Ohne sie würde es unmöglich sein, das Wesen aus dem Jenseits erneut zu rufen.

Wo hatten die Kultisten die Runensteine überhaupt her? Sie hatten in ihren Händen zu glühen begonnen. Normale Steine waren das jedenfalls nicht.

Nach ein paar Minuten versammelten sich die Attentäter und präsentierten sich gegenseitig die Fundstücke ihrer Durchsuchungen. Neben einigen geschnitzten Holzfiguren, die wohl als Talismane fungiert hatten, zählte Anna sechs der Runensteine. Eine hitzige Diskussion unter den

Attentätern entbrannte, an deren Anschluss sie erneut die Getöteten und den Steinkreis absuchten.

Das siebte Symbol!, schoss es Anna durch den Kopf. *Sie haben es nicht gefunden. Es muss hier geblieben sein. Und bestimmt ist es immer noch hier.*

Die erneute Suche der Attentäter blieb ergebnislos. Der letzte Stein wollte sich nicht finden lassen. Sie trugen die Leichen aus dem Hain und warfen sie auf Karren, mit denen sie schließlich fortgingen. Die sechs Runensteine nahmen sie mit.

Vermutlich haben sie die Steine später irgendwie in die Welt hinausgetragen. Nur so ist es zu erklären, dass die alte Kronenberg sie über den ganzen Globus verteilt wiedergefunden hat. Die Steine sind irgendwie magisch und ließen sich nicht vernichten. So muss es gewesen sein!

Anna war allein. Nur eines der Lagerfeuer brannte noch. Es war totenstill. Sie ging zum großen Steinsockel und betrachtete ihn in der Hoffnung, mehr Informationen sammeln zu können. Die glatte Oberfläche war übersät mit Symbolen. Teilweise zeigten sie Darstellungen von Tieren wie Fischen und Vögeln. Sonne und Mond waren zu erkennen, ebenso wie bestimmte Sternbilder.

Dann machte sie sich in ihrem Traum auch auf die Suche nach dem letzten Symbolstein. Sie wollte finden, was die Attentäter übersehen hatten. Irgendwo musste er doch sein! Aber auch sie fand nichts.

Das wäre jetzt ein guter Zeitpunkt, um wieder aufzuwachen, dachte sie, weil sie sich bewusst war, zu träumen. Aber weder wachte sie auf, noch endete ihr Traum.

Warum bin ich noch hier? Ich habe alles gesehen, was es zu sehen gibt. Oder nicht?

Auch wenn sie sich gewünscht hätte, die genaue Position des fehlenden Steins ausmachen zu können, so hatte sie doch immerhin eine wichtige Neuigkeit erfahren.

Nämlich, dass die Kultisten versucht hatten, das Wesen aus dem Jenseits zu rufen und nicht seinen Eintritt in diese Welt zu verhindern, wie sie es anfangs noch nicht ausschließen konnte. Die Attentäter hatten ganze Arbeit geleistet und die Beschwörung des Dämons verhindert - bis heute. Heute in der Gegenwart wusste niemand mehr von diesem Ereignis. Es gab keinerlei Aufzeichnungen darüber, keine überlieferte Geschichte. Das Einzige waren wilde Spekulationen über die Sieben Heimsuchungen, an deren Ende irgendetwas Bedeutsames geschehen würde. Es würde einzig und allein an Anna liegen, einen erneuten Versuch des Wesens, in diese Welt zu kommen, zu verhindern.

Aber warum konnte es überhaupt den Versuch unternehmen, wo es doch niemanden gab, der die Beschwörung durchführen könnte? Warum hatte es sich schon jetzt als geisterhaftes Wesen mit roten Augen manifestieren können und spukte in Nimtow? Jemand musste dafür verantwortlich sein.

»Kronenberg!«, sprach Anna in ihrem Traum verärgert.

Natürlich, sie muss es sein! Sie hat die Steine gesammelt, und darum spürt das Wesen, dass seine Beschwörung unmittelbar bevorsteht. Aber hat sie die Runensteine gesammelt, weil sie weiß, wer dieses Ding aus dem Jenseits ist, oder ist sie wirklich so naiv und ahnungslos, wie sie vorgibt zu sein? Letzteres fiel Anna immer schwerer zu glauben. Kronenberg musste etwas wissen. Vielleicht nicht, wer oder was dieses Ding wirklich war, aber sie musste eine Vorstellung davon haben. Anna nahm ihr nicht ab, dass sie nur aus reiner Neugier das Rätsel der Sieben Heimsuchungen lösen wollte. Sie erhoffte sich etwas. Etwas, das ihr und nur ihr allein zum Vorteil gereichen würde.

Eines stand fest. Sie konnte der alten Kronenberg nicht vertrauen. Anna war auf sich allein gestellt. In jeder Hinsicht.

DIE RÜCKKEHR DER FRAU IN WEISS

Annas Traum wollte einfach nicht enden. Warum?

Weil es noch etwas gibt, das ich übersehen habe. Ich muss es nur finden.

War es der fehlende Runenstein, den sie nicht fand? Oder hatte sie etwas anderes übersehen?

Am Rande des Hains bemerkte Anna etwas Helles. Ein Licht? Es war kein Lagerfeuer oder etwas Ähnliches, denn das Licht war kalt. Kaltes weißes Licht. Sie überlegte nicht lange und folgte dem Licht. Es war eine menschliche Gestalt, von der der helle Schein ausging, da war sie sich sicher. Sie bewegte sich von ihr fort, hatte es aber offenbar nicht eilig.

Anna musste noch einige Zeit laufen. Der Hain schien größer geworden zu sein. Die Gestalt wollte nicht näherkommen. Hier ging etwas nicht mit rechten Dingen zu. Die Realität war verschoben, glaubte Anna, bis sie sich wieder klar machte, dass sie noch immer träumte. Nach einer Weile war sie nah genug heran gekommen, um die Gestalt aus sicherer Entfernung zu beobachten. Schnell erkannte sie, dass es sich um die Frau in Weiß handelte. Sie sah, wie sie ihre Beine bewegte, aber ihre Füße schienen den Boden nicht zu berühren. Sie schwebte lautlos über die feuchte Erde des Hains und verfolgte ein bestimmtes Ziel. Anna folgte ihr.

Die Frau in Weiß schien sie nicht zu bemerken - oder sie tat nur so. Dann machte sie halt und beugte sich hinunter. Anna konnte aus der Entfernung nicht sehen, was das Interesse der Frau in Weiß erregte. Sie beeilte sich, näher zu kommen. Sie musste noch etwa vierzig Meter entfernt gewesen sein. Aber plötzlich verschoben sich wieder die Entfernungen, und die Frau in Weiß stand plötzlich genau vor ihr. Anna erschrak so sehr, dass sie zurücktaumelte und beinahe hingefallen wäre. Die Geisterfrau stand einfach nur da und sah sie an. Es war nicht zu erkennen, was in ihr vorging. Ihr Blick war weder interessiert noch gleichgültig. Nicht Anna zugetan, aber auch nicht ablehnend. Es war absolut nichts aus ihm herauszulesen. Aber ihre Erscheinungsform hatte etwas Abweisendes und Unnahbares. Sie war umgeben von einer kühlen Aura, die sie aus ihrer Welt mitgebracht hatte. Ein Hauch von Tod umhüllte sie. Anna konnte es ganz deutlich spüren. Es ließ sie schaudern. Sie stammte aus dem Reich der Toten, ihre wahren Motive blieben unklar. War sie wirklich ein Geist, dem daran gelegen war, seine Hilfe anzubieten? Oder verfolgte sie ein ganz anderes Ziel, eines, das man als Lebender nicht verstehen konnte?

Annas Erfahrung sagte ihr, dass sie vorsichtig sein musste. Jeglicher Kontakt mit den Toten, gleich wie schwach oder scheinbar harmlos er auch erscheinen mochte, barg Gefahr. Schon viel hatte sie über die Frau in Weiß gelesen. Sie war immer dann gesichtet worden, wenn etwas Schreckliches geschehen sollte. Und nun war sie hier und sah ihr in die Augen. War dies wirklich nur ein Traum, ein Konstrukt von Annas Fantasie?

Es fühlt sich so echt an! Was soll ich sagen? Was soll ich sie fragen?

Nachdem sie den Schreck verarbeitet hatte, fiel es ihr ein. »Du weißt, was hier vorgeht, habe ich Recht?«

Die Frau in Weiß reagierte nicht. Für einen Moment glaubte Anna, dass sie sie doch nicht wahrnahm und auf gespenstische Weise durch sie hindurchsehen würde. Aber das war nicht der Fall.

»Weißt du, wer dieses Wesen ist? Das Wesen mit den roten Augen, das mich angegriffen hat.«

Die Frau senkte ihren Blick. Anna folgte ihm. Vor ihnen lag die Leiche eines der Anhänger der Kultisten. Er hatte während des Angriffs der Attentäter auf dem Boden kriechend fliehen wollen, nachdem er einen Messerstich in den Bauch versetzt bekommen hatte. Doch er war seiner Stichverletzung erlegen.

»Er ist tot. So wie alle anderen. Was willst du mir sagen?«, fragte sie die Frau in Weiß. Die sah zuerst Anna und dann wieder die Leiche an.

Anna musste ihren Abscheu überwinden und sich nach dem Toten bücken. Schnell bemerkte sie eine Kette, die dem Mann um den Hals hing. An ihr war etwas befestigt. Es war ein Medaillon aus Bronze. Es war eine flache Scheibe, und die wies keinerlei Verzierungen oder Einkerbungen auf. Anna sah zur Frau in Weiß auf. Sie sagte wieder nichts, aber Anna glaubte, aus ihrer starren Haltung entnehmen zu können, dass sie das Medaillon an sich nehmen sollte.

»Hat es etwas mit dem siebten Symbol zu tun?«, fragte sie, ohne eine Antwort zu erhalten.

Sie zögerte, weil sie nicht wusste, wie sie das Medaillon an sich nehmen sollte, ohne dabei die Leiche zu berühren. Sie streckte ihre Hand aus und berührte das Bronzestück. Just in dem Moment veränderte sich der Tote. Anna zuckte zurück. Das Gesicht der Leiche zerfiel. Die Haut trocknete aus, die Augen verdorrten und verschrumpelten in den Augenhöhlen. Die Leiche hatte zu verwesen begonnen, aber in einem irren Tempo, als würde man eine Zeitrafferaufnahme sehen. Auch die Umgebung veränderte sich. Die Bäume verloren ihre Blätter, Äste brachen weg und verschwanden. Und schließlich verschwanden die Bäume selbst. Der ganze Ort veränderte sich. Er wurde zu dem, was er heute war. Anna reiste von der fernen Vergangenheit in das Heute. Sie konnte den Steinsockel

in der Ferne sehen, wie er nach und nach von Gras über-
wuchert wurde. Und dann wuchs an jener Stelle ein
Baum. Es war die Eiche, an der Anna heute gegraben hatte. Sie wurde größer und größer. Ihre Wurzeln gruben
sich tief in die Erde, bis sie die Größe erreicht hatten, die
sie heute als alter Baum besaß.

Anna sah fragend zur Frau in Weiß auf. Sie war noch
immer da, schwieg aber nach wie vor. Dann sah Anna
wieder zur Leiche. Aber da war keine Leiche mehr. Sie
war jetzt verwest, und ihre Überreste hatte die Natur
schon vor Jahrhunderten mit dem Wind fortgetragen. Nur
das Medaillon, das sie berührt hatte, war noch da. Sie hob
es auf und betrachtete es nachdenklich.

»Kann ich damit das siebte Symbol finden?«

Die Frau in Weiß schwieg. Aber sie deutete ein Nicken
an. Zumindest glaubte Anna, eines gesehen zu haben.

Ich bin mir sicher, dass dem so ist.

Anna stand wieder auf. Die Frau in Weiß hatte ihr geholfen, daran bestand nun kein Zweifel mehr für sie.

»Danke«, sagte sie.

Die Frau in Weiß legte den Kopf ein wenig schräg und
wandte sich von ihr ab. Sie ging fort, und ihre Füße berührten wieder nicht den Boden.

»Halt warte! Ich habe noch eine Frage!«

Aber der Geist hielt nicht inne und bewegte sich weiter.

»Mein Sohn! Was ist mit meinem Sohn?« Ihre Stimme
wurde brüchig. »Was ist mit Robert?«

Die Frau in Weiß stoppte, drehte sich aber nicht zu ihr
um.

»Du hast gesagt, er hätte meinen Sohn. Ist das wahr?
Wie kann ich seine Seele retten? Was kann ich tun?«

Die Frau in Weiß blickte über ihre Schulter zu Anna.
Dann legte sie ihren erhobenen Zeigefinger an ihre blau-
en Lippen und sprach: »Aufwachen.«

Anna verzog das Gesicht und schüttelte irritiert den Kopf. »Was soll das bedeuten?«

»Aufwachen, Anna«, sagte die Frau in Weiß und entschwand danach in der Dunkelheit.

»Nein, geh nicht! Bitte! Ich verstehe nicht, was du mir sagen willst. Bitte, ich brauche deine Hilfe!«

Aber es nützte nichts. Der Geist war fort, und Anna erwachte aus ihrem Traum...

»Bitte! Bitte, lass mich nicht allein!«, flehte Anna, während sie sich wild in ihrem Bett hin und her wälzte. Dann schrak sie hoch und war hellwach.

Es war Nacht. Sie fuhr sich mit der Hand über die schweißnasse Stirn. Sie fühlte sich schlapp. Und sie hatte höllischen Durst. Sie tastete nach der Nachttischlampe und schaltete das Licht ein. Es war halb zwei.

Sie stieg aus dem Bett und hörte, wie etwas zu Boden fiel. Zunächst glaubte sie, dass es ihre Armbanduhr war. Doch die hatte sie vor dem Schlafengehen auf den Nachttisch gelegt. Was immer aus dem Bett gefallen war, lag jetzt darunter. Anna tastete unters Bett und ergriff etwas Metallisches.

Das kann doch nicht... Sie wagte nicht, den Gedanken zu Ende zu bringen und riss das Metallstück hervor. Es war die bronzene Scheibe aus ihrem Traum, jedoch ohne die Kette.

»Das kann nicht sein«, stammelte sie. Sie starrte auf das Artefakt und tigerte, nach einer logischen Erklärung suchend, durchs Schlafzimmer. »Wie soll das möglich sein?« Ihr Blick fiel auf ihre nackten Füße. Sie waren schmutzig. Als wäre sie barfuß draußen durch die havelländischen Auen marschiert. Ihre Fußsohlen waren ganz schwarz.

Ich bin geschlafwandelt. Ich muss draußen herumgelaufen sein und habe dabei das Medaillon irgendwo aufgelesen. Mein Gott, ich kann mich an nichts erinnern! Oder war mein Traum real?

Angst stieg in ihr hoch, die nahe an die Schwelle zur Panik geriet. Sie malte sich aus, was alles hätte passieren können. Sie hätte im Schlaf in den Fluss marschieren und ertrinken können, ohne etwas zu merken. Sie hätte dem

Wesen mit den roten Augen direkt in die Arme laufen können. Sie hätte ins Auto steigen und gegen einen Baum fahren können.

Bisher war sie davon ausgegangen, dass sie immun sei gegen jene Macht, welche die Einwohner von Nimtow schlafwandeln ließ, aber da hatte sie sich wohl geirrt. Oder war es ganz anders? Hatte die Frau in Weiß sie im Schlaf gerufen, und Anna war ihrem Ruf gefolgt? Hatte sie wirklich geträumt?

Der letzte Gedanke beruhigte sie ein wenig, denn in diesem Fall hätte sie unter ihrem Schutz gestanden. Sie drehte die Bronzescheibe in der Hand. Sie war nicht mehr glänzend, sondern graugrün und stark oxidiert. An einer Stelle hatte sie immer noch ein Loch, durch das einst die Kette geführt worden war.

Plötzlich kam ihr eine Idee. Dieses Bronzestück könnte als eine Art Kompass dienen. Es klang verrückt, aber vielleicht konnte sie damit den letzten Runenstein finden. Das Artefakt könnte sie hinführen.

An Schlaf war für Anna jetzt nicht mehr zu denken. Sie musste duschen und ihre Füße wieder sauber kriegen, aber zuerst wollte sie ihren Durst stillen. Sie ging zur Kochnische, die sich am anderen Ende des Wohnzimmers befand, und trank gierig ein großes Glas Leitungswasser. Danach fühlte sie sich schon ein wenig besser. Sie löschte das Küchenlicht über dem Herd und drehte sich um. Ihr Weg zurück zum Bad führte sie am Fenster vorbei, hinter dem die verdammte Vogelscheuche wahrscheinlich wieder zu ihr hinauf starrte. Anna riskierte einen Blick durch die Lamellen der Jalousie. Es war wieder eine sternklare Nacht. Fahles Mondlicht tauchte den Bauerngarten in ein gespenstisches Licht. Anna konnte jedes Detail erkennen. Die Blumenkästen, den Gartentisch mit Stühlen, sogar den Zaun am Ende des kleinen Feldes in der Ferne. Aber Eines fehlte: Die Vogelscheuche.

Ein flaues Gefühl machte sich in Annas Magengegend breit. Hektisch suchten ihre Augen den Garten ab, aber die Vogelscheuche war weit und breit nicht zu sehen.

Sie muss irgendwo da draußen sein. Sie muss! Oder jemand hat sie entfernt. Ja, genau, so muss es sein.

Anna merkte, dass sie nur versuchte, sich selbst Mut zuzusprechen. Warum sollte ausgerechnet heute jemand die hässliche Strohpuppe weggenommen haben, gerade jetzt zu dieser Jahreszeit, in der die Pflanzen erst wachsen mussten? Das ergab keinen Sinn.

Aus den Augenwinkeln glaubte sie plötzlich, eine Bewegung unter ihrem Fenster wahrgenommen zu haben. Als ob jemand darunter vorbeigehuscht wäre. Hastig zog sie die Jalousie hoch und öffnete das Fenster. Unter ihr war niemand. Doch dann hörte sie ein Rascheln und einige Sekunden später ein Knistern. Anna hielt den Atem an. Da draußen war etwas unterwegs. Es schlich durch die Dunkelheit.

Nur eine Katze, ganz sicher. Davon muss es hier im Ort doch dutzende geben.

Anna schaute in den Bauerngarten, der in dieser Nacht bei dem Mondschein eher wie ein Friedhof anmutete. Hatte er bei Tag noch Ruhe und Behaglichkeit ausgestrahlt, war es in dieser Nacht die Ahnung von Tod.

Das bildest du dir nur ein. Alles ist so wie immer. Das stimmte, bis auf die Vogelscheuche.

Anna verbrachte noch einige Minuten schweigend am Fenster und schaute hinaus in die Nacht. Ein Käuzchen rief irgendwo draußen in der Ferne. Dann folgte wieder Stille. Frau Kronenberg hatte vollkommen Recht mit dem, was sie über die Stille hier draußen auf dem Land gesagt hatte. Sie konnte einen regelrecht erschlagen. Die

Stille bestimmte über die Nacht und über die Menschen, die hier lebten. In Berlin war es ganz anders. Es war immer laut, ständig irgendein Auto, das vor ihrem Schlafzimmerfenster vorbeifuhr. Die S-Bahn, die sie nachts noch aus weiter Ferne hören konnte, Menschen, die sich lachend oder schimpfend auf den Straßen bewegten. Hier im Havelland gab es nur die Stille. Trotz ihrer Erlebnisse im Havelland ertappte sich Anna bei dem Gedanken, hier dauerhaft leben zu können.

Diese Ruhe bedeutet Frieden, dachte sie träumerisch und immer noch ein wenig schlaftrunken.

Auf einmal fiel die Eingangstür zur Wohnung ins Schloss. Anna erschrak, fuhr auf dem Absatz herum und schaute zur Tür, die im dunkelsten Winkel des Wohnzimmers verborgen war. Es war zu finster dort, um etwas zu erkennen. Lediglich das Licht aus dem Schlafzimmer drang aus der angelehnten Schlafzimmertür hervor und bildete einen erleuchteten Keil auf dem Fußboden. Das reichte aber nicht, um die gegenüberliegende Ecke des Wohnzimmers auszuleuchten. Sie blieb dunkel.

War jemand hereingekommen? Hatte sie vor dem Schlafengehen vergessen, die Tür zu schließen?

Nein, verdammt, ich habe sie zugemacht, das weiß ich ganz genau. Jemand ist hier drin.

»Elisabeth, sind Sie das?«

Keine Antwort.

»Elisabeth?«

Anna stieg plötzlich ein extrem fauliger Gestank in die Nase. Und sie wusste sofort, was gerade geschehen war. Etwas äußerst Bösartiges hatte sich Zugang zu ihrer Wohnung verschafft. Etwas, mit dem sie es bislang noch nicht zu tun hatte.

Ein Knistern, das sie schon aus dem Garten gehört hatte und nun von der dunklen Nische im Wohnzimmer zu ihr

drang, bestätigte sie in ihrer Befürchtung. Die Vogelscheuche war hier drin.

NACHRICHTEN AUS EINEM
ORT NAMENS HÖLLE

Anna wohnte erst seit ein paar Tagen in Nimtow. Aber sie war hier schon lange genug, um zu wissen, dass der nächste Lichtschalter für sie außer Reichweite war. Der nächstgelegene wäre der vom Herd in der Kochnische. Vier, vielleicht auch drei große Schritte, wenn sie sich anstrengte, dann könnte sie ihn erreichen.

Sie spannte die Muskeln an und machte sich sprungbereit. Sie musste es jetzt tun, denn noch war das nach Fäulnis stinkende Ding auf der anderen Seite des Raumes. Ihre Nerven waren bis zum Zerreißen gespannt, ihr Herz klopfte wild in ihrer Brust.

Eins, zwei...

»Das würde ich an deiner Stelle sein lassen, Schätzchen«, sprach eine tiefe Stimme aus der dunklen Ecke des Wohnzimmers. Anna erstarrte.

Langsam, ganz langsam bewegte sich die Vogelscheuche auf sie zu. Bei jeder ihrer Bewegungen knisterte das Stroh, aus dem sie bestand. Dann hielt sie in der Zimmermitte inne. Das wenige Licht aus dem Türspalt vom Schlafzimmer offenbarte lediglich eine Silhouette. Eine, die Anna keinen Zweifel daran ließ, dass es sich um die Strohpuppe aus dem Bauerngarten handelte. Es kam ihr nicht wirklich real vor. Vielleicht träumte sie ja wieder.

Sie kniff sich in die Hand, bis es weh tat. Es war real. Sie sah, wie der Hut auf dem Kopf der Vogelscheuche langsam hin und her schwankte, als würde sich das Ding jeden Winkel des Wohnzimmers genau ansehen. Die Scheuche beugte ihre Arme dabei, was unmöglich erschien, da diese zuvor noch aus einem mit Stroh umwickelten Besenstiel bestanden hatten. Doch es war nicht die Vogelscheuche, die in ihre Wohnung eingedrungen war und sich bewegte und sich umschaute, sondern das, was von ihr Besitz ergriffen hatte.

»Komm nicht einen Schritt näher«, zischte sie die Scheuche an. Die rührte sich nicht und schien Anna aus der Dunkelheit ausführlich zu mustern.

»Ich weiß, wer du bist«, sagte sie nach ein paar Sekunden.

»Na, da bin ich aber gespannt«, entgegnete die Puppe mit ihrer tiefen Stimme. Sie sprach ruhig und langsam. Sie schien es nicht eilig zu haben und gab sich unbeeindruckt. Sie hatte die Kontrolle.

»Du bist kein Geist. Du bist ein Dämon. Ich habe es am Gestank gemerkt. Immer wenn einer von deinesgleichen aufkreuzt, kündigt euer Gestank nach Verderben euer Kommen an.«

»Für mich spielt es keine Rolle, was ich bin, sondern, wozu ich bestimmt bin.«

Die Vogelscheuche war aus der Nähe betrachtet viel größer, als sie angenommen hatte. Sie könnte Anna mit nur einem Satz anfallen, wenn sie es nur wollte. Anna hielt sich am rückwärtigen Fensterbrett fest. Sollte sie aus dem Fenster springen? Sie würde sich mit Sicherheit etwas brechen.

»Also schön«, sprach sie zögerlich, verbittert darüber, dass sie in der Falle saß. »Was willst du von mir?«

Die Vogelscheuche machte ein merkwürdiges krächzendes Geräusch. Es klang verächtlich. »Was ich will, spielt keine Rolle. Es geht darum, was du willst.«

»Erkläre mir das.«

»Dann will ich mich kurz fassen: Du hast hier nichts zu suchen. Geh wieder nach Hause in deine stickige Stadtwohnung.«

»Warum? Was geht hier vor? Du weißt es, oder?«

»Ich bin dir keine Erklärungen schuldig, Schätzchen.«
Der herablassende Unterton in der Stimme des Dämons
machte Anna wütend.

»Wenn du mir nichts verraten willst, kannst du auch
wieder gehen und aufhören, mein Wohnzimmer mit deinem Gestank zu verpesten.«

Die Scheuche stieß erneut ein Krächzen aus und kam
einen Schritt auf sie zu. Die ungelenke Art, wie sie diesen
Schritt vollführte, erinnerte Anna mit Schaudern an einen
alten Mumienfilm, den sie als Kind gesehen hatte. Es
wirkte grotesk und abstoßend zugleich. Der faule Geruch
wurde noch intensiver.

»Ich meine es nur gut mit dir, Schätzchen. Und ich werde nur sehr selten wütend. Aber manchmal lässt es sich
nicht vermeiden. Und wenn ich wütend werde, dann verspreche ich dir, wird der Gestank dein geringstes Problem
sein.«

Anna wartete ab, ob die Strohpuppe weiter auf sie zugehen würde, aber das tat sie nicht. Sie wartete ihre Reaktion ab.

»Du kannst mich mit deinen Drohungen nicht ein-
schüchtern. Ich bin nicht das dumme naive Mädchen, für
das du mich hältst. Warum legst du diese 'Verkleidung'
aus Stroh nicht ab und zeigst mir dein wahres Antlitz?
Oder hast du etwa Angst?«

Der Dämon lachte heiser auf. »Meine wahre Gestalt ist
nicht für diese Welt bestimmt, Schätzchen. Du würdest
sie nicht sehen können. Ich wäre nur ein unsichtbarer
Albtraum.« Die Strohpuppe legte den Kopf ein wenig
schräg. »Du gefällst mir, Schätzchen. Ich mag dich, ja
ganz ehrlich. Aber das heißt nicht, dass ich nicht tun werde, was ich tun muss, um dich aufzuhalten.«

»Mich aufhalten? Ich will nur verhindern, dass dieses
Ding mit den roten Augen in diese Welt kommt.«

»Das kannst du nicht.«

»Warum nicht? Weil *du* es nicht willst? Oder weil dieses Wesen es nicht will? Bist du einer seiner Lakaien?«

»Ich ordne mich niemandem unter, selbst ihm nicht. Aber ich weiß, wann es an der Zeit ist, sich zurückzuziehen. Du verstehst es nicht, Schätzchen. Dieses Ding ist älter als die Grundfesten der Erde. Wenn es kommen will, dann wird es geschehen, so einfach ist das. Ob mir das gefällt oder nicht, spielt keine Rolle.«

»Wer ist dieses Wesen? Was ist es? Auch eine Art Dämon?«

Die Vogelscheuche schwieg und blieb regungslos vor Anna stehen.

»Wo kommt es her? Aus dem Jenseits wie die ganzen Geister, die diesen Ort heimsuchen?« Keine Antwort. »Oder vielleicht aus der Hölle?« Anna wurde ganz übel, während sie das Wort Hölle aussprach. Womit hatte sie es bloß zu tun?

Es schien so, als würde die Scheuche auch darauf nicht antworten wollen, aber dann überwand sie ihre Schweigsamkeit und entgegnete in ihrer tiefen Stimme: »Hölle ist nur ein Wort. Die Wahrheit über seine Herkunft, Schätzchen, ist noch viel, viel schrecklicher. Worte sind dafür nicht ausreichend. Alles andere würde dir deinen Verstand rauben. Das ist nicht persönlich gemeint. Ihr Menschen seid dafür einfach nicht gemacht, es zu verstehen.«

Anna wurde wieder von dem Gefühl überwältigt, sich mit der ganzen Sache übernommen zu haben. Dennoch blieb sie konzentriert. Der Dämon in diesem Raum, der als Vogelscheuche vor ihr stand und sie bedrohte, würde sich nicht einfach hinfort bitten lassen. Sie wusste, dass es sich hier um ein Kräftemessen handelte. Sie gegen ihn. Sie durfte jetzt nicht nachgeben.

»Wenn du also in keiner Beziehung zu dem Wesen mit den roten Augen stehst, warum interessiert es dich dann, was ich tue?«

»Schätzchen, jetzt stell dich mal nicht so dumm an. Wenn du versuchst, dich einzumischen, dann wirst du, statt seine Rückkehr zu verhindern, ihm nur dabei helfen.«

»Niemals würde ich das!«

»Und ob du das wirst!«, brüllte der Dämon zornig.

»Das verstehe ich nicht.«

Die Scheuche krächzte wieder entnervt. Dann brummte sie: »Zwei Opfer. Eines freiwillig. Das andere erwählt.«

»Was?«

»Willst du wirklich eines von beiden werden?«

Anna schüttelte den Kopf. »Ich begreife nicht, was du mir sagen willst.« Aber dann machte es Klick in ihrem Kopf. »Einen Moment: Bei den anderen sechs Heimsuchungen hat es immer einen Toten gegeben.«

»Freiwillige Opfer. Doch bei dieser letzten Heimsuchung werden es zwei sein. Zwei Opfer. Der Schlafwandler, der hier vor Kurzem gestorben ist, war nicht als Opfer beabsichtigt und zählt nicht. Zwei Opfer werden noch folgen: Eines freiwillig, wie die sechs anderen, das andere und letzte erwählt. Denk mal scharf nach, Schätzchen. Wie sind deine letzten Begegnungen mit dem Ding abgelaufen?«

»Es wollte mich töten. Soll das etwa heißen, ich bin das erwählte Opfer, das er für sein Kommen braucht?«

»Kennst du denn jemanden, der geeigneter wäre? Jemanden mit deinem Wissen über das Jenseits? Jemanden mit deinen Fähigkeiten? Du wärst das perfekte Opfer.« Der Dämon machte ein schmatzendes Geräusch, das einfach nur widerlich war und Anna den Magen krampfen ließ.

Sie wusste zwar, dass es das Wesen auf sie abgesehen hatte, doch glaubte sie, dass es daran lag, weil sie die Einzige wäre, die es bekämpfen könnte.

Vorsicht, Anna. Alles, was die Vogelscheuche gesagt hat, könnte ebenso gut gelogen sein. Dämonen spielen immer ein falsches Spiel.

Möglich, dass dieser hier die Wahrheit sagte, aber das Gegenteil war mindestens ebenso wahrscheinlich.

»Selbst wenn es so wäre, wie du sagst. Es ändert nichts an meinem Vorhaben. Ich lasse mich nicht von dir aufhalten.«

»Wenn du wirklich so stur bist, Schätzchen, dann lässt du mir keine andere Wahl. Ich glaube, du hast mich völlig falsch verstanden. Es interessiert mich nicht, was aus dir wird. Was aber dieses Ding aus der Hölle, wie du es nennst, betrifft, so werde ich nicht zulassen, dass du ihm bei seiner Rückkehr hilfst, indem du ihm praktisch in die Arme läufst.

Sei doch nicht dumm, Anna! Geh wieder nach Hause.«

»Ich kann nicht.«

Die Strohpuppe beugte sich knisternd zu ihr vor. »Ah, ich verstehe. Es geht um Robert, nicht wahr?«

»Woher...« Anna gab sich nicht die Blöße und unterbrach ihren Ansatz, zu fragen, woher der Dämon das wusste. Er wusste natürlich alles über sie. Wer weiß, wie lange er ihr schon hinterher gespürt hatte?

»Ja, Schätzchen, ich weiß, dass es dir in Wahrheit nur noch darum geht. Das ist doch nicht rein zufällig geschehen. Robert, oder besser gesagt, seine Seele, ist sein Lockmittel, um dich ihm in die Arme zu treiben, begreifst du das nicht?«

»Ein Grund mehr, dieses Wesen aufzuhalten. Egal, was du sagst, ich lasse mich nicht davon abbringen. Du hast hier keine Macht, Dämon. Raus aus meiner Wohnung!«

Die Vogelscheuche kreischte vor Zorn. Ein entsetzlicher Ton, bei dem sich Anna die Ohren zuhalten musste.

»Du törichte Schlampe!« Die Scheuche wuchs vor ihr auf. Sie wurde größer und größer und schien gleich an die Decke zu stoßen. Sie hob einen Arm, als wolle sie Anna mit einem großen Hieb durchs Fenster nach draußen befördern.

Und genau das hatte der Dämon auch vor. Der riesig gewordene Stroharm der Puppe sauste hinab auf sie zu, doch Anna duckte sich geistesgegenwärtig und entkam dem Angriff. Der Schlag der Vogelscheuche ging ins Leere. Ihr Arm stieß aus dem geöffneten Fenster, unter dessen Fensterbrett Anna kauerte. Blitzschnell reagierte sie, sprang auf und schlug den Fensterflügel gegen den Arm. Da dieser nur aus zusammengeknoteten Halmen bestand, die nur durch die Macht des Dämons zur Bewegung gebracht wurden, gelang es ihr, den Arm einzuquetschen. Sie drückte mit aller Kraft gegen den Fensterflügel und presste auf diese Weise den Stroharm zusammen. Dann drehte sie den Fenstergriff, dessen mechanisch verbundenes Scharnier an der Oberseite einrastete. Unten war der Arm eingeklemmt.

Die Vogelscheuche schrie vor Wut und versuchte, sich zu befreien. Anna nutzte diesen Moment, um zur Küchenzeile zu eilen. Sie schaltete das Licht ein. Aber es flackerte nur kurz auf und erlosch wieder. Der Dämon mochte kein Licht. Entsetzt sah Anna, wie sich die Strohpuppe wild hin und her warf, bis sich ihr Arm aus Stroh von ihrem Rumpf zu lösen begann. Gleich würde sie sich befreit haben. Anna könnte nur noch versuchen, durch die Eingangstür zu fliehen, aber sie wusste, dass sie nicht schnell genug sein würde. Sie griff in eines der Regalfächer an der Wand und ertastete das, von dem sie hoffte, es würde ihre letzte Rettung sein. Es war eine Packung

Salz, die sie zuletzt gekauft hatte, in der weisen Vorausahnung, dass sie es noch gebrauchen könnte. Sie riss die Schachtel auf und kippte das Salz in einem Halbkreis vor sich auf den Boden. Unterdessen hatte sich die Vogelscheuche von ihrem Arm aus Stroh getrennt, der nun leblos im Fensterspalt herabhing. Sie drehte sich zu Anna und stieß ein Grunzen aus, das nicht von der Puppe kam, sondern vom Dämon, der seine Präsenz in diesem Raum verstärkt hatte. Wütend stampfte sie auf sie los, während Anna den Halbkreis aus Salz vollendet hatte und dahinter wie erstarrt stehen blieb. Die Vogelscheuche hatte ihr Tun wohl nicht bemerkt und stürmte unbeirrt auf sie los, bis sie nur Zentimeter von ihr entfernt abrupt stoppte, als sei sie gegen eine unsichtbare Wand gelaufen. Knisternd senkte sie ihren Kopf, der sich dadurch bizarr zu deformieren begann. Annas Herz schlug ihr bis zum Hals. Der faule Gestank nach Tod und Verderben raubte ihr beinahe die Sinne.

Dann sah die Strohpuppe wieder hoch und machte eine Schritt zurück. Zu Annas eigener Überraschung versuchte sie auch nicht, mit ihrem verbliebenen Arm nach ihr zu greifen, nahe genug war sie jedenfalls. Das Salz bildete für den Dämon eine unüberwindbare Barriere.

»Kluges Mädchen. Immer reichlich Salz dabei«, brummte der Dämon hasserfüllt.

Anna schnappte nach Luft, ehe sie darauf antwortete: »Ich sagte doch, ich lasse mich nicht aufhalten. Geh jetzt Dämon! Sonst werde ich nämlich wütend. Ich werde die Geister beschwören, die ich letzte Nacht herbeigerufen habe, und die mir geholfen haben. Du weißt, dass ich es kann, denn du hast mit Sicherheit jeden meiner Schritte verfolgt. Diese Geister wissen, dass ich nicht das Problem bin, wie du behauptest, sondern die Lösung. Ich werde sie wieder rufen, wenn du mir keine Wahl lässt.«

»Du Närrin!«

»Verschwinde!«

Eine wütender Schrei ertönte, der direkt in Annas Kopf zu sein schien. »Diese Geister, von denen du glaubst, sie würden dir helfen, sind nur arme, verirrte Seelen, die nicht wissen, was um sie herum geschieht, geschweige denn, warum sie sich hier an diesem Ort versammelt haben. Sie sind wie unwissende Kinder, die nach jedem Strohhalm greifen würden, wenn für sie auch nur die geringste Chance bestünde, diesen Ort wieder zu verlassen und ins Jenseits zurückzukehren.«

Anna spürte, wie sie die Oberhand gewonnen hatte. Das Salz, ein Cent-Artikel aus dem Discounter, hatte ihr wahrscheinlich das Leben gerettet. »Und dennoch sind sie gemeinsam auf mein Geheiß hin stark genug, um das Böse zu bekämpfen. Sie haben es gestern getan. Und sie werden es wieder tun. Was glaubst du, Dämon, wenn sie schon die erste Inkarnation des Wesens mit den roten Augen zurückdrängen konnten, was werden sie dann wohl mit dir tun?«

Der Dämon schäumte vor Wut. Er musste sich eingestehen, dass er diesen Kampf verloren hatte. Aber geschlagen würde er sich nicht geben.

»Wir sehen uns wieder, Schätzchen. Schon sehr bald.«

Die Strohpuppe zog sich in den dunklen Teil des Wohnzimmers zurück. Anna fühlte sich schwach. Es begann in ihren Armen zu kribbeln. Ihre Knie wurden weich. Sie wurde ohnmächtig und konnte nichts dagegen tun. Diese Konfrontation mit dem Dämon hatte ihrem Nervenkostüm endgültig den Rest gegeben. Um nicht aus ihrem Salz-Halbkreis herauszufallen, klammerte sie sich am Küchenbrett fest, während sie die Eingangstür ins Schloss fallen hörte. Die Vogelscheuche hatte sich zurückgezogen und würde sie zumindest heute Nacht nicht mehr heimsuchen.

Noch ein paar Sekunden hielt Anna durch. Doch dann versagten ihre Beine, und sie sackte zu Boden.

RÜCKKEHR

Anna erwachte am frühen Morgen. Die Sonne schien ins Fenster, in welchem immer noch der abgerissene Stroharm klemmte. Sie fühlte sich wie nach einer durchzechten Nacht. Sie hatte die letzten Tage zu wenig geschlafen und zu wenig gegessen. Kein Wunder, dass sie keine Kraft mehr hatte, das Übernatürliche zu bekämpfen. Die letzte Nacht hatte ihr alles abverlangt. Sie wagte gar nicht, sich vorzustellen, wie knapp sie dem Tode entronnen war. Der Dämon war wild entschlossen. Und er war nur einer von vielen paranormalen Erscheinungen, die Einfluss auf das Geschehen in Nimtow nehmen wollten.

Was ist bloß mit diesem Ort los?, dachte Anna missmutig.

Sie schleppte sich mit matten Gliedern zum Fenster und sah hinaus. Die Vogelscheuche war wieder an ihren alten Platz zurückgekehrt. Sie steckte wieder da mit ihrem Stock in ihrem Inneren im Boden, als sei nichts passiert. Nur ihr fehlender Arm verriet, dass Anna nicht geträumt hatte. Sie öffnete das Fenster und schmiss mit Ekel den abgetrennten Arm hinaus.

Sie war hungrig und hoffte, ein ausgedehntes Frühstück würde ihr wieder auf die Beine helfen. Sie hatte aber nichts hier. Also fuhr sie nach Havelberg und setzte sich in ein Café mit Frühstücksbüfett. Danach fühlte sie sich schon viel besser und beschloss, ein wenig in der Altstadt spazieren zu gehen. Sie spielte mit dem Gedanken, in ihr Auto zu steigen und nach Hause nach Berlin zu fahren. Ihr innerer Schweinehund sagte ihr, dass ihn keine zehn Pferde mehr nach Nimtow zurück kriegen würden. Es hatte nicht viel gefehlt, und sie hätte sich seiner Meinung angeschlossen. Aber der Dämon hatte vollkommen

Recht: Es ging nicht mehr um die siebte Heimsuchung. Es ging ihr nur noch um Robert. Deshalb war sie noch hier. Sie würde nicht zulassen, dass seine unsterbliche Seele Schaden nehmen würde. Sie wollte sie retten. Egal wie, egal was notwendig wäre.

Auf ihrer Rückfahrt hörte sie im Autoradio den Wetterbericht.

»Also Freunde, aufgepasst«, sprach eine übertrieben gut gelaunte Moderatorenstimme. »Im Augenblick scheint noch die Sonne, aber am Nachmittag zieht sich der Himmel zu, und dann wird es richtig krachen. Wir erwarten schwere Gewitter mit Unwetterpotenzial und Orkanböen. Tornados - so verrückt das klingen mag - nicht ausgeschlossen.«

Anna musste sich also beeilen. Sie würde zur alten Eiche zurückkehren und das Medaillon mitnehmen.

Hoffentlich führt es mich zum letzten Symbolstein. Ich weiß nicht, was ich sonst machen soll. Vorher muss ich mich aber noch um etwas kümmern.

SCHATZSUCHE

Zurück in ihrer Ferienwohnung holte sich Anna schnell die Schaufel und das bronzene Medaillon. Sie fädelte ein Stück Schnur durch das Loch in der Scheibe und knotete sie fest. Jetzt konnte sie das verwitterte Artefakt an der Schnur baumeln lassen. Als sie es gleich ausprobierte, begann sie zu zweifeln, ob ihre Konstruktion als eine Art Wünschelrute funktionieren würde.

Egal, ich muss es versuchen.

Sie packte ihre Sachen und ging nach draußen. Im Bauerngarten traf sie auf Elisabeth, die damit beschäftigt war, den Rasen zu mähen.

»Wie geht es Ihnen?«, fragte Anna.

»Besser. Ich meine, gut geschlafen zu haben, aber wer weiß, ob ich nicht auch wieder durch die Nacht marschiert bin. Wie sieht es bei Ihnen aus? Konnten Sie sich auch ein wenig erholen?«

Anna verschwendete keine Zeit mit einer Antwort. Entweder hätte sie lügen müssen, oder ihr erzählen müssen, dass sie auf Tuchfühlung mit einem Dämon in Form einer Puppe aus Stroh gegangen war. »Elisabeth, ich muss Sie um etwas bitten.«

»Oh, nicht schon wieder eine nächtliche Beschwörung! Das stehe ich nicht noch einmal durch.«

»Nein, nein, nichts dergleichen. Ich will, dass Sie die Vogelscheuche verbrennen.«

»Was, wieso das denn?«

»Fragen Sie mich lieber nicht. Ich bitte Sie, mir zu vertrauen. Ich will das hier beenden. Und dazu muss die Vogelscheuche verschwinden.«

»Na, gut, wenn Sie es sagen. Mein Mann wird wenig begeistert sein. Reicht es nicht, wenn wir sie in die Scheune bringen?«

»Nein, das reicht auf keinen Fall. Sie müssen Sie verbrennen und zwar restlos, hören Sie? Es darf nichts mehr von ihr übrig bleiben.«

»Gut. Ich vertraue Ihnen. Und wenn Sie glauben, dass es hilft und der halbe Ort nicht mehr von Gespenstern heimgesucht wird und die Einwohner nicht mehr nachts durch die Gegend torkeln, dann soll es so sein. Ich werde mich darum kümmern. Versprochen.«

Anna nickte. Der Dämon würde sie nicht in Ruhe lassen. Ohne die Strohpuppe hätte er es jedoch wesentlich schwieriger, ihr Probleme zu bereiten. Sie verließ sich darauf, dass ihre Vermieterin ihr Versprechen einhielt und stieg in ihr Auto. Sie fühlte sich immer noch nicht wirklich besser. Es war wie eine düstere Vorahnung.

Hatte der Dämon doch Recht, wenn er sagte, sie würde alles nur schlimmer machen? Wäre es nicht doch besser, von hier zu verschwinden?

Nein, ich kann Robert nicht im Stich lassen.

Sie erreichte die alte Stelle, an der sie schon tags zuvor ihr Auto abgestellt hatte. Mit Schaufel und Medaillon ausgerüstet, machte sie sich die letzten paar hundert Meter auf den Weg zur verfallenen Kultstätte. Doch auf halber Strecke bemerkte sie zu ihrem Unmut, dass sie nicht allein war.

»Das ist doch schon wieder Max«, raunte sie. Er schon wieder! Was hatte er hier zu suchen? Was konnte er wohl ausgerechnet hier anderes tun als Anna hinterherzuschnüffeln?

Sie beschloss, sich an ihn von der anderen Seite des breiten Baumstammes der Eiche heranzuschleichen und ihn zur Rede zu stellen. Sie schaffte es, außerhalb seines Sichtfeldes zu bleiben. Als hätte sie es geahnt, beobachtete sie ihn dabei, wie er das von ihr am Vortag geschaufelte Loch begutachtete. Jetzt glaubte sie, den Beweis zu haben, dass er Kronenbergs Spion war. Sie ging zur Tat über.

»Und, etwas gefunden?«, sprach sie laut, während sie hinter dem Baum hervorkam.

»Anna! O, Sie haben mich aber erschreckt. Was machen Sie denn hier?«

»Dasselbe wollte ich gerade *Sie* fragen.«

»Ich war angeln und bin auf dem Rückweg beinahe in dieses Loch hier gestolpert.« Etwas unsicher zeigte Max darauf.

»Aha. Und wo ist Ihre Angelausrüstung?«

»Die äh, habe ich am Ufer gelassen. Ich wollte nur schnell zurück zu meinem Auto, einen Köder holen.«

»Zeigen Sie mir doch mal ihre Angelstelle, vielleicht kann ich es ja mal versuchen.«

Bei Max hatten sich Schweißperlen auf der Stirn gebildet, und er kratzte sich nervös am Hinterkopf. Anna blieb hart und sah ihn streng an. Sie glaubte ihm kein Wort. Max hielt ihrem Blick nicht stand und schaute auf den Boden. »Ich bin wohl kein guter Lügner, nicht wahr?«, sagte er schließlich reumütig.

»Nein, kann man nicht sagen. Was machen Sie hier also wirklich? Hat Kronenberg Sie auf mich angesetzt?«

»Kronenberg? Wer soll das denn sein? Nein, ich bin aus eigenem Antrieb hier. Mich hat niemand geschickt. Das müssen Sie mir glauben. Ich kann es Ihnen erklären.«

»Ich höre.«

»Ich... also ich habe mich ein wenig umgehört.«

»Worüber?«

Max wurde immer nervöser. Sein Gesicht rötete sich. »Also, das ist mir jetzt ein wenig peinlich.«

»Peinlicher kann es kaum noch werden. Reden Sie!«

»Über Sie. Ich habe mich über Sie umgehört. Ich wollte nur herausfinden, wie lange Sie noch hier Urlaub machen, damit ich Sie wieder treffen kann.«

Anna entspannte sich ein wenig. War ihr vorher eindeutig klar gewesen, dass Max gelogen hatte, schien er jetzt die Wahrheit zu sagen. Sie blieb aber misstrauisch. »Das erklärt aber nicht, warum Sie hier draußen ein Loch in der Erde unter die Lupe nehmen.«

»Nein. Ich habe Elisabeth gebeten, mir etwas über Sie zu erzählen. Sie war ziemlich durcheinander und deutete an, dass in Nimtow schreckliche Dinge vor sich gehen würden. Ich wurde neugierig und ließ nicht locker. Dann erzählte sie mir, dass Sie eine Art Medium sind, das den Geisterspuk, der hier stattfindet, beenden soll, und dass Sie sich in große Gefahr begeben würden.

Elisabeth sagte, Sie hätte Angst um Sie. Sie sagte mir auch, dass das Zentrum dieser Geistererscheinungen hier liegen solle, und dass Sie hier an diesem Baum attackiert worden seien. Dieser Baum soll etwas Besonderes sein. Ein Ort, zu dem die Geister immer wieder zurückkehren. Das wollte ich mir mit eigenen Augen ansehen und bin hergefahren. Aber außer dem Loch habe ich nichts gefunden.«

»Dann sollten Sie mal nachts herkommen, da ist es wesentlich aufregender«, sagte Anna zynisch.

»Hören Sie, Anna. Ich dachte, ich könnte Ihnen irgendwie helfen, deshalb bin ich hergekommen und wollte mir selber ein Bild machen, verstehen Sie? Ich wollte Ihnen nicht hinterher spionieren, wenn Sie das befürchtet haben. Ich wollte Sie einfach wiedersehen.«

Anna atmete erschöpft aus. »Sie werden doch nicht den Unsinn glauben, den Elisabeth über mich und über die Geister erzählt hat, oder? Ich, eine Art Geisterbeschwörerin? Das wäre doch verrückt! Vielleicht sollten Sie sich vor mir in Acht nehmen. Vielleicht bin ich ja verrückt.«

Max lächelte unbeholfen. »Sie sehen nicht aus, als wären Sie verrückt. Ich glaube, Sie wissen ganz genau, was Sie hier tun.«

Ich wünschte, es wäre so, dachte Anna resigniert.

»Ich weiß, dass hier etwas nicht stimmt. Ich habe selbst vor einigen Tagen etwas erlebt, dass ich mir nicht erklären kann.«

»Das sagen Sie doch jetzt nur, um sich bei mir einzuschmeicheln.«

»Nein, ehrlich. Ich glaube ja eigentlich nicht an solche Sachen. Aber vor zwei Wochen, da ist etwas Unheimliches passiert. Ich hatte eine ziemlich merkwürdige Begegnung, die ein weiterer Grund dafür ist, warum ich hier bin.«

Anna hatte jetzt eigentlich keine Zeit für eine zusätzliche Schauergeschichte, die vermutlich eh nicht der Wahrheit entsprechen würde. Egal, was Max erlebt haben mochte, es würde bestimmt nicht Annas Erlebnisse toppen. Trotzdem wollte sie es sich anhören.

»Also schön, ich beiße an. Was haben Sie denn gesehen?«, sprach sie in einem Tonfall, der deutlich machte, dass sie nicht ewig Zeit hatte.

»Wenn Sie es nicht hören wollen, kann ich es verstehen. Ich wollte Sie nicht belästigen. Ich dachte nur, ich könnte Ihnen helfen.«

»Nein, schon gut. Hören Sie, Max, ich stehe zurzeit ein wenig unter Stress, wenn ich es mal so formulieren will. Ich muss hier etwas sehr Wichtiges tun. Es Ihnen zu erklären, würde erstens zu lange dauern, und zweitens würden Sie es mir sowieso nicht glauben. Und ich kann nicht jedem trauen, der vorgibt, mir helfen zu wollen. Nichts für ungut.«

»Das verstehe ich. Aber wenn ich Ihnen jetzt sage, was ich gestern Abend erlebt habe, werden Sie vielleicht anders darüber denken.

Ich war nach der Arbeit noch zum Fluss gefahren, um ein wenig zu angeln. Etwa einen Kilometer von hier entfernt. Es ist eine abgelegene Stelle, die außer mir bislang noch keiner beangelt hat, weil sie sehr unzugänglich ist.«

Anna nickte langsam, womit sie ihm bedeutete, er solle zur Sache kommen.

»Jedenfalls hatte die Dämmerung eingesetzt, als ich meine Sachen wieder zusammengepackt hatte. Da wurde ich auf einmal furchtbar müde. Ich dachte, ich könnte mich ja einfach ins Gras legen und wenigstens zehn Minuten dösen. Aus den zehn Minuten sind dann vier Stunden geworden. Stellen Sie sich das mal vor.«

»Wie mysteriös«, spöttelte Anna. Ihr Zynismus tat ihr im sel
ben Augenblick auch schon wieder leid. Max schien es ernst zu meinen.

»Na, jedenfalls war es dunkel geworden. Ich ging zurück zum Auto, und plötzlich sah ich eine Gestalt mitten im hohen Gras stehen. Sie war mehr ein Schatten. In meiner Anglerausrüstung habe ich immer eine Taschenlampe, die ich nun hervorholte und auf die Gestalt richtete.

Es war sicher nur der Bruchteil einer Sekunde. Aber ich könnte schwören, die Lampe in das Gesicht meines Vaters gehalten zu haben.«

»Vielleicht war er es ja auch.«

»Wohl kaum. Er starb, als ich zwölf war.«

»Das tut mir leid.«

»Kaum hatte ich sein Gesicht erblickt, verschwand es auch schon wieder.«

Anna seufzte und zeigte sich wenig beeindruckt. »So etwas scheint im Augenblick öfter zu passieren. Gerade vor ein paar Tagen war ich bei einer Frau, die jede Nacht von ihrem toten Mann heimgesucht wurde.«

»Und warum hat er sie heimgesucht?«

»Weil er sie vor etwas warnen wollte. Glauben Sie, der Geist Ihres Vaters wollte Sie auch vor etwas warnen?«

Max schaute zurück in die Richtung, in der er seine unheimliche Begegnung hatte. »Nein, er hat gar nichts gesagt. Aber er war wohl nicht erschienen, weil er mir etwas sagen wollte, sondern weil er jemanden mitgebracht hatte.«

»Noch einen Geist?«

Max nickte nachdenklich. »Ja, es war ein Junge.«

Anna sagte nichts. Sie bekam schon wieder ein schweres Gefühl im Magen.

»Ich konnte ihn ganz deutlich sehen. Es war, als wäre er wirklich dort. Aber gleichzeitig war er es auch nicht. Verstehen Sie, was ich meine?«

»Ich denke schon. Können Sie beschreiben, wie er ausgesehen hat?«

Max schüttelte enttäuscht den Kopf. »Nein, ich kann mich nicht richtig erinnern. Außerdem war es dunkel, und die Gestalt des Jungen, die war nicht natürlich. Sie war dunkel und ließ mich keine Einzelheiten erkennen.«

»Erzählen Sie weiter.«

»Also, nachdem ich meinen Schreck überwunden hatte, fragte ich ihn, wer er sei. Er sagte, sein Name wäre Robert.«

Anna schluckte trocken. Sie versuchte vergeblich, sich nichts anmerken zu lassen und erstarrte in ihrer Mimik, was Max nur umso mehr darauf aufmerksam machte, dass sie wusste, wer dieses Kind war. Er hakte aber nicht nach, sondern fuhr fort.

»Ich fragte ihn daraufhin, was er in dieser Nacht mitten im Nirgendwo machen würde. Ich glaubte immer noch, dass er ein realer Mensch wäre, obwohl mir klar war, dass er nicht normal war.

Er antwortete: 'Er lässt mich nicht gehen. Er lässt mich nicht gehen.' Zweimal hintereinander.«

Anna hielt sich die Faust vor den Mund. Tränen schossen ihr in die Augen. Sie war kurz davor, loszuheulen. Die Vorstellung, ihr Sohn könnte sich in den Klauen dieser Bestie befinden, brachte sie schier um den Verstand. Sie hatte es die ganze Zeit versucht, wegzudrücken, es aus ihren Gedanken zu verbannen. Aber durch Max' Schilderung wurde dieser Horror nun so präsent, dass sie nicht mehr klar denken konnte.

»Sie kennen dieses Kind, oder?«

Anna winkte ab und erstickte ein Schluchzen. »Reden Sie weiter«, presste sie hervor.

»Ich fragte den Jungen: 'Wer lässt dich nicht gehen?'

Er antwortete: 'Der Mann mit den roten Augen.'

Ich darauf: 'Wer ist dieser Mann? Wie heißt er?'

Und er: 'Er hat keinen Namen.'

Dann schwieg der Junge. Aber er sah mich auf eine so merkwürdige Weise an. Er sah mich an, als ob er mich um Hilfe bitten wollte, sich aber nicht traute, es auszusprechen.

Dann fragte ich ihn, wo seine Eltern seien. Er sagte, sein Vater sei tot. Ich fragte weiter: 'Und deine Mutter?'

Und er: 'Meine Mutter wird auch bald von ihm geholt.'

'Von wem', fragte ich.

'Von dem Mann mit den roten Augen.'

Annas Gesicht wurde schneeweiß. Nur mit Mühe zwang sie sich zur Beherrschung.

Max kam zum Ende. »Als Letztes fragte ich den Jungen, wo seine Mutter jetzt wäre. Und er sagte, ich soll beim Baum suchen. Beim einsamen Baum, der ein schreckliches Geheimnis hätte.«

Anna wurde schwindelig. »Ich... ich muss mich mal kurz setzen.« Sie sackte zusammen. Max fing sie auf und verhinderte, dass sie umkippte.

»Sie sehen furchtbar aus. Soll ich Sie nicht besser nach Hause fahren, dann können Sie sich hinlegen?«

»Nein! Nein, es geht schon gleich wieder. Geben Sie mir nur einen Moment Zeit.« Anna vergrub das Gesicht in ihren zittrigen Händen und weinte so leise, dass man es fast nicht hören konnte.

Max war bestürzt. »Ich hätte Ihnen das wohl nicht erzählen sollen. Dieser Junge hat sie an jemanden erinnert, richtig?«

»Schon gut, Sie konnten das ja nicht wissen.«

Max gab ihr ein Taschentuch und wartete geduldig ab, bis Anna sich wieder gefangen hatte. Sie bekam wieder Farbe im Gesicht und sah ihm lange nachdenklich in die Augen. Konnte sie ihm trauen?

»Robert war mein Sohn«, gab sie dann nach einer Weile zu.

Max verstand nicht. »Aber...«

»Soll ich Ihnen sagen, was Sie gestern erlebt haben?«

»Bitte.«

»Sie sind gestern dem Geist meines vor Jahren verstorbenen Sohnes begegnet. Nach allem, was ich weiß, befindet er sich in der Gewalt eines sehr mächtigen Wesens aus der Hölle oder dem Jenseits oder sonst einem gottverlassenen Ort. Dieses Ding hat die Seele meines Sohnes und wahrscheinlich noch die von dutzenden anderen Menschen in seiner Gewalt. Vielleicht sogar die Ihres Vaters, den Sie gesehen haben wollen.«

Max machte große Augen und ließ den Mund offen.

»Das klingt total verrückt, nicht wahr? Und wie steht es jetzt? Wollen Sie mich immer noch näher kennen lernen?«

Max brachte immer noch kein Wort raus. Er war ein bodenständiger Mann, der nicht so leicht an übernatürlichen Hokuspokus glauben wollte. Aber seine Begegnung von letzter Nacht hatte ihn zweifeln lassen. Und das, was Anna ihm offenbarte, überstieg seine Vorstellungskraft, und es überstieg den Grad seiner Bereitschaft, sich auf dieses Thema einzulassen. Anna wusste das. Indem sie schonungslos ehrlich war, verfolgte sie sogleich das Ziel, ihn von sich zu stoßen. Zu verrückt sollte es sein, was sie ihm anvertraute.

Aber Max war nicht dumm. Er wiederum erkannte schnell, dass Anna nicht nur die Wahrheit sprach, sondern zugleich ihn loszuwerden versuchte, indem sie ihn mit ihrer speziellen These über Geister glauben machen wollte, sie hätte nicht mehr alle Tassen im Schrank. Da würde er nicht mitspielen. Also wollte er es genauer wissen.

»Das ist starker Tobak, das gebe ich zu. Aber wenn es so ist, wie Sie sagen, dann stellt sich doch die Frage nach dem Warum.«

»Warum was?«

»Warum nimmt dieses Wesen Seelen von Verstorbenen gefangen? Was soll das?«

»Es will in diese Welt eindringen und zwar hier an diesem Ort. Womöglich braucht es sie dafür.«

»Und Ihren Sohn auch? Und meinen Vater? Ein merkwürdiger Zufall, finden Sie nicht?«

»Ich glaube, dass dieses Wesen die Seele meines Sohnes hat, um mich hierher zu locken. Vielleicht wollte es mir eine Falle stellen. Es weiß, dass ich mit den Toten reden kann, dass ich einen Draht zum Jenseits habe, wenn Sie so wollen. Entweder bin ich eine Gefahr für dieses Ding, oder es hat mich hier nach Nimtow gelockt, weil es mich braucht.«

»Ehrlich gesagt finde ich beide Varianten beängstigend. Der Junge, ihr Sohn, sagte mir doch, dass Sie in Gefahr wären. Das müssen Sie doch ernst nehmen.«

»Das tue ich, keine Sorge. Deshalb bin ich hier.«

»Und mein Vater? Glauben Sie wirklich, dass er - ich meine seine Seele - ein Gefangener dieses Wesens ist?«

»Das weiß ich nicht. Aber viele Geister von Verstorbenen sind hier in Nimtow versammelt. Einige wollen offenbar verhindern, dass den Menschen dieses Ortes etwas zustößt. Andere scheinen nicht zu wissen, warum sie hier sind und als Geister an diesen Ort gebunden sind.

»Hmm.« Max dachte nach, ob er auch den Rest seiner unheimlichen Begegnung erzählen sollte.

Anna war das nicht entgangen. »Sie drucksen so herum. Ist noch etwas passiert?«

»Nein. Ich dachte nur darüber nach, was der Geisterjunge mir noch gesagt hat. Ich fragte ihn nämlich, ob ich ihm helfen könne. Daraufhin sah er mich auf rätselhafte Weise ernst an. Wie ein Erwachsener.

Er sagte: 'Aufwachen.'

Und als er das gesagt hatte, dachte ich, ich würde noch immer im Gras liegen und schlafen. Ich war mir plötzlich ganz sicher, dass ich nur träumen würde. Und jetzt, je mehr Zeit vergeht, glaube ich mehr denn je, dass ich diese Begegnung nur geträumt habe. Oder nicht?« Max fuhr sich aufgewühlt durchs Haar. »Ist das möglich, dass ich etwas geträumt habe, das sich so real angefühlt hat wie unser Gespräch jetzt?«

Anna massierte sich den Nacken. Er war furchtbar verspannt. Sie wusste genau, welches Gefühlschaos Max gerade durchmachte. Nicht zu wissen, ob es real oder ein Traum war, konnte einen in den Wahnsinn treiben. »Ich weiß nicht«, begann sie ehrlich. »Ich habe das Gefühl, dass dieser Ort mehr und mehr die Grenze zwischen Realität und Fiktion verschwimmen lässt. Ich selbst hatte einen Traum, der auf irgendeine Art real war«, sagte sie und berührte mit ihrer Hand das Bronze-Medaillon in ihrer Jackentasche.

Die Frau in Weiß hatte ebenfalls gesagt, sie solle aufwachen. War das Zufall, weil es sich wirklich um einen Traum gehandelt hatte?

Nein, das glaube ich nicht.

»Das mit Ihrem Sohn tut mir sehr leid«, sagte Max leise nach einer Weile des Schweigens.

Anna nickte nur. »Was immer hier auch vor sich geht, es muss aufhören. Es wird mit jedem Tag schlimmer. Das halbe Dorf schlafwandelt nachts. Es wird nicht mehr lange dauern, bis jemandem etwas Schlimmes zustößt. Die Geister sind in Aufruhr. Sie haben Angst. Und ehrlich gesagt, habe ich das auch.«

In Aufruhr. Das hatte Kronenberg gesagt, und sie hatte vollkommen recht.

»Und Sie sind hier, um das zu tun. Um es aufzuhalten. Was machen Sie hier jetzt genau?«

»Ich bin wohl auf einer Art Schatzsuche.« Mehr verriet Anna nicht. Das letzte fehlende Puzzlestück war zu wichtig, als dass sie darüber hätte reden können.

»Na schön. Sie suchen etwas, das Ihnen helfen soll, dieses Wesen zu stoppen, das für den ganzen Spuk verantwortlich ist, sehe ich das richtig?«

»So könnte man es sagen.«

»Und Sie wollen mir nicht verraten, was es ist.«

Anna schwieg.

»Schon, gut, schon gut«, beeilte sich Max zu sagen. »Es geht mich ja auch nichts an. Aber sind Sie sicher, dass ich Ihnen nicht doch helfen soll?«

Und ob ich Hilfe gebrauchen könnte! Aber ich kann niemandem vertrauen. Auch ihm nicht.

»Ich muss das alleine machen«, sagte sie und dachte: *So wie ich alles alleine machen musste seit dem Unfall.*

»Also gut. Ich habe Ihnen wohl genug Zeit gestohlen. Ich helfe Ihnen hoch. Kommen Sie!«

Max half ihr wieder auf die Beine. Ihre Knie waren noch etwas schwach, doch Max hatte sie sicher im Griff. Anna ertappte sich dabei, wie sie dieses Gefühl genoss und sich wünschte, es würde nicht enden. Wieder von jemandem gehalten zu werden, wenn man selbst keine Kraft mehr hatte. »Danke für Ihre Hilfe.«

»Und ich kann Sie nicht umstimmen? Ich kann auch mit einer Schaufel umgehen, wissen Sie?«

»Nein. Ich melde mich aber bei Ihnen, wenn ich nicht weiterkomme, in Ordnung? Ihre Nummer habe ich ja.«

»Ja, die haben Sie. Und ich würde mir wünschen, dass Sie sich wieder bei mir melden. Aber Sie rufen ja doch nicht an, nicht wahr?«, sprach Max mit einer Mischung aus Enttäuschung und Verständnis für ihre bizarre Situation. »Also, viel Glück.« Dann trottete er davon.

Anna sah ihm eine Weile hinterher.

»Seien Sie vorsichtig mit Ihren Wünschen, Max«, rief sie ihm hinterher.

Dann nahm sie ihr Medaillon heraus und begann mit ihrer Schatzsuche...

ES BEGINNT MIT DEM TOD

Elisabeth hatte selbst versucht, die Vogelscheuche aus dem Boden zu ziehen, aber sie steckte zu fest. Also war sie schnurstracks zu ihrem Mann Werner gegangen. Der war Landwirt und führte einen kleinen Biohof mit sechs Angestellten. Als sie ihn bat, die Scheuche zu vernichten, sah er sie nur schief und verständnislos an.

»Wieso das denn?«, maulte er. »Jeder fängt jetzt an, Gespenster zu sehen. Und jetzt spielst du auch noch verrückt.«

»Wenn du gesehen hättest, was ich gesehen habe, dann würdest du das nicht sagen.«

»Diese Geister-Tussi, die sich seit ein paar Tagen bei uns eingemietet hat, hat dir das in den Kopf gesetzt, oder? Die Frau macht noch alle im Ort verrückt, dich eingeschlossen.«

»Sie ist keine Tussi. Sie versteht mehr von den Dingen, die hier vor sich gehen als alle Einwohner von Nimtow zusammen.«

»Tss. Was denn für Dinge? Alles Einbildung.«

»Ich selbst bin stundenlang geschlafwandelt, mitten in der Nacht. Glaubst du, das wäre normal?«

»Also ich habe nicht gemerkt, dass du weg warst.«

Elisabeth verschränkte vorwurfsvoll die Arme vor der Brust. »So wie du vieles nicht bemerkst, was ich mache.«

»Jetzt geht das schon wieder los.«

»Komm schon, tu mir den Gefallen. Das Ding ist doch sowieso vollkommen nutzlos. Mach es, mir zuliebe.«

»Also schön, für dich tue ich doch alles. Aber ich habe keine Zeit heute. Ich muss noch einen Haufen Papierkram erledigen. Ich lasse Michael das machen.«

Michael war der jüngste Angestellte ihres Betriebes.

»Er soll sie verbrennen. Dafür kann er ja die große Feuerschale benutzen, die wir uns fürs Erntefest letztes Jahr gekauft haben«, schlug Elisabeth erleichtert vor.

»Von mir aus.« Er konnte nicht wissen, dass er durch die Entscheidung, diese Aufgabe an einen seiner Angestellten zu delegieren, sich selbst vor dem Tod bewahrt hatte.

Eine Stunde später kam der Angestellte Michael in den Bauerngarten und nahm sich der Strohpuppe an. Werner hatte ihm versprochen, dass er früher nach Hause gehen dürfe, wenn diese letzte Aufgabe erledigt wäre. Es war Freitag, und Michael hatte vor, das ganze Wochenende allein auf einem Campingplatz an der Ostsee zu verbringen. Er freute sich schon und wollte die Vogelscheuchen-Sache so schnell wie möglich erledigen. Michael tat, was man ihm auftrug. Er stellte keine lästigen Fragen und wunderte sich auch nicht, warum er das tun sollte. Das ging ihn nichts an. Natürlich war ihm nicht entgangen, dass die Leute in Nimtow über merkwürdige Vorfälle tratschten. Aber das nahm er nicht ernst.

»Also los, meine Hübsche. Raus mit dir«, sagte er zur Vogelscheuche und versuchte, sie aus dem Acker zu ziehen. Das erwies sich als überraschend schwierig. Die einarmige Puppe ließ nicht locker.

Michael holte sich eine Schaufel und grub den Stock, auf dem sie steckte, aus.

»Na endlich.« Er hielt die Scheuche mit ihrer hässlichen Fratze zu sich und sagte: »So und nun machen wir ein schönes Feuerchen für dich.«

Er schleifte die Scheuche unsanft zur Feuerschale, die er dafür extra aus der Scheune gezottelt und und in den hintersten Winkel des Hofes verfrachtet hatte. Dann warf er sie hinein und ging zurück zur Scheune, um sich Benzin zu besorgen.

»Irgendwo muss es doch sein.« Er durchsuchte die Regale nach einem Kanister. Es war Nachmittag, und er war der Letzte, der noch auf dem Hof arbeitete. Da hörte er von draußen ein Geräusch. Es klang, als ob jemand die Feuerschale verrückt hätte.

»Hallo?« Niemand antwortete, denn es war niemand mehr da, außer der Vogelscheuche.

Endlich fand er den Kanister und ging zurück.

»So, Süße. Lets burn!«, trällerte er vergnügt, während er den Kanister aufschraubte.

Doch als er zurückkehrte, war die Strohpuppe fort.

»Mann, was soll der Scheiß?« Er drehte sich um, als er plötzlich eine heftige Ohrfeige von der Seite verpasst bekam. Er geriet ins Wanken, verlor aber nicht das Gleichgewicht.

»Au, verdammt! Was soll das, zum Teufel?« Michael fasste sich vorsichtig an die Wange und fühlte frisches Blut. Seine ganze rechte Gesichtshälfte war mit tiefen blutigen Kratzern übersät. Er drehte sich um, und was er dann sah, war das Letzte, was er sehen würde. Er sah, wie die Vogelscheuche vor ihm stand, mit ihrem verbliebenen Arm erneut ausholte und ihm einen Schlag ins Gesicht verpasste. Michael stolperte rücklings über die kniehohe Feuerschale und fiel hinein. Der Kanister entglitt seiner Hand und landete neben ihm. Sein Inhalt ergoss sich in die Schale.

Michael hatte der letzte Schlag beinahe außer Gefecht gesetzt. Er sah außer Sternen alles nur verschwommen. Er spürte, dass er in etwas Nassem lag. Es war das Benzin. Mühselig versuchte er wieder, sich aufzurappeln, aber es gelang ihm nicht. Ihm war furchtbar schwindelig, und er war völlig benommen.

»Das leihe ich mir mal kurz aus«, sprach eine tiefe Stimme, die ihre Worte langsam sprach. Etwas griff in Michaels Brusttasche und holte ein Feuerzeug heraus.

»Ich gebe es wieder, versprochen«, kicherte die Stimme. Michael sah, wie eine winzige Flamme vor ihm aufleuchtete. »Nein!« Trotz seiner schweren Benommenheit begriff er, dass er sich in Lebensgefahr befand und versuchte zu fliehen, aber es war schon zu spät. Das entzündete Feuerzeug kam auf ihn zu, und einen Augenblick später stand er in Flammen. Er schrie panisch und schlug vollkommen desorientiert wild um sich. Doch es nützte nichts. Die Flammen verbrannten seine äußere Hautschicht binnen Sekunden, in denen er hysterisch vor Panik und Schmerz kreischte. Noch ein paar Sekunden vergingen. Dann verstummte er.

Die Vogelscheuche war zu diesem Zeitpunkt schon längst fort. Der Dämon, der von ihr Besitz ergriffen hatte, wollte keine Zeit verlieren. Denn nun galt es, Anna aufzuhalten und sie daran zu hindern, das siebte Symbol zu finden.

Michael verbrannte vollständig. Und niemand war da, der es bemerkt hatte. Niemand hörte seine letzten Schreie. Er hatte seinen Wagen hinter der Scheune geparkt. Erst am Montag würde man zuerst sein Auto und später seine verkohlten Überreste finden. Und erst Tage später würden diese Überreste seiner Person zweifelsfrei zugeordnet werden können.

Werner, dessen Büro schräg hinter der Scheune etwa zweihundert Meter entfernt war, sah durch das geschlossene Fenster den Rauch hinter dem Gebäude aufsteigen. Zufrieden nickte er, weil er annahm, den Qualm der verbrannten Vogelscheuche zu sehen.

»Guter Junge, der Michael. Macht immer, was man ihm sagt.«

DER STURM

Der Himmel hatte sich zugezogen. Dichte, graue Wolken hingen tief in der Atmosphäre. Wind kam auf und fuhr Anna durchs Haar, während sie voll konzentriert aufs Medaillon sah, das, am Faden hängend, sich langsam um die eigene Achse drehte. Anna schritt den Baum systematisch in Kreisbahnen ab. Jeder ergebnislose Umlauf ließ sie zunehmend zweifeln, ob ihre selbstgebastelte Wünschelrute den erhofften Erfolg bringen würde.

Ein Grummeln in weiter Ferne verriet, dass die Unwetterfront sich näherte. In weniger als einer Stunde würde es im Freien richtig ungemütlich werden. Sie musste sich beeilen.

»Komm schon!«, spornte sie sich und ihren Detektor aus der Vergangenheit an.

Eine Viertelstunde später lief sie bereits in einem Abstand von mehr als zwanzig Metern um den Baum im Kreis, als plötzlich das Bronzestück seine Rotation um die eigene Achse beschleunigte. Sie ging langsam weiter, drehte sich ein Stück in verschiedene Richtungen und stellte Veränderungen in der Rotationsgeschwindigkeit ihres Medaillons fest. So gelang es ihr nach kurzer Zeit, eine Stelle zu finden, an welcher die Reaktion ihres Artefakts am stärksten war. Es drehte sich am Faden immer abwechselnd von einer in die andere Richtung. Außerdem zog es stärker an Annas Hand, als ob die Scheibe magnetisch angezogen werden würde. Sie ließ das andere Ende des Fadens los, und das Artefakt schoss auf den Boden zu und blieb tief im weichen Boden stecken.

»Ich glaube es ja nicht! Wenn der verdammte Stein nicht darunter ist, dann werde ich verrückt.«

Sie holte sich ihre Schaufel und grub aufgeregt ein Loch. Sie ahnte zwar, dass sich der Runenstein mit

Sicherheit nicht direkt unter der Grasnarbe finden lassen würde, aber dass sie fast einen Meter tief buddeln musste, das hatte sie unterschätzt. Es war sehr anstrengend, und es brauchte Zeit.

Aus dem Augenwinkel sah sie einen riesigen Blitz ganz in der Nähe niedergehen, gefolgt von einem markerschütternden Donnergroll. Das fast zeitgleiche Aufeinanderfolgen beider verriet, dass das heftige Gewitter schon ganz in der Nähe war. Eine Sturmböe fegte über das Land hinweg und zerzauste Annas Haar. Unbeirrt schaufelte sie weiter.

»Ich muss es finden. Ich muss! Wenn nicht jetzt, dann nie.«

Als sie sich kurz eine Strähne aus dem Gesicht streichen wollte, fiel ihr Blick auf die gewaltige Unwetterfront, die sich wie eine gigantische Tsunamiwelle langsam über sie schob und den Tag zur Nacht machte, so dunkel waren die Wolken. Ein Stakkato heftiger Fallböen traf sie und wirbelte im wahrsten Sinne des Wortes mächtig Staub auf. Der Sturm schien von überall zu kommen. Anna musste sich regelrecht dagegen stemmen, um nicht das Gleichgewicht zu verlieren.

Ich muss weitermachen! Sie war wie von Sinnen. Statt irgendwo Schutz zu suchen, spornte sie der Lärm des Gewitters und der Sturm nur noch mehr an und ließ sie wie eine Besessene graben.

Anna war jetzt mitten drin im Unwetter. Schlagartig begann es wie aus Eimern zu schütten. Blitz und Donner tobten sich um sie herum aus und verwandelten das beschauliche Auenland der renaturierten Havel in eine Waschmaschine, die im Schleuderprogramm lief. Kein Mensch, der noch bei Verstand war, wagte sich jetzt nach draußen. Die Wetterfrösche in Funk und Fernsehen hatten nicht übertrieben. Man konnte kaum noch die Hand vor

Augen sehen. Der dichte Regen, vermischt mit Hagelkörnern, machte es unmöglich.

Anna grub weiter, Sie war klatschnass und merkte nicht einmal den Hagel, der zum Glück nur aus kleinen harmlosen Körnern bestand. Dann stieß ihre Schaufel gegen etwas.

Das muss es sein!

Sie warf die Schaufel achtlos von sich und tauchte ihre Hände in die Erde. Im Loch hatte sich schon eine Pfütze gebildet. Schnell würde es sich komplett mit Wasser füllen, wenn sie es jetzt nicht schaffte, den Stein im Schlamm zu ergreifen. Gierig wühlte sie im Matsch. Dann fand sie es. Einen faustgroßen Stein. Sie entriss ihn der Erde und hielt ihn wie eine Trophäe in die Höhe. Er war noch über und über mit Schlamm bedeckt, aber der strömende Regen wusch ihn rasch sauber. Anna erkannte eine Einkerbung in Form einer komplizierten geschwungenen Linie.

Das Symbol. Sie hatte es gefunden. Sie würde es in Ruhe studieren müssen, aber dies war nicht der richtige Ort und schon gar nicht die richtige Zeit. Sie musste aus dieser Unwetter-Hölle raus, und zwar schnell. Sie krabbelte aus dem verschlammten Loch und sah sich verzweifelt um. Die Sichtweite betrug nur wenige Meter. Sie konnte nicht einmal den alten Baum sehen. Wo sollte sie hingehen? Die mit Regen durchtränkten Böen peitschten ihr wütend ins Gesicht. Sie machte ein paar Schritte, um irgendeinen Orientierungspunkt zu finden. Stattdessen rutsche sie infolge eines heftigen Windstoßes aus und fiel hin. Sie verlor den Stein aus der Hand.

»Nein! Wo ist er? Wo ist er?« Panisch schob sie sich auf allen Vieren vorwärts in die Richtung, in der sie den Stein vermutete. Er konnte nicht weit von ihr entfernt ins Gras gefallen sein.

Nach ein paar Metern fand sie ihn. Sie streckte ihre Hand nach ihm aus. Nochmal würde sie ihn nicht verlieren. Als ihre Fingerspitzen den Runenstein berührten, schlang sich plötzlich etwas um ihr Handgelenk, hielt es fest und drückte schmerzhaft zu. Anna schrie unwillkürlich vor Schmerz, ehe sie realisierte, wer sie daran hinderte, den Stein zu ergreifen. Sie blickte auf einen Klumpen von nassem Stroh an ihrem Handgelenk und wusste sofort, dass es die verdammte Vogelscheuche war. Sie beugte sich zu ihr vor. Anna konnte sie kaum erkennen, weil ihr der Regen durch den Sturm waagerecht ins Gesicht schlug. Sie konnte nur eine graue Masse erkennen und den dummen Hut, der die Scheuche unverwechselbar machte.

»Den Stein nehme ich«, schrie der Dämon mit seiner tiefen Stimme. Er war so laut, dass er sogar den Lärm des Sturms überflügeln konnte.

»Niemals!«, schrie Anna zurück. Sie packte den Stroharm mit der anderen Hand und versuchte ihn von ihrem Handgelenk zu befreien. Zu ihrer eigenen Überraschung gelang es ihr relativ leicht. Der verbliebene Arm der Strohpuppe riss entzwei, da er durch den Regen völlig aufgeweicht war.

»Dir fehlt wohl ein zweiter Arm, um mich zu stoppen. So ein Pech!«, brüllte sie triumphierend und schnappte sich den Stein. Dann sprang sie auf die Beine und rannte los. Die Richtung war egal, Hauptsache weg von hier.

»Du kannst mir nicht entkommen, Schätzchen. Mach es dir doch nicht so schwer«, hörte sie den Dämon hinterherrufen. Aber davon ließ sie sich nicht beirren und floh durch das Unwetterchaos. Sie musste ihr Auto finden, sonst hatte sie gegen den Dämon keine Chance. Außerdem könnte sie jederzeit das Ziel eines Blitzes werden, sie befand sich schließlich auf freier Fläche. Hier herumzurennen, während über ihr das schwerste Gewitter seit Jahrzehnten tobte, wäre auch ohne einen Dämon, der sie jagte, Wahnsinn.

Sie rannte, so schnell sie konnte, und je weiter sie kam, desto mehr schien sich das Unwetter zu beruhigen. Nach einer Weile hielt sie an, um sich umzusehen. Das hätte sie besser sein lassen, denn kaum hatte sie sich umgedreht, schlug ihr die Vogelscheuche mit ihrem verbliebenen Armstumpf in einer weit ausholenden Bewegung ins Gesicht.

Ihr wurde schwarz vor Augen.

Das war's, war ihr letzter Gedanke, bevor die Bewusstlosigkeit von ihr Besitz ergriff.

ERWECKUNG

»Kopfschmerzen, Schätzchen?«, waren die Worte des Dämons, die sie wieder zu Bewusstsein brachten.

Sie richtete benommen ihren Kopf auf und sah auf das durch das Unwetter verwüstete Land. Das hohe Gras war weitgehend niedergedrückt. In der Ferne erblickte sie Bäume, die wie Streichhölzer umgeknickt waren. Am Horizont ragte eine dunkle Wand aus grauen Wolken empor. Gehörte die zum Gewitter, oder war das eine zweite Front, die auf sie zuraste?

Ein paar Meter schräg vor ihr hockte die Vogelscheuche. So sah es zumindest aus. Der peitschende Regen hatte ihren Strohkörper zu einer wässrigen Masse verformt, die weder vor noch zurück konnte. Bald würde sich ihre Form komplett auflösen und übrig bleiben würde nur ein kleiner stinkender Haufen nasser Halme. Der Hut hing schief auf dem ausgefransten Kopf. Der Dämon in ihr würde seine strohige Erfüllungsgehilfin bald aufgeben müssen.

»Gleich ist es vorbei«, sagte er zu Anna.

Die hörte gar nicht zu, sondern versuchte herauszufinden, warum sie sich nicht bewegen konnte. Zuerst hatte sie angenommen, zu stehen, aber in Wahrheit war sie irgendwie an den mächtigen Stamm der alten Eiche gefesselt - die Arme über dem Kopf, die Beine senkrecht langgestreckt und ohne Kontakt zum Boden. Gefesselt an Hand- und Fußgelenken.

»Lass mich sofort runter, du Missgeburt!«, schrie sie den Dämon an.

»Ich habe dich gewarnt, Schätzchen. Das habe ich, oder nicht? Du sollst dich nicht in Dinge einmischen, die du nicht verstehst. Aber statt auf mich zu hören, buddelst du hier die Vergangenheit aus. Dummes Mädchen.«

»Du verdammter Teufel!« Anna blickte auf ihre Füße herab, um zu erkennen, wie sie gefesselt war. Aber das waren keine Seile, keine Knoten. Füße und Hände waren teilweise von der Rinde des Baumes umschlossen, als seien diese darüber gewachsen. Ein Befreiungsversuch war zwecklos.

»Weißt du eigentlich, dass dieser Baum in seinem langen Leben schon viele schreckliche Dinge mitansehen musste? Dieser Baum war nur ein Schössling, als er schon die erste Hinrichtung eines Menschen erlebte. Und es sollten noch viele andere folgen. Dieser Ort hier, diese Kultstätte, war jahrhundertelang nach dem Massaker an den Kultisten Schauplatz von Hinrichtungen, Morden, Verstümmelungen, Vergewaltigungen, blutigen Kriegen und sonstigen rituellen oder religiös begründeten Blutbädern. Dieser Ort zieht das Böse regelrecht an. Er ist wie ein Magnet. Und der Baum - er hat alles gesehen. Er hat mehr gesehen, als gut für ihn gewesen wäre. Er studierte das Böse und das Schlechte, das der Ort in den Menschen hervorbrachte. Er weiß, was geschieht, wenn du den siebten Runenstein benutzt und damit durch deine eigene Dummheit zum Werkzeug des Bösen wirst. Und deshalb wird er es nicht zulassen.

Ich habe ihn erweckt. Ich habe ihn dazu befähigt, dich zu seiner Gefangenen zu machen. So lange, bis der Himmel über dich richten wird.«

»Das ist nicht möglich. Es ist nicht real!« Anna wünschte sich, dass es nicht die Wirklichkeit war. Sie hatte mit Max darüber gesprochen. Sie könnte träumen, jetzt in diesem Augenblick. Das würde erklären, warum ihre Hände halb in der Baumrinde eingesunken waren. In Träumen war alles möglich.

»Es ist so real, wie es nur sein kann«, entgegnete ihr der namenlose Dämon, als ob er ihre Gedanken gelesen hätte.

»Ich will hier runter!«, schrie Anna unbeherrscht. Sie wurde panisch und hatte es satt, sich mit diesem Dämon auseinanderzusetzen. Es musste irgendein Trick sein. Vielleicht hatte er ihre Gedanken manipuliert, und sie bildete sich nur ein, an den Baum gefesselt zu sein.

»Keine Tricks. Kein Trug. Wie ich bereits sagte, der Baum wurde von mir erweckt. Ich habe ihm zugehört. Er hat mir zugehört - eine Eigenschaft, die euch Menschen abhanden gekommen ist. Er wird dich nicht gehen lassen, Schätzchen.«

»Ich mach dich fertig, du Scheißkerl!« Anna brüllte so laut, dass ihr fast die Stimme brach.

»Deine Geisterfreunde werden dir nicht helfen. Rufe sie ruhig, wenn du dich dann besser fühlst. Aber sie werden nicht kommen. Nicht heute, an dem Tag, an dem Mutter Natur eines ihrer größten Schauspiele aufführt. Du weißt doch: Mutter Natur kann wunderschön, grausam und gerecht sein. Alles zur selben Zeit, Schätzchen. Ich überlasse ihr die Entscheidung, was mit dir geschehen wird.«

»Was soll das bedeuten? Was? Antworte schon!«

»Das Gewitter von vorhin, - das war nur ein Baby. Der dicke Brummer kommt erst noch. Siehst du ihn?«

Er war kaum zu übersehen und rollte in Form einer apokalyptisch anmutenden schwarzen Wolkenlawine an. Es war ein Anblick, bei dem einem schlagartig bewusst wurde, wie klein und verletzlich man als Mensch doch war.

»Dieser Ort, Schätzchen, ist etwas ganz Besonderes. Selbst Mutter Natur kann, wenn sie denn will, hier zur Höchstform auflaufen. Und sie kann ungeahnte Kräfte entfalten.«

Anna verstand, was der Dämon meinte. Diese Front, die auf sie zuraste, war nicht natürlichen Ursprungs. Sie war diabolisch böse. Das war das einzige Wort, das es passend beschrieb. Ein einziger Blitz würde genügen, um Anna die Lebenslichter auszupusten.

»Zur Hölle mit dir!«, stieß sie zornig aus.

Der Dämon brach darauf in irres Gelächter aus. »Da war ich schon, Schätzchen.« Sein Lachen wurde immer lauter und immer verrückter.

Anna hörte nicht mehr hin, sondern sah hilflos zu, wie der Sturm auf sie zuraste. Nur noch wenige Augenblicke, und sie würde sich im Inneren einer Waschmaschine aus der Hölle wiederfinden. Sie fragte sich, ob es eine realistische Möglichkeit gab, das zu überleben.

Die Sturmböen kehrten zurück. Wilder und zerstörerischer als zuvor. Und auch aggressive Blitze schlugen um sie herum ein. Und jedes Mal ließ der ohrenbetäubende Knall sie zusammenzucken. In ihrer Verzweiflung versuchte sie, das, was offensichtlich aussichtslos war. Sie rief nach den Geistern, die ihr schon einmal aus der Patsche geholfen hatten. Aber es war, wie der Dämon ihr schon vorhergesagt hatte: zwecklos. Sie konnte nicht einmal ihre eigene Stimme verstehen, in diesem Alptraum aus Donner und Blitz, aus Sturm und sintflutartigem Regen.

Ich werde sterben, schoss es ihr durch den Kopf. *Und wofür? Für nichts. Für absolut nichts.*

Sie hatte seit dem Tod ihres Mannes und ihres Sohnes ein sinnloses Leben gelebt. Antriebslos hatte sie die Tage verstreichen lassen, jedweden Kontakt vermieden, ihre Berufung aufgegeben. Sie hatte unzählige Male mit dem Gedanken gespielt, ihrem sinnlosen Leben ein Ende zu bereiten.

Hätte ich es doch getan! Ich hätte es gleich tun sollen, dann würde mir das hier erspart bleiben.

Der Sturm pflügte durch die Baumkrone und ließ Blätter, Rindenstücke und Geäst auf sie herabregnen. Zumindest eine Genugtuung wurde ihr zuteil. Sie sah dabei zu, wie die in sich zusammengefallene Strohpuppe von den Böen zerlegt wurde und ihre Bestandteile in alle Richtungen auseinander getrieben wurden.

Auf einmal wurde die Sicht wieder klarer. Aber es war noch nicht vorbei.

Das Beste kommt zum Schluss, nicht wahr?

Eine Windhose näherte sich ihr. Sie kam von der anderen Seite des Flusses und fegte dort über ein Maisfeld. Sie taumelte eine Zeitlang von einer Seite zur anderen, als hätte sie sich nicht entschieden, wo sie als Nächstes Zerstörung anrichten sollte. Auf ihrem Weg fraß sie alles in sich hinein, das ihr in den Weg kam. Die Maispflanzen wurden von ihr wie Grashalme ausgerissen und verschwanden in dem immer breiter und dichter werdenden Wirbel. Wie gebannt sah Anna dem Spektakel zu. Und dann, nach einer gefühlten Ewigkeit, drehte der Wirbel, der jetzt die Ausmaße eines waschechten Tornados angenommen hatte und raste zielsicher auf sie zu.

Das ist es also. So werde ich sterben. Vielleicht wird es wenigstens schnell gehen. Aber ich werde nicht um mein Leben winseln. Ich werde nicht schreien.

Anna schloss die Augen. Das tosende Geheul des Wirbelsturms kam näher und näher. Es übertraf alles, was Anna bisher erlebt hatte. Es machte alles andere bedeutungslos. Da war nur noch dieser Wirbelsturm, der gekommen war, um ihrem Leben ein Ende zu bereiten.

Doch aus einem für Anna nicht ersichtlichen Grund öffnete sie die Augen wieder. Sie hatte das Gefühl, nicht allein zu sein. Jemand war hier ganz in ihrer Nähe. War es der Dämon? Oder gar Max? War er gekommen, um sie retten? Aber keiner von beiden war es, dessen Präsenz sie spürte. Sie blickte auf die Wand des Wirbelsturms, der sich zwar immer noch wie verrückt um sich selbst drehte, aber seine Vorwärtsbewegung gestoppt hatte. Oder täuschte sie sich? Während ihr dieser Gedanke durch den Kopf ging, glaubte sie wieder, einen surrealen Moment zu erleben. Die Realität schien verschoben, oder nicht? Ihre Augen fixierten die Sturmwand, die wie angewurzelt vor ihr verharrte. Etwas kam heraus. Etwas Helles.

Die Frau in Weiß. Hatte sie den Sturm in seiner Bewegung eingefroren?

Die Frau in Weiß trat aus dem Wirbelsturm heraus und blieb wenige Meter vor Anna stehen. Ihr Blick war streng. Sie hob eine Hand, und Anna spürte, wie der Baum, an dem sie gefangen war, erbebte. Erst leicht, und dann wurden seine Bewegungen immer wilder. Dann spürte sie ein Ziehen an Hand- und Fußgelenken. Die Rinde, die sie umschlungen hatte, wich zurück. Anna kam frei. Kraftlos fiel sie herunter und richtete sich mühselig auf die Knie auf.

Sie blickte auf zur Frau in Weiß, die nun direkt vor ihr stand. Ihr Blick war alles andere als vertrauenerweckend.

»Danke«, brachte Anna keuchend hervor.

Die Frau in Weiß sah sie von oben herab zornig an. Dann streckte sie blitzartig ihre Hand aus und umschloss Annas Hals. Sie würgte Anna nicht, aber dennoch fühlte es sich grauenhaft schmerzvoll an, als ihre eiskalte Geisterhand in Kontakt mit ihrer Haut kam. Reflexartig versuchte sie, sich aus dem eisigen Griff zu befreien. Aber jedes Mal, wenn sie die Arme der Geisterfrau zu fassen kriegen wollte, griff sie ins Leere.

»Du hast versagt!«, donnerte eine grauenvolle Stimme Anna entgegen. »Du hättest es beenden können!«

Anna konnte unter dem Würgegriff kaum sprechen. Die Kälte brannte ihr bis in die Stimmbänder.

»Wovon... sprichst du?«, brachte sie krächzend hervor.

»Der siebte Stein! Er hätte niemals gefunden werden dürfen.« Die Frau in Weiß hielt ihr den Stein mit der freien Hand vor die Nase. »Er ist der letzte Schlüssel, um die Tür in die Hölle zu öffnen. Und du hast ihn aus seinem Grab befreit.«

»Aber ich will doch nur verstehen, mit was ich es zu tun habe.«

»Wusstest du das nicht längst? War es dir nicht schon bei deiner ersten Begegnung klar?«

Die roten Augen, dachte Anna. Ja, sie wusste insgeheim, wer in diese Welt zurückkehren wollte. Sie wusste, wer sie angegriffen hatte, und doch hatte sie sich geweigert, es sich einzugestehen.

»Du wusstest es die ganze Zeit und hast es verdrängt, weil du dich vor nichts mehr fürchtest als vor ihm!«

»Der Teufel«, flüsterte Anna. Jetzt ergab alles einen Sinn. Die sieben Symbole, die sieben Runen auf sieben Steinen standen für das lateinische Wort Lucifer. Das war es, was vor langer Zeit geschehen war. Es war kein slawischer Stamm, der eine ihrer Gottheiten oder Dämonen beschwören wollte, sondern eine Gruppe von Satanisten, die sich von der christlichen Kirche abgewandt und beschlossen hatte, Satan höchst selbst zu beschwören. Sie haben sich unter die Elbslawen gemischt, ihre Rituale, ihren Glauben und ihr spirituelles Weltbild studiert, um mit diesem Wissen Mächte zu beschwören, die ein Tor zur Hölle öffnen sollten. Und welcher Ort wäre damals besser geeignet gewesen als das noch nicht christianisierte Havelland, wo sie hofften, keine Aufmerksamkeit zu erregen?

»Derjenige, der in den Abgrund gestürzt war, wird nun zurückkommen. Morgen Nacht wird es soweit sein! Wenn die Venus hell am Himmel strahlt, und die Uhr Mitternacht schlägt. Und es wird deine Schuld sein!«

»Nein. Ich kann es verhindern. Ich zerstöre den Stein. Gib ihn mir!«

Der eisige Würgegriff um ihren Hals wurde fester. In den Augen der Frau in Weiß funkelte es kalt. Je länger Anna hinsah, desto mehr fürchtete sie, sich in deren unendlicher Tiefe zu verlieren.

»Du kannst den Stein nicht zerstören. Er ist verhext. So wie die anderen sechs Steine, und nur eine wahre Hexe kann sie vereinen, um den Satan zu beschwören.«

Kronenberg. Also doch! Sie durfte nicht erfahren, dass Anna den letzten Stein gefunden hatte.

»Ich werde dafür sorgen, dass sie den Stein nie bekommen wird.« Konnte sie das wirklich? Das erschien ihr, noch während sie es sagte, äußerst unwahrscheinlich. Kronenberg war eine einflussreiche und vermögende Frau. Sie würde Anna solange jagen, bis sie fand, wonach sie suchte.

»Das reicht nicht!«, schallte ihr die Frau in Weiß entgegen.

»Was soll ich dann tun? Sag es mir, und ich werde gehorchen.« Anna fühlte sich schuldig. Ob dieses Gefühl gerechtfertigt war oder nicht, spielte jetzt für sie keine Rolle mehr. Sie war verantwortlich und musste sich dem Bösen stellen.

»Die Hexe muss sterben.«

»Was? Ich... ich soll einen Mord begehen?«

»Die Hexe muss sterben. Entweder sie oder du. Wenn du es nicht tust, dann wird das Böse von deiner unsterblichen Seele Besitz ergreifen. Sie wird ihm dienen bis in alle Ewigkeit. Deine Seele und die deines Sohnes. Gemeinsam werdet ihr alle Zeitalter als Sklaven des Satans verbringen. In Finsternis und Feuer.«

Anna war fassungslos. »Gibt es denn keine andere Möglichkeit?«

Die Frau in Weiß stieß Anna mit Macht von sich. Den Stein ließ sie fallen. »Die Hexe ist die oberste Dienerin des Fürsten der Dunkelheit. Lange hat sie sich auf seine Rückkehr aus dem Abgrund vorbereitet. Viele Körper hat sie im Laufe der Zeit dafür angenommen. Du wirst sie nur durch eine List stellen können, denn auch sie ist listig und wird ihrerseits dir eine Falle stellen. Ihr Tod wird die Geister aus ihrer Gefangenschaft des Satans befreien. Ihr Blut wird die sieben verhexten Runensteine vernichten.«

»Und wie soll ich das anstellen?«

Die Frau in Weiß antwortete nicht und zog sich in den Wirbelsturm, aus dem sie gekommen war, zurück.

»Der Ort der Rückkehr wird vorbereitet«, hörte sie noch ihre Stimme. »Flieh! Flieh!«

Anna sprang wieder auf die Füße. Der Tornado, der für eine kleine Ewigkeit auf der Stelle getreten hatte, setzte seinen Vernichtungszug fort und kam auf sie zu. Für lange Überlegungen war keine Zeit mehr. Anna tat wie geheißen, schnappte sich den Stein und floh.

Der Sturm fegte über den Baum, riss an seiner Baumkrone so erbarmungslos, dass schwere Äste brachen und im Wirbel verschwanden. Anna rannte, was ihre Beine hergaben. Hinter ihr begann die alte Eiche, langsam in Schräglage zu geraten. Der Wirbelsturm fällte den Baum, indem er ihn samt Wurzeln der Erde entriss. Und damit nicht genug. Er schleuderte den Baum weit fort und beendete so mit einem Mal sein langes Leben. Zum Vorschein kam der große Steinsockel, der einst von den Satanisten als Ort für die Rückkehr des Teufels auserkoren worden war. Der Regen wusch den Stein sauber und legte seine unzähligen Runen frei, deren Bedeutung heute niemand mehr verstand. Runen, deren einziger Zweck darin lag, die spirituellen dunklen Mächte des Havellandes in ihrem Wirken zu vereinen, um das Tor zur Hölle aufzustoßen.

Der Ort der Rückkehr war nun vorbereitet. So wie es die Frau in Weiß vor wenigen Augenblicken noch gesagt hatte.

Anna rannte um ihr Leben. Sie schaute nicht zurück. Und sie entkam dem Sturm. Sie überlebte, und das nur durch die Hilfe einer übernatürlichen Erscheinung. Von jetzt an würde es an ihr liegen, an ihr allein, dem Teufel die Rückkehr in diese Welt unmöglich zu machen. Für ihren Sohn und für sich selbst. Für die Menschen in diesem beschaulichen Ort, ja wahrscheinlich für die ganze Welt war sie nun bereit, zu diesem Zweck sogar zur Mörderin zu werden.

DIE ZEIT LÄUFT AB

Im Auto auf dem Rückweg zu ihrer Mietwohnung überschlugen sich Annas Gedanken. Was sollte sie jetzt tun? Wie viel Zeit hatte sie noch? Wäre sie wirklich bereit, einen Mord zu begehen?

Für Robert würde ich alles tun.

Sie schlug wütend und aufgekratzt aufs Lenkrad, weil sie sich über sich selbst ärgerte. Wie konnte sie nur so blind sein? Wie konnte sie übersehen haben, womit sie es zu tun hatte? Die Geister in diesem Ort waren nicht das Problem. Sie waren nur aufgescheucht worden durch die finstere Macht, die sich zusammenbraute. Kronenberg wollte nicht weniger als das Tor zur Hölle aufstoßen. Viele hatten es vor ihr schon versucht. Aber noch niemand war seinem Ziel so nahe gekommen wie sie. Und Anna hatte ihr auch noch geholfen, indem sie sich selbst in Lebensgefahr gebracht hatte und für die alte Hexe den letzten Runenstein gefunden hatte.

Anna hatte während ihrer aktiven Zeit als Medium so viele Jahre in die Erforschung der Sieben Heimsuchungen gesteckt. Nie hatte sie irgendeinen Hinweis auf den Satan finden können. Aber nicht nur sie hatte sich geirrt, sondern jeder, der sich ernsthaft mit dieser Thematik auseinandergesetzt hatte. Der Teufel wusste, wie man sich tarnt. Nur Kronenberg hatte sein Geheimnis enthüllt. Sie hatte die Zusammenhänge offenbar richtig gedeutet.

Die Attentäter von einst hatten die sechs Steine auf der ganzen Welt verstreut, wissend, dass sie nicht zerstört werden konnten und hoffend, niemand würde sie finden. Der siebte Stein muss von einem der Kultisten in der Nähe der Kultstätte vergraben worden sein, noch während die Attentäter zu Werke gegangen waren. Aber die Rückkehr des Satans war nur aufgeschoben. Die Sieben

Heimsuchungen fanden alle an den Orten statt, an denen sich die Runensteine befanden. Alles, was der Teufel brauchte, war jemand, der die Zusammenhänge richtig deutete. Er wartete geduldig auf jemanden, der die Steine finden und wieder vereinen würde. Jemanden wie die alte Kronenberg. Wenn die Frau in Weiß die Wahrheit gesprochen hatte - und Anna hatte keinen Grund, das Gegenteil anzunehmen - dann war die alte Kronenberg eine gefährliche Frau. Eine Hexenmeisterin, die Anführerin eines mächtigen Satanistenbundes, der den Teufel anbetete und seine Rückkehr herbeisehnte. Nein, mit etwas Vergleichbarem hatte Anna es noch nicht zu tun gehabt. Sie musste jetzt nicht nur vorsichtig, sondern auch gerissen sein.

Die Frau in Weiß hatte gesagt, dass die Rückkehr morgen Nacht stattfinden sollte. Also hatte Anna noch einen Tag Zeit, einen Plan zu schmieden. Sie musste Kronenberg herlocken. Sie würde wahrscheinlich morgen sowieso anreisen, da ihr der Tag der Rückkehr bekannt sein sollte. Vermutlich hatte es mit der Planetenstellung von der Venus zur Erde zu tun. Anna meinte sich zu erinnern, im Radio über eine sehr selten vorkommende Annäherung des Nachbarplaneten der Erde etwas gehört zu haben. Lucifer war die lateinische Bezeichnung der Venus.

Anna erreichte ihr Ziel. Vom Unwetter war keine Spur mehr. Da es hier in der Gegend hauptsächlich weite und offene Flächen mit wenig Bäumen gab, war auf der Rückfahrt von Schäden nicht allzu viel zu sehen gewesen. Sie stellte den Motor ab und sackte über dem Steuer zusammen. »Was soll ich jetzt nur machen? Verdammt, ich kann doch nicht jemanden umbringen!«

Sollte sie einen Auftragsmörder bezahlen? Das war blanker Unsinn. Selbst wenn sie es wollte, wo sollte sie in der kurzen Zeit jemanden anheuern?

»Quatsch, vergiss es.«

Anna war auf sich allein gestellt. Sie brauchte einen Plan. Sie brauchte Hilfe. Aber sie konnte niemandem trauen. Oder doch? Max hatte ihr von seiner Begegnung mit dem Geist ihres Sohnes erzählt. Und Robert hatte etwas gesagt, dass auch die Frau in Weiß Anna bei ihrem Traum gesagt hatte.

Aufwachen.

Das musste eine Bedeutung haben. Warum hatte sich Robert an Max gewandt, und nicht an seine Mutter? Glaubte er, Max könnte Anna helfen? Vielleicht. Sollte sie Max einspannen? Womöglich blieb ihr gar keine andere Wahl.

Eine Idee keimte in Anna auf. Kronenberg musste sterben, um die Rückkehr des Satans zu verhindern - das hatte die Frau in Weiß gesagt. Sie hatte aber nicht gesagt, dass Anna sie umbringen musste. Natürlich konnte sie Max auch nicht darum bitten, selbst wenn sie es als Bedingung für ein erstes Date mit ihm stellen würde, dachte sie sarkastisch.

Nein, was wäre, wenn Anna Kronenberg überzeugen könnte, sich selbst umzubringen? Wie sollte sie das anstellen? Könnte sie ihr glaubhaft machen, dass Satan ihre Seele brauchte, um zurückzukehren? Würde sie es dann tun?

Nein, mir würde sie nicht vertrauen. Anna grübelte, während sie in ihre Wohnung zurückging. Mir vertraut sie nicht, aber was wäre, wenn diese Forderung von höherer Stelle käme? Direkt aus der Hölle?

Aus Annas Idee entwickelte sich ein Plan. Was wäre, wenn sie die fanatische Kronenberg durch eine Schein-

Séance dazu bringen würde, sich für den Teufel zu opfern? Sie könnte ihr einen Kontakt zum Teufel vortäuschen, der mit Kronenberg redet. Sie müsste ihr nur irgendeinen Stuss über den Aufstieg in eine höhere Existenzebene, die Kronenberg durch Satan dann erlangen würde, ausdenken. Würde sie ihr das abkaufen? Wohl kaum. Es musste noch glaubwürdiger sein.

Was hatte der Dämon gesagt? Zwei Opfer werden für die Rückkehr des Satans erforderlich sein. Anna könnte vorgeben, sich freiwillig zu opfern, zusammen mit Kronenberg, welche das erwählte Opfer sein sollte. Anna musste überzeugend sein, wenn sie sich entschlossen gab, ihrem Leben ein Ende zu setzen. Sie musste ihr Stein und Bein schwören, dass sie sich beide umbringen mussten, um Satan in diese Welt zu verhelfen und in seinem neuen Reich wiedergeboren zu werden.

Anna fiel auf die Couch und rekapitulierte, was sie sich auf die Schnelle in groben Zügen ausgedacht hatte.

»Bist du eigentlich vollkommen verrückt geworden, Anna?«, war ihr Resümee.

Allerdings war der Plan verrückt. Aber sie durfte die Worte der Frau in Weiß nicht ignorieren. Kronenberg war eine Hexe, eine echte Satanistin, die nichts unversucht lassen würde, ihrem 'Gott' zu helfen. Wenn sie wirklich so besessen von ihm war, dann würde sie wohl kaum zögern, sich zu opfern. Vielleicht hatte sie dies insgeheim sogar vor. Anna war zwar keine Expertin für satanische Rituale. Aber sie wusste, dass das Selbstopfer ein wesentlicher Bestandteil verschiedener Herbeirufungs-Rituale war. Das würde die Hexe kaum anzweifeln können.

Eine gehörige Portion Glück würde Anna für diesen Wahnsinns-Plan gut gebrauchen können. Sie dachte noch lange über die Einzelheiten nach, bevor sie zwei wichtige Telefonate führen musste. Eines mit Max, das andere mit

Kronenberg. Und sie musste noch einmal zum Fluss, denn der letzte Runenstein war der Schlüssel zum Erfolg oder zum Misserfolg.

Wenn ihr Plan nicht funktionierte, dann müsste sie improvisieren. Zur Not müsste sie der Hexe den Schädel einschlagen, auch darauf musste sich Anna vorbereiten. Und sie würde es tun, auch wenn es bedeuten würde, ins Gefängnis zu wandern. Allein diese Vorstellung ließ Anna innerlich zweifeln. Am liebsten würde sie sich ihre Autoschlüssel schnappen und diesen Ort verlassen. Aber das konnte sie Robert nicht antun. Sie konnte ihn nicht allein lassen. Nur der Tod der Hexe würde die Seelen, die der Satan festhielt, gehen lassen, das hatte die Frau in Weiß gesagt. Allein wegen Robert musste Anna es tun. Es gab keine Alternative.

TÄUSCHUNGSMANÖVER

Das Telefon klingelte, als Max alleine beim Abendbrot saß und sich eine Folge seiner Lieblings-Fantasyserie im Fernsehen via Streaming ansah.

»Hallo?«

»Max, Sind Sie das? Hier ist Anna. Die Geisterlady, Sie wissen schon.«

Vor Überraschung über diesen Anruf hätte sich Max beinahe verschluckt.

»O, hallo Anna. Was gibt es?«

»Ich, äh. Ich brauche Ihre Hilfe.«

»Natürlich. Worum geht es denn?«

»Ich brauche Sie bei einer sehr diffizilen Angelegenheit.«

»Hm. Was genau meinen Sie mit diffizil?«

»Es geht um das, was mit diesem Ort geschieht. Und um das, was Sie mir erzählt haben - über Ihr Erlebnis, Sie wissen schon.«

»Ah, ich verstehe. Dann glauben Sie also, dass ich mir das nicht eingebildet habe?«

»Sie haben sich nichts eingebildet, Max.

Ich kann es Ihnen nicht jetzt erklären, aber wenn Sie mir helfen wollen, dann müssen Sie offen sein für Dinge jener Art, die Sie letzte Nacht erlebt haben. Wären Sie bereit dazu?«

Max überlegte kurz. »Ich glaube schon. Was haben Sie denn vor, Anna?«

»Ich werde Ihnen morgen alles erklären. Im Grunde genommen, müssen Sie nur das tun, was ich Ihnen sage.«

»Sicher, wenn Sie mich nicht foltern wollen oder so was in der Art.«

Anna lachte gekünstelt auf. Sie war entsetzlich ange-spannt. »Nein, natürlich nicht. Aber wir werden nicht al-lein sein.«

»Wie bitte?«

»Sagen wir einfach, dass wir beide eine kleine Show für jemanden veranstalten werden. Und es wird sehr... un-gewöhnlich sein.«

»Anna, ich höre Ihnen zu. Aber je länger ich das tue, desto weniger verstehe ich. Sie sprechen in Rätseln.«

»Ich kann es Ihnen erst erklären, wenn Sie herkommen. Aber wenn Sie das tun, dann müssen Sie mir verspre-chen, keinen Rückzieher zu machen. Ich brauche Sie morgen. Und egal, was geschehen wird, ich werde für al-les die volle Verantwortung übernehmen.«

Max schwieg.

»Ich weiß, Sie kennen mich kaum. Ich kann Sie nur bit-ten, mir zu vertrauen. Sie müssen bereit sein, mir blind zu vertrauen, sonst sollten Sie nicht kommen. Haben Sie das verstanden?«

»Ja.«

Anna wartete auf seine Entscheidung und kaute an ei-nem Fingernagel. Ohne Max wäre ihr Vorhaben wesent-lich schwieriger umzusetzen, und es würde darüber hin-aus an Glaubwürdigkeit mangeln.

»Also gut. Ich habe meinen toten Vater gesehen. Und ich weiß, ich bin nicht verrückt. Und Sie sind es auch nicht. Mit diesem Ort stimmt etwas nicht. Und ich will wissen, was es ist. Ich werde Ihnen helfen. Wann soll ich kommen?«

»Morgen um zwei Uhr nachmittags. Seien Sie pünkt-lich. Ich werde Ihnen dann alles erklären.«

»Ich werde kommen, versprochen.«

»Danke, Max. Sie wissen gar nicht, wie sehr Sie mir da-mit helfen.«

»Das hoffe ich.«

Anna schwieg. Sie hatte noch etwas auf dem Herzen.

»Ist noch etwas?«

»Ja. Die Frage mag Ihnen vielleicht komisch vorkommen, aber besitzen Sie so etwas wie eine Waffe? Vielleicht haben Sie ja einen Jagdschein, deshalb dachte ich mir, Sie könnten auch ein Gewehr oder dergleichen besitzen.« Annas Unsicherheit beim Stellen dieser Frage war überdeutlich herauszuhören.

»Nein. Ich besitze nichts dergleichen. Glauben Sie, wir müssen uns bewaffnen?«

»Nein, nein. Vergessen Sie einfach meine Frage. Ich war nur neugierig.

Ich muss jetzt Schluss machen. Kann ich dann morgen auf Sie zählen?«

»Ja, das können Sie.«

»Gut. Dann bis morgen.«

»Bis morgen.«

Nachdem Anna aufgelegt hatte, beschlich sie das ungute Gefühl, sie hätte Max endgültig vergrault. Aber nun war es zu spät. Entweder er würde morgen kommen oder nicht. Notfalls müsste sie Elisabeth für ihren Plan einspannen, was sie aber nur äußerst ungern tun wollte, da sie schon genug durchgemacht hatte. Und davon mal ganz abgesehen, war sie mit Kronenberg verwandt. Nein, Elisabeth sollte morgen Abend weit weg sein.

Mal sehen, ob ich das arrangieren kann. Ich werde morgen Vormittag nochmal mit ihr sprechen.

Anna atmete einmal tief durch und wählte dann die Nummer von Kronenberg. Die meldete sich schon nach dem ersten Klingeln.

»Ja?«

»Ich bin es«, sagte Anna nur.

Kronenberg wartete ab, ob Anna von sich aus den Grund für ihren Anruf erklärte. Da sie es aber nicht tat, übernahm sie das Wort. »Haben Sie es gefunden?«

»Ja, ich habe es.«

»Sind Sie sicher?«

»Absolut.«

»Unglaublich! Ich wusste, Sie würden es schaffen. Aber ich habe nicht damit gerechnet, dass es so schnell gehen würde. Haben Sie den Runenstein bei sich?«

»Er ist an einem sicheren Ort.«

»Das ist keine Antwort auf meine Frage. Stimmt etwas nicht?«

»Allerdings. Der Stein ist nicht sicher.«

»Was meinen Sie damit?« Frau Kronenberg wirkte beunruhigt. Das erste Mal, seit Anna mit ihr zu tun hatte.

»Sie erwähnten ja, dass es auch andere geben würde, die danach suchen könnten. Sie sagten, Sie könnten niemandem vertrauen.«

»Ja?«

»Ich glaube, ich werde verfolgt. Ich bin hier nicht sicher. Und der Stein ist es auch nicht«, log Anna. Und sie klang so überzeugend, wie es auch notwendig war.

»Verdammt, das habe ich befürchtet! Haben Sie einen Verdacht, wer Ihnen auf den Fersen ist? Haben Sie einen Namen?«

»Nein, ich bin mir nur sicher, dass meine Handlungen genau beobachtet wurden. Noch weiß niemand, wo ich den Stein habe, aber das kann sich schnell ändern. Ich will es nicht laut aussprechen. Sie verstehen jetzt, warum ich Ihnen nicht verraten kann, wo ich ihn aufbewahrt habe?«

»Natürlich. Sie haben sich absolut korrekt verhalten. Ich bin sehr stolz auf Sie. Und ich bin Ihnen unendlich dankbar, dass Sie es geschafft haben, ihn zu finden.«

»Danken Sie mir erst, wenn der Stein sicher bei Ihnen ist, Frau Kronenberg. Sie müssen herkommen. Morgen Abend um sieben in meinem Apartment.«

»Ich werde da sein.«

»Bringen Sie auch die anderen Steine mit!« Anna wusste, dass Kronenberg die Steine ohnehin mitbringen würde, denn morgen war die Nacht der Nächte.

»Selbstverständlich. Ich werde Sie Ihnen zeigen und dann mein Wissen mit Ihnen teilen, wie versprochen.«

»Da wäre noch etwas.« Jetzt durfte Anna nicht unsicher werden.

»Sprechen Sie!«

»Ich denke, Sie wissen, dass morgen Nacht etwas passieren wird.«

»Ich habe zumindest gehofft, es zu wissen. Das Jahr und den Monat habe ich durch meine Recherchen mühselig extrapoliert. Allerdings wusste ich den Tag nicht genau. Bis jetzt. Ich war mir nie sicher, ob meine Informationen auch stimmen würden. Sie aber haben es mir jetzt bestätigt. Woher wissen Sie es?«

»Ich hatte Kontakt mit einem Wesen. Ich weiß nicht, ob es ein Geist ist oder ein Dämon, aber das spielt auch keine Rolle. Dieses Wesen offenbarte mir, dass morgen nach Sonnenuntergang etwas Großes geschehen würde. Etwas, an dem ich und Sie, Frau Kronenberg, teilhaben sollen. Ich weiß allerdings nicht, was es ist.« Anna tat bewusst so, als ob sie nicht wüsste, wer dieses Wesen sein würde. Den Satan dürfte sie nicht erwähnen, denn Kronenberg sollte weiter im Glauben bleiben, sie wäre die Einzige, die im Bilde war.

»Das ist ja überwältigend. Dieses Wesen hat mich erwähnt?«

»Ja zweifelsfrei. Es weiß, dass Sie viele Jahrzehnte damit verbracht haben, nach den Runensteinen zu suchen.

Es weiß, dass Sie die Einzige sind, die das Ereignis morgen nach Sonnenuntergang überhaupt erst möglich machen wird. Und Ihnen soll die Ehre zuteil werden, ein Ritual abzuhalten, das jenes Ereignis in Gang setzt.«

Kronenberg war sprachlos. Annas Herz pochte wild vor Aufregung. Würde die Alte ihr den Bluff abkaufen?

»Ich... ich kann es kaum glauben!«, stieß sie schließlich hervor. »Ich hätte nie gedacht, dass meine Arbeit sich auf diese Weise auszahlen würde.«

»Ich gratuliere Ihnen, Frau Kronenberg. Ganz wie es scheint, sollen sich Ihre Mühen jetzt auszahlen.«

»Ich bin absolut überwältigt. Wäre ich noch zwanzig Jahre jünger, würde ich jetzt einen Luftsprung machen.« Sofort bemühte sie sich wieder um Beherrschung. »Anna, Sie wollen sicher wissen, um was es geht.«

»Ja, aber nicht am Telefon.«

»Gut. Dasselbe wollte ich auch gerade sagen. Ich werde es Ihnen erklären, wenn ich zu Ihnen komme. Ich hoffe, dass sie die Wahrheit nicht abschrecken wird, wenn ich Sie Ihnen enthülle.«

Garantiert nicht, du alte Hexe. Ich weiß längst über dein schmutziges Geheimnis Bescheid, dachte Anna grimmig.

Kronenberg hatte sie wahrscheinlich ausgewählt für diese Aufgabe, weil sie glaubte, dass Anna nach dem Tod ihres Mannes und ihres Sohnes und ihrer daraus resultierenden Verbitterung, die sie beim ersten Treffen ihr gegenüber gezeigt hatte, sich womöglich sogar in den Dienst des Teufels stellen würde. Sich vielleicht sogar für ihn opfern würde. Ja, so musste es sein. Jetzt ergab für Anna alles einen Sinn. Das alte Miststück war tatsächlich gerissen. Und Annas verrückter Plan könnte tatsächlich gelingen, wenn sie ihr nach ihrer morgigen Pseudo-Beschwörung vorspielen würde, eben genau dazu bereit zu sein.

»Ich bin bereit, verlassen Sie sich darauf.«

»Aber ich weiß gar nicht, was ich machen soll. Ich meine, ich habe mich gut vorbereitet, aber den genauen Ablauf des Rituals, das Sie erwähnten, kenne ich nicht. Was soll ich tun?« Kronenberg war aufgeregt und atmete hörbar in den Hörer.

»Aus diesem Grund müssen Sie erst zu mir kommen, bevor wir zu der alten Kultstätte gehen werden, die ich entdeckt habe, nicht weit von Nimtow entfernt.«

»Was haben Sie denn vor?«

»Wir müssen eine Séance abhalten. Gemeinsam werden wir den Geist jenes Wesens beschwören. Nur ich kann mit ihm in Kontakt treten. Aber nur, wenn Sie anwesend sind, Frau Kronenberg, wird es das Wissen um jenes Ritual mit uns teilen. Es wird uns verraten, was wir tun müssen; und was *Sie* tun müssen. Ihre Anwesenheit ist also absolut erforderlich.«

»Ich verstehe. Du meine Güte, das ist so aufregend! All die Jahre, die ich mich mit den Sieben Heimsuchungen beschäftigt habe. Die viele Zeit, die ich investiert habe, nicht wissend, ob meine Arbeit je Früchte tragen wird. Und jetzt geht alles auf einmal so schnell.«

»Sind Sie bereit dafür?«

»Und ob ich das bin.«

»Gut, denn es ist wichtig, dass Sie mir jetzt vertrauen. Egal, was morgen nach Sonnenuntergang an der Kultstätte geschehen wird. Es ist groß, und ich will genau wie Sie ein Teil davon sein. Ich will, dass es geschieht. Ich habe auch einen wesentlichen Teil meines Lebens mit den Sieben Heimsuchungen verbracht. Und ich will das Ergebnis sehen, egal, was dafür notwendig sein sollte. Ich würde alles tun, um es zu sehen. Verstehen Sie? Alles!« Das war eine entscheidende Andeutung auf Annas angebliche Bereitschaft, sich für den Teufel zu opfern.

»Sie beeindrucken mich aufs Neue, Anna. Sie werden es sehen. Das werden Sie. Wir werden es gemeinsam erleben. Ich werde auch kein Opfer scheuen.«

Na also, du bist also wirklich eine Fanatikerin. Dann warte mal ab, was morgen auf dich wartet.

»Ich bin ja so froh, dass ich eine Schwester im Geiste gefunden habe. Ich vertraue Ihnen und werde tun, was Sie mir sagen«, ergänzte die Kronenberg bewegt.

»Gut.« Das lief noch besser, als Anna es sich erhofft hatte. Jetzt nur noch eine Sache: »Frau Kronenberg, ich muss Sie um noch etwas bitten. Um etwas sehr Wichtiges.«

»Ja, was noch?«

»Ich fürchte nicht nur um meine Sicherheit, sondern auch um Ihre. Wir müssen absolut diskret vorgehen, niemand darf davon etwas erfahren.«

»Ich werde schweigen wie ein Grab.«

»Das meine ich nicht. Sie müssen mir versprechen, alleine zu kommen. Sie dürfen niemanden mitbringen. Unsere Anrufung des Wesens wäre dadurch in Gefahr.«

»Das hatte ich auch nicht vor. Ich lasse mich nur morgen nach Nimtow fahren und schicke meinen Fahrer dann nach Hause. Ich werde mich bei meiner Nichte einquartieren. Sie hat mich schon öfter kurzfristig aufgenommen. Sie kennt das und wird auch niemandem etwas sagen.«

»Sehr gut. Aber die Gefahr für Sie und mich besteht trotzdem. Jemand könnte uns beobachten oder sogar überfallen. Wir müssen wehrhaft sein.« Anna betete, dass Kronenberg den Wink mit dem Zaunpfahl verstehen würde.

»Ich habe eine Pistole. Zu meinem eigenen Schutz, da ich eine sehr vermögende Frau bin. Ich trage sie immer bei mir. Geladen und entsichert, sozusagen.«

»Das hört sich vernünftig an.« Anna war erleichtert. Morgen müsste sie die Hexe nur noch dazu bringen, ihre eigene Waffe gegen sich selbst zu richten.

»Glauben Sie, dass es so gefährlich werden wird?«

»Mann kann nie wissen. Wir sollten jedenfalls auf alles vorbereitet sein, denken Sie nicht auch?«

»Da stimme ich Ihnen zu. Wir dürfen kein Risiko eingehen.«

»Dann sollte das alles sein. Da wäre noch Eines zu wissen, damit Sie sich nicht wundern. Ich werde morgen bei der Séance einen Assistenten haben. Er heißt Max.«

»Wer ist das? Können wir ihm vertrauen?«

»Ich habe mit ihm früher schon viele Jahre von Zeit zu Zeit zusammengearbeitet. Er wird mir nur assistieren. Im normalen Leben geht er einer geregelten Tätigkeit nach und hält sich, was seine Nebenbeschäftigung anbetrifft, bedeckt, da er nicht möchte, dass die Leute über ihn dumm daherreden, Sie verstehen?«

»In Ordnung. Wenn Sie sagen, dass man ihm vertrauen kann, dann werde ich das auch tun. Ich bin ohnehin von nun an auf Sie angewiesen. Anna. Mein Schicksal liegt gewissermaßen in Ihren Händen. Ohne Sie wäre ich nie soweit gekommen.«

Anna blieb cool, zu ihrer eigenen Überraschung. Sie war froh, dass Kronenberg Max' Rolle nicht infrage stellte. Immerhin hatte sie sich ja umfassend über Annas Lebenslauf informiert. Da wird es sie überrascht haben, dass es einen Assistenten gab. Deshalb hatte Anna dafür gleich eine Erklärung abgeliefert. Aber niemand würde überraschter über Max' Assistenztätigkeit bei der Bannung des Paranormalen sein als Max selbst. Sie war gespannt, was er dazu morgen sagen würde.

»Es ehrt mich, dass Sie das sagen, Frau Kronenberg. Ich werde Sie nicht enttäuschen. Wir haben beide ein gemeinsames Ziel. Egal, welche Wahrheit morgen auch enthüllt werden sollte, ich werde Sie willkommen heißen.«

Nicht zu dick auftragen, Anna! Sonst wird die Alte noch misstrauisch.

Aber Frau Kronenberg war wie in Ekstase ob Annas Worten. Es kam ihr so vor, als ob sie ihr aus der Seele sprechen würde. Sie atmete schwer am Telefon. »Sie werden es nicht bereuen, Das verspreche ich Ihnen. Wir beide werden Teil von etwas Großartigem sein. Ich kann es kaum erwarten. Sie wissen gar nicht, wie glücklich Sie mich machen. Sie sind eine Gesegnete, Anna, wissen Sie das? Eine Gesegnete! Ihre Gabe wird die Enthüllung des Geheimnisses der Sieben Heimsuchungen überhaupt erst möglich machen.«

Ja, ja, dachte Anna genervt. *Fehlt nur noch, dass sie mir 'Heil Satan!' ins Ohr schreit.*

»Dann bis morgen. Ich werde versuchen, mich ein wenig auszuruhen, das sollten Sie auch tun.«

»Das mache ich. Schlafen Sie gut.«

Anna legte das Smartphone auf den Tisch und ließ sich kraftlos auf die Couch fallen. Sie hatte es geschafft. Ihr vollkommen verrückter Plan schien tatsächlich zu funktionieren. Sie plante nicht weniger, als Kronenberg sterben zu lassen, das machte ihr Angst und auf eine gewisse Weise erschien es ihr falsch. Aber die Frau in Weiß war unmissverständlich gewesen. Wenn Anna nicht selbst zum Opfer werden wollte, musste sie die Oberhand behalten. Und sie musste ebenso skrupellos sein wie ihre Gegnerin.

Jetzt konnte sie nicht mehr zurück. Sie musste die Sache durchziehen. Und sie musste auf alles vorbereitet sein. Sie musste jetzt stark sein. Für sich. Und für Robert.

NACHT ÜBER DER HAVEL

Eine Waffe würde Anna von Max nicht bekommen. Sie hätte sich dafür ohrfeigen können, ihn überhaupt danach gefragt zu haben. Er musste jetzt vermutlich erst recht annehmen, dass bei ihr nicht mehr alles ganz richtig im Kopf war. Hoffentlich würde sie ihn morgen vom Gegenteil überzeugen können.

Sie ging zurück zu ihrem Wagen und kramte im Handschuhfach, dessen Tiefe sie immer wieder überraschte.

»Wo ist sie nur?«

Zwischen alten Bonbons, Taschentüchern, Batterien, Lippenstiften und Kugelschreibern fand sie, wonach sie gesucht hatte. Es war eine kleine Schreckschusspistole. Sie hatte sie sich kurz nach dem Tod ihres Mannes und Roberts gekauft, weil sie besessen von dem Gedanken war, nicht mehr sicher zu sein. Die Pistole sah etwas schmutzig aus. Ein Laie würde aus der Entfernung wohl Schwierigkeiten haben, sie nicht als tödlich zu identifizieren. Anna plante für morgen einen einzigen großen Bluff. Und diese Schreckschusspistole musste diesem Zweck dienen. Mit ein bisschen Glück würde sie auch ohne sie auskommen.

»Hoffentlich reicht das«, stieß Anna erschöpft aus. Sie würde die Pistole erst am Schluss präsentieren, wenn Kronenberg überzeugt war, sich dem Satan opfern zu müssen. Die Betonung lag hierbei auf *wenn*. Anna wollte keine Zeit damit verschwenden, sich die Wahrscheinlichkeit für ein Gelingen ihres Planes auszurechnen. Vermutlich war diese astronomisch gering. Sie kannte Kronenberg ja praktisch nicht und konnte nicht vorhersagen, wie sie reagieren würde. Das letzte Telefonat war jedenfalls ermutigend.

Anna steckte die Pistole ein und sah Elisabeth aus ihrem Haus kommen. Sie wollte wohl gerade zum Einkaufen fahren. Sie fing sie ab und verwickelte sie in ein kurzes Gespräch. Sie wollte herausfinden, ob ihre Vermieterin morgen etwas vorhatte. Sie sollte nicht hier sein, wenn sie Max und Kronenberg empfing.

»Haben Sie es schon gehört? Meine Tante, Frau Kronenberg, hat mich angerufen und will morgen bei mir übernachten. Ist etwas Wichtiges passiert, von dem ich nichts weiß? Schließlich war sie es, die Sie hierher gebracht, um den Geistern beizukommen.«

»Nun, ich bin mir nicht sicher. Ich wollte mit ihr sprechen und mich über ein paar Dinge informieren. Außerdem ist sie ja meine Auftraggeberin, und sie bezahlt mich. Daher ist es nur fair, wenn ich ihr persönlich einen Zwischenbericht abliefere.«

»O ja, natürlich. Das war ja ein höllischer Sturm. Überall sind Straßen gesperrt. Aber bis morgen früh soll alles geräumt sein, habe ich gehört.«

»Ja, das war wirklich heftig.« Das war gelinde gesagt eine Untertreibung. »Sagen Sie, Elisabeth, hat Ihnen Ihre Tante eigentlich erklärt, warum sie an den Spukereignissen in Nimtow so interessiert ist?«

Elisabeth machte eine wegwerfende Handbewegung. »Ach, meine Tante hat sich schon immer für Geister und Gespenster interessiert. Sie ist halt ein wenig sonderbar. Schon als ich noch ein Kind war, hat sie uns oft Gruselgeschichten erzählt. Sie glaubt daran und liest auch viele Bücher darüber, soweit ich weiß. Und als ich ihr letztens erzählte, dass in Nimtow merkwürdige Dinge vor sich gehen, war sie sofort Feuer und Flamme. Und am Ende hat sie Sie engagiert. Ich möchte wetten, dass sie furchtbar neugierig sein wird, was Sie ihr zu berichten haben.«

»Ach so.« Elisabeth hatte also keine Ahnung von Kronenbergs satanischer Leidenschaft. »Sagen Sie, wie heißt Ihre Tante eigentlich mit Vornamen?«

»Angelika. Hat sie Ihnen das nicht gesagt?«

»Nein, sie gibt sich ein wenig geheimniskrämerisch.«

»Ja, ja, das kenne ich.

Das trifft sich übrigens gut, dass Sie sich mit ihr morgen treffen. Mein Mann und ich haben nämlich dann keine Zeit für sie. Wir fahren morgen Nachmittag zu einer Buchvorstellung, auf die ich mich schon seit zwei Monaten freue. Und danach wollen wir essen gehen. Wir werden erst spät zurück sein.«

Das passt ja wie die Faust aufs Auge! Elisabeth ist morgen weit weg. »Das klingt aber schön. Ich hoffe, Sie können dann ein wenig vergessen, was ich Ihnen zugemutet habe«, sagte Anna erleichtert.

»Vergessen werde ich es nicht können. Das Einzige, was mich um den Schlaf bringt, ist die Vorstellung, nachts durch die Gegend geirrt zu sein, ohne es zu merken. Ich hoffe, das wird nie wieder passieren.«

»Das hoffe ich auch.«

»Wie kommen Sie denn voran? Sind Sie noch mehr Geistern begegnet? Oder glauben Sie, dass der Spuk jetzt nachlässt?«

»Ich denke, ich bin kurz davor, einen Durchbruch zu erzielen. Ich erspare Ihnen lieber die Einzelheiten. Wer weiß, vielleicht ist morgen schon alles vorbei.«

»O, das wäre zu schön um wahr zu sein.«

Ja, das wäre es.

Nun hatte Anna alles in Erfahrung gebracht und alles vorbereitet, was nötig war, um den morgigen Tag durchzustehen. Obwohl sie Max' Hilfe in Anspruch nehmen würde, war sie dennoch auf sich allein gestellt. Denn nur sie wusste, wer Kronenberg in Wirklichkeit war.

Es wurde Abend. Ein paar harmlose Quellwolken zogen an der untergehenden Sonne vorbei, die man hier auf dem Land noch tief am Horizont ungestört sehen konnte. Die letzte Nacht vor dem entscheidenden Endspiel. Noch immer hatte Anna Mühe, zu begreifen, dass es kein Alptraum war, den sie durchlebte. Sie war in Nimtow nicht nur auf ein Wespennest gestoßen, sie hatte die Quelle allen Übels enthüllt. In dieser Nacht schlafwandelte niemand, und kein Geist ließ sich blicken. Niemand wurde heimgesucht. Geister und Dämonen schienen von nun an diesen Ort zu meiden, denn sie spürten das Böse, das sich bald den Weg in diese Welt bahnen wollte. Der Ritual-Platz, der durch das Unwetter freigelegt worden war, hüllte sich in Dunkelheit und Stille. Es war die sprichwörtliche Ruhe vor dem großen Sturm.

Eigentlich hätte Anna sich nun tatsächlich ausruhen und Schlaf finden müssen, aber sie konnte an nichts anderes als an Robert denken. Wie sehr hätte sie sich gewünscht, dass er mit ihr und nicht mit Max Kontakt aufgenommen hätte. Wollte oder konnte er es nicht? Wurde er von dem Teufel daran gehindert? Dieser Gedanke ließ sie nicht los. Und deshalb entschied sie sich kurzerhand, etwas zu tun, von dem sie sich geschworen hatte, es niemals zu versuchen. Sie wollte von sich aus einen Kontakt zu Robert herstellen. Vielleicht würde er antworten. Sie holte sich gegen Mitternacht ihr altes Hexenbrett aus dem Auto. Es handelte sich um ein Erbstück und war ein beliebtes Werkzeug, um Kontakt mit der Geisterwelt herzustellen. Es war ein ovales Brett, auf dem Zahlen von 0 bis 9 und das Alphabet abgebildet waren. Außerdem gab es noch die Worte 'Ja' und 'Nein'. Durch Verrücken einer in einem breiten Holzrahmen gefassten runden Glasscheibe konnte der Geist, mit dem man Kontakt hergestellt hatte, kommunizieren. Hexenbretter wurden auch Ouija oder Witchboard genannt und waren bei Laien besonders beliebt. Anna hatte ihr Brett nur selten benutzt, da die Gefahr bestand, das Glas durch die eigene Suggestion über die Buchstaben in Bewegung zu versetzen und damit das Ergebnis zu verfälschen. Für heute Nacht schien es ihr aber angemessen, denn Robert hatte zu Lebzeiten das Brett gekannt. Wenn er als Geist in der Nähe war, dann würde er das Hexenbrett mit Sicherheit wiedererkennen und würde wissen, dass es Anna war, die mit ihm sprechen wollte.

Sie löschte das Licht und zündete eine Kerze an. Das Brett legte sie vor sich auf den Tisch. Sie brauchte ein paar Minuten, um zur Ruhe zu kommen. Absolute Stille war eine wichtige Voraussetzung, um die Aufmerksamkeit der Geisterwelt zu erlangen. Dann konzentrierte sie sich und versuchte, Robert herbeizurufen. Sie bewegte das Glas in kleinen Kreisen, langsam und ohne zu viel Druck auszuüben.

»Robert, bist du hier?«

Keine Reaktion, aber das war zu Beginn auch nicht zu erwarten.

»Robert, ich bin es.«

Annas Glas drehte in ihren Händen langsam seine Kreise auf dem Brett, aber sie spürte, wie sie weit weniger Kraft aufwenden musste.

»Wenn du hier bist, zeige es mir.«

Nichts veränderte sich.

Anna ließ sich nicht beirren. »Robert, bist du hier?« Sie spürte, wie eine unsichtbare Kraft an dem Glas zog. Sie ließ sie gewähren und sah, wie das Glas Richtung 'Ja' gezogen wurde, während sie die Hände weiterhin am Glas behielt. Die Glasscheibe streifte das 'Ja' und kehrte dann fließend in einem von Anna gesteuerten Bogen zurück zur ihrer Kreisbewegung. Das Wechselspiel aus ihrer eigenen Kraft und der des Geistes schien stabil zu sein.

»Robert, bist du allein?«

Das Glas verschob sich wieder zum 'Ja'.

»Gott sei Dank!«

Anna musste sich bemühen, nicht loszuheulen. Nicht genug damit, dass ihr Sohn so früh sein Leben verloren hatte, nun musste auch noch seine unsterbliche Seele leiden. Sie spürte, wie die fremde Kraft wieder am Glas zog. Es wurde in schneller Folge auf eine Reihe von Buchstaben gezogen. Robert hatte ihr etwas Wichtiges mitzuteilen. Die Buchstabenserie endete mit einem H. Anna wurden die Worte: 'Er ist nah.' übermittelt.

»Wen meinst du?«

'Der böse Mann mit den roten Augen.'

»O, Robert, es tut mir so leid, dass er dir das antut.« Anna rannen Tränen von den Wangen.

'Ich finde das Licht nicht. Ich kann es nicht sehen.'

»Jetzt hör mir genau zu, Robert! Ich werde nicht zulassen, dass er dich weiter gefangen hält. Morgen wird er versuchen, ein Tor zu uns zu öffnen. Aber ich werde es verhindern. Es wird also einen Moment geben, an dem er abgelenkt sein wird. Wenn dieser Moment gekommen ist, dann wirst du das Licht wieder sehen können. Und wenn du es siehst, dann musst du so schnell, wie du kannst, in das Licht laufen, hast du verstanden? Zögere nicht und dreh dich nicht um. Lauf einfach in das Licht, und du wirst von ihm befreit sein.

Hast du das verstanden? Wenn du das weiße Licht siehst, laufe hinein!«

Das Glas wurde auf 'Ja' verrückt und Anna spürte eine Erleichterung, die ihr bizarr vorkam.

»Ich habe dich unendlich lieb, Robert, das weißt du doch, oder?«

Das Glas huschte kurz über 'Ja' und überquerte dann in schneller Folge weitere Buchstaben.

'Aufwachen.'

»Was meinst du damit? Ich bin doch schon wach.«

'Er muss aufwachen.'

Was wollte Robert damit sagen? Meinte er die Schlafwandler?

'Aufwach' Die Bewegung des Glases endete abrupt.

»Robert? Bist du noch da?«

Nichts.

»Robert! Sprich mit mir!«

Aber nichts rührte sich mehr. Robert hatte gesagt, was er wusste. Mehr konnte er nicht tun. Vermutlich war der Teufel schon wieder zu nahe. Oder Robert hatte schlicht keine Energie mehr, zu ihr durchzudringen.

Anna war nicht entgangen, dass die Schlafwandler in einer Verbindung zu den paranormalen Vorkommnissen und insbesondere der Kultstätte standen. Aber wie sollte sie die Schlafenden daran hindern, zu schlafwandeln. Das war unmöglich. Und wie sollte sie sie aufwecken? Wer war der Eine, der aufwachen musste?

Robert hatte in Rätseln gesprochen. Wahrscheinlich war er sich selbst nicht im Klaren, was er zu sagen versuchte.

Das Glas bewegte sich nicht mehr. Heute Nacht würde es keine Nachrichten aus dem Jenseits mehr empfangen. Anna packte das Brett weg und pustete die Kerze aus. Sie putzte sich die Zähne und fiel ins Bett. Ihr Kopf fühlte sich leer an. Sie war nicht mehr so aufgekratzt wie die letzten Nächte, ihre Gedanken fuhren nicht mehr Achterbahn. Sie war ganz ruhig, so wie der ganze Ort. Sie konnte die Ereignisse der letzten Tage verdrängen und musste nicht an morgen denken. Vielleicht lag es an der Erschöpfung. Vielleicht hielt aber auch eine übernatürliche Macht ihre düsteren Gedanken von ihr fern, damit sie morgen bereit war. Sie döste ein, und kurz bevor sie in einen langen und erholsamen Schlaf fiel, flüsterte sie: »Gute Nacht, Robert.«

PHANTASMAGORIE

»Äh, okay.« Max sah Anna mit einer Mischung aus Unglaube und Faszination an. Er hatte ihr lange und geduldig zugehört und sie nicht unterbrochen. Aber nachdem sie ihm nun ihren Plan am Tag nach ihrem vorigen Telefonat in den Grundzügen erklärt hatte, verstand er nur Bahnhof. Er stand vor ihr im Wohnzimmer des Ferienapartments und wusste nicht, wie er darauf reagieren sollte.

»Was sagen Sie dazu?« Anna zweifelte immer noch an seinem Willen, ihr wirklich helfen zu wollen.

»Lassen Sie mich das nochmal zusammenfassen: Wir machen eine Geisterbeschwörung, die in Wirklichkeit keine ist, bei der ich ablesen soll, was Sie aufschreiben werden.«

»Ganz genau. Ich werde mich in Trance versetzen. Zumindest wird es so erscheinen. Dann werde ich mit einem dicken Bleistift zufällige Kreise, Ellipsen oder dergleichen zeichnen. Es wird zunächst keinen Sinn ergeben, bis ich zwischen unleserlichem Nonsens Worte schreiben werde, die Sie entziffern und vorlesen werden, Max.«

»Und welche Worte werden das sein?«

»Sie werden es schon entziffern können. Wenn nicht, wiederhole ich die Worte einfach und schreibe sie erneut auf, bis Sie sie lesen können. Wenn ich es Ihnen jetzt schon sagen würde, könnte unsere Show unglaubwürdig erscheinen, wenn Sie die Worte zu schnell erfassen.«

»Na gut.«

»Das Wichtigste für Sie ist neben dem Vorlesen der Austausch der Seiten.« Anna kramte aus ihrem Koffer einen Satz DIN A 3 Blätter hervor. »Immer wenn ein Blatt voll ist, müssen Sie es wegnehmen. Da ich so tun werde, als ob ich von links nach rechts schreibe, ohne dabei hinzusehen, müssen Sie mir auch die Hand wieder nach links zurück verschieben, wenn ein neues Blatt beschrieben wird, verstanden?«

»Verstanden. Anna, ich hoffe, Sie wissen, was Sie da tun wollen.«

Anna stieß einen matten Seufzer aus. »Das hoffe ich auch.

Aber noch etwas. Von jetzt an sollten wir uns duzen. Unser Gast Kronenberg soll denken, dass wir uns schon seit Langem kennen. Im Übrigen hätten wir das schon längst tun sollen.«

»Kein Problem. Das wird wahrscheinlich noch die leichteste Aufgabe sein.«

»Na schön.« Anna betrachtete den Esstisch, den sie mit Kerzen, Papier und Stift für die Geisterbeschwörung, die keine sein sollte, vorbereitet hatte. »Ich hoffe, ich habe nichts vergessen.«

Max standen aber immer noch Fragezeichen ins Gesicht geschrieben. »Ja, aber was geschieht, wenn die Séance beendet ist? Was machen wir dann? Was soll diese Kronenberg dann davon haben?«

Anna wich Max' Blick aus. Sie suchte nach den richtigen Worten. »Um ehrlich zu sein, weiß ich nicht, was passieren wird. Max, du musst verstehen, dass diese Kronenberg eine Frau ist, die sich in den Kopf gesetzt hat, auserwählt zu sein, den Teufel selbst herbeizurufen.«

»Das ist doch Blödsinn, oder?«

»Nach all dem, was ich erlebt habe, bin ich zu dem Schluss gekommen, dass vor langer Zeit hier an diesem Ort tatsächlich versucht wurde, dem Teufel ein Tor in diese Welt zu öffnen. Aber es wurde verhindert. Es war nur eine Frage der Zeit, bis es jemand erneut versuchen würde, und dieser jemand ist Kronenberg. Sie hat viel Zeit und wahrscheinlich auch viel Geld investiert, um diese Runensteine, die über den ganzen Globus verstreut waren, zu finden und hier in Nimtow zusammenzuführen. Ich habe den siebten und letzten Stein in ihrem Auftrag gefunden. Ich wusste nicht, wozu er diente, sonst hätte ich es vielleicht nicht getan. Mit den sieben Steinen will Kronenberg nun den Satan anrufen, bei der Eiche, die jetzt nicht mehr steht, seit der Sturm sie davon gefegt hat. Dort will sie ein Portal öffnen, ein Tor zur Hölle; im wahrsten Sinne des Wortes.«

Max schluckte trocken. »Und das wollen wir verhindern. Mit dieser Geisterbeschwörung? Wie soll das gehen?«

Anna druckste herum, ehe sie antwortete. »Ich habe erfahren, dass es wohl nur eine Möglichkeit gibt, das zu verhindern.«

»Welche?«

»Ich muss sie überzeugen, dass sie sich für den Satan opfern muss. Nur ihr Tod wird den Teufel aufhalten, denn sie ist es, welche die Runensteine gesammelt hat. Sie ist eine Hexe. Ich weiß, was du jetzt denkst. Das gibt es doch nicht. Und nein, sie ist keine Hexe mit Besen und einer dicken Warze auf der Nase, sondern eine, die in dunklen Künsten bewandert ist.«

»Du willst sie dazu bringen, sich selbst umzubringen? Ist das nicht...«

»Es ist kein Mord«, unterbrach Anna ihr Gegenüber. »Sie muss es freiwillig tun. Und ich denke, sie hat es ohnehin schon eingeplant.«

»Sie plant ihren eigenen Tod?«

»Du glaubst gar nicht, wozu echte Fanatiker bereit sind. Ich bin sicher, sie wird es tun, wenn wir sie in die richtige Richtung schubsen.«

»Und wenn sie sich nicht für den Satan opfern möchte? Was dann?«

»Daran möchte ich im Augenblick gar nicht denken. Wer weiß, vielleicht erledigen die Geister des Havellandes das dann für uns. Viele von ihnen, die diesen Ort heimgesucht haben, wissen, dass etwas Böses in diese Welt eindringen will, und sie wollen es verhindern, genauso wie wir.«

»Hm. Ich verstehe den Zusammenhang mit den Geistern und dem Teufel nicht. Was haben die Geister mit dem Teufel zu schaffen?«

»Gar nichts. Aber lass dir aus meiner langjährigen Erfahrung als Medium sagen, dass das Diesseits, das Jenseits und die Hölle näher beieinander liegen, als wir uns vorstellen können. Hier an diesem ehemaligen Ritualplatz ist der Schleier, der diese Welten trennt, anscheinend extrem dünn. Und das will der Teufel für sich ausnutzen. Seine erste Anrufung zur Zeit der Elbslawen war misslungen. Aber nur, weil es mutige Menschen gab, die einschritten. Heute sind wir es, Max, die das tun müssen.«

Max schwieg einen Moment und schüttelte dann langsam und energisch den Kopf. »Mir gefällt das ganz und gar nicht.«

»Glaubst du, mir macht es Freude? Wenn es nach mir gegangen wäre, dann hätte ich meinen Koffer gepackt und hätte das Weite gesucht. Aber niemand außer mir kann es aufhalten, weil es niemanden gibt, der weiß, was hier geschieht. Deshalb bin ich noch hier.«

»Du hast Recht. Ich will mich nicht davor verstecken. Ich habe dir versprochen, zu helfen. Ich habe versprochen, dir zu glauben. Und ich halte meine Versprechen.«

Anna fühlte sich unendlich erleichtert. Es tat gut, jemanden an ihrer Seite zu haben. Das erste Mal seit vielen Jahren fühlte sie sich nicht mehr einsam.

»Dann bleibt uns jetzt nichts anderes mehr als zu warten, bis Kronenberg eintrifft. Und dann beginnt die Show.«

DER FALSCHE WEG

Anna wurde zunehmend nervöser, je näher der Termin mit Frau Kronenberg rückte. Sie musste schon längst im Ort sein. Jeden Moment würde sie an ihrer Tür klingeln.

»Glaubst du wirklich, sie kommt noch?«, fragte Max, nachdem er zum wiederholten Male nervös auf seine Uhr geschaut hatte.

»Sie wird kommen, verlass dich darauf.«

»Es ist noch lange hell, die Sonne wird erst in einigen Stunden untergehen. Sollen wir die Geisterbeschwörung am helllichten Tag machen, oder warten wir noch?«

»Wir werden alle Vorhänge zuziehen und die Rollos herunterlassen. Das wird genügen. Ich werde Kronenberg sagen, dass wir nach der Zeremonie uns spätestens zum Sonnenuntergang an der Kultstätte einfinden müssen.«

»Warum genau dann?«

»Aus zweierlei Gründen: Erstens will ich sie weit weg aus dem Dorf haben. Wenn sie sich wirklich für den Satan opfern will, dann soll sie das in aller Stille tun, weit ab von der Zivilisation. Und zweitens gehe ich mit der Uhrzeit auf Nummer sicher. Denn mir wurde anvertraut, dass die Rückkehr des Satans um Mitternacht stattfinden soll, nicht bei Sonnenuntergang, wie ich es Kronenberg erzählt habe.«

»Ich verstehe. Egal, welche Art von Ritual wir abziehen, es würde nichts passieren, weil die Uhrzeit nicht stimmt.«

»Genau.« *Hoffentlich stimmt das auch, was mir die Frau in Weiß gesagt hat*, dachte Anna und kaute an einem Fingernagel.

Da erscholl die Klingel.

»Also los!« Anna bedeutete Max, die Tür zu öffnen. Der tat wie geheißen und zog die Tür so weit auf, dass

Frau Kronenberg ihn und Anna im Hintergrund sehen konnte,

»Schön, das Sie da sind«, sagte Anna und versuchte sich an einem ungezwungenen Lächeln, das ihr wie eine Grimasse vorkam, weil sie so aufgeregt war.

»Das ist Max, mein Assistent.«

»Freut mich, Sie kennenzulernen, Frau Kronenberg.«

Kronenberg schüttelte Max die Hand und unterzog ihn einer genauen Musterung. Er hielt ihrem leicht misstrauischen Blick locker stand. Schnell entspannten sich die Gesichtszüge der alten Frau. Sie schien ihm zu trauen.

»Bitte, setzen Sie sich doch.« Anna fiel auf, dass Kronenberg nichts bei sich hatte, außer einem kleinen Handtäschchen. Wo waren die Steine? Die Steine waren doch das Wichtigste. Sie mussten zerstört werden.

»Sie sehen blass aus, Anna.«

»Kein Wunder. Ich habe die letzten Tage nicht viel Schlaf bekommen.« Das war nicht einmal gelogen. »Haben Sie die Steine?«

»Ich habe sie nach Nimtow mitgenommen, aber jetzt nicht hierher zu Ihnen. Brauchen wir sie für die Zeremonie?«

»Nein, noch nicht. Aber wir werden sie mitnehmen, wenn wir zur Kultstätte gehen.«

»Natürlich. Ich werde sie dann holen.«

»Gut. Wie ich Ihnen bereits gesagt habe, müssen wir eine Beschwörung durchführen, um zu erfahren, was genau wir tun müssen, wenn wir bei Sonnenuntergang bei der Kultstätte sein werden.«

»Ja.« Kronenberg schaute Anna ernst an. Sie wollte es nicht aussprechen, aber Anna war klar, dass ihr Gegenüber wusste, was im Wesentlichen auf sie zukommen würde. »Was mich betrifft, ich bin bereit. Das wissen Sie. Aber was ist mit Ihnen, Anna?«

Anna reagierte irritiert. »Ich dachte, ich hätte mich gestern am Telefon klar ausgedrückt?«

»Das haben Sie. Ich weiß, Sie wollen es auch, aber sind Sie auch wirklich bereit dazu? Ich meine, sind Sie bereit, auch Opfer zu erbringen, die Sie unter normalen Umständen nicht wagen würden, sich vorzustellen?«

Max sah stumm und unsicher zu, wie sich Kronenberg und Anna wie zwei Duellantinnen gegenüber saßen, beide in Lauerstellung und abwartend, ob die andere zucken und so ihre Unterlegenheit offenbaren würde.

Anna zuckte nicht. Sie sah ihrer Auftraggeberin fest in die Augen und entgegnete:

»Frau Kronenberg, mein Leben ist schon seit langer Zeit nicht mehr normal. Seien Sie versichert, dass ich zu allem bereit bin. Ich weiß, was es heißt, Opfer zu bringen. Und ich werde nicht zögern, das auch für diese Sache zu tun.«

Kronenberg nickte langsam. Sie beide wussten, wovon sie redeten, ohne es auszusprechen. Es ging um Menschenopfer. Es ging um die zwei, die der Teufel verlangen würde. Eines erwählt, eines freiwillig - Anna hatte nicht vergessen, was der Dämon gesagt hatte. Auf diesem Wissen fußte ihr Plan, die alte Frau glauben zu machen, dass eines jener beiden Opfer Kronenberg selbst sein sollte.

»Können wir dann beginnen? Wir haben nicht den ganzen Tag Zeit«, sagte Anna streng.

»Aber natürlich. Ich wollte nur ganz sicher gehen, dass ich Sie auf meiner Seite habe.«

Anna deutete ein Nicken an, wobei ihre Augen Kronenberg fixiert hielten.

»Max, mach jetzt bitte alle Vorhänge und Jalousien zu«, sagte sie zu ihm und zündete eine Kerze an.

Kronenberg rutschte nervös auf ihrem Stuhl hin und her. Dabei kratzte sie sich immer wieder am Hinterkopf, was

Anna nicht entging. Zufrieden sah sie aus dem Augenwinkel, wie ihre Auftraggeberin zunehmend nervös wurde.

Gut so. Gleich werde ich dich da haben, wo du hingehörst, du alte Hexe.

Max hatte den Raum verdunkelt und bewegte sich dabei bedächtig wie ein Diener, der penibel darauf achtete, Professionalität und keine Unruhe auszustrahlen. Es wirkte für Anna fast ein wenig albern, und sie musste sich ein Grinsen verkneifen.

»Setz dich neben mich«, sagte sie zu ihm und bemühte sich um Ernsthaftigkeit.

Anna merkte, dass sie durch die letzten Tage so aufgedreht war, dass ihre Gefühle drohten, erneut Achterbahn zu fahren. Für Heiterkeit und Spaß war heute an diesem entscheidenden Tag nun wahrlich kein Platz. Sie musste sich jetzt zusammenreißen. Der Teufel - wenn er denn hierbei zusehen könnte - hätte dagegen garantiert seinen Spaß, zuzusehen, wie Anna die alte Kronenberg in den rituellen Selbstmord zu treiben versuchte.

Vielleicht sieht er ja zu und will verhindern, was ich tue, fiel es Anna mit Bestürzung ein, und schnell war sie wieder hoch konzentriert und versteinerte ihre Miene.

»Ich werde mich jetzt in Trance versetzen. Alles, was mir das Wesen aus dem Reich der Toten mitteilen wird, werde ich unbewusst aufschreiben. Max wird versuchen, Lesbares zu entziffern und vorzulesen. Deshalb habe ich ihn hinzugezogen, was ich äußerst selten tue. Aber ich kann mich auf ihn verlassen und würde ihm mein Leben anvertrauen.«

»Verstanden«, sprach Kronenberg mit dünner Stimme. Sie war aufgeregt und in ihrem Blick konnte Anna eine ekelhafte Gier sehen, die sie innerlich schaudern ließ.

Anna schloss die Augen, aber sie konzentrierte ihren Geist nicht auf die Geisterwelt, da sie nicht vorhatte, Nachrichten von Fremden zu übermitteln. Sie machte alles ganz genauso, wie sie es früher bei ihren Beschwörungen getan hatte.

»Ich rufe dich. Ich rufe das Wesen, das hier an diesem Ort mit roten Augen in Erscheinung getreten ist. Bei mir ist die Frau, nach der du verlangt hast. Sie und ich, wir erbitten deine Anweisungen.«

Für einen Moment fürchtete Anna, sie könnte wirklich die Vorstufen-Erscheinung des Satans herbeibeschwören. Aber alles, was sie in ihrem Leben über das Paranormale gelernt hatte, sagte ihr, dass es ohnehin unmöglich war, den Teufel auf diese Art zu rufen. Und das geschah auch nicht. Nicht bei Tag und nicht in diesem Raum.

»Ich rufe dich«, wiederholte Anna. Sie begann langsam, mit ihrem Bleistift sinnlose Spiralen auf das Papier zu malen. Als sie am rechten Rand angekommen war, zog Max das vollgekritzelte Blatt weg und schob ihre Hand wieder zurück nach links, damit sie weitermachen konnte. Anna machte eine Weile so weiter, um Max etwas Übung zu ermöglichen. Es war nämlich, wie sie aus eigener Erfahrung wusste, schwieriger, als es auf den ersten Blick erschien.

»Ich rufe dich. Bei mir ist die Frau, nach der du verlangt hast. Die Frau, die um die Welt gereist ist, um die Runensteine zu finden, die dich zurückbringen werden. Ich rufe dich.«

Sie hörte, wie Kronenberg schwer ein- und ausatmete. Sie war jetzt furchtbar angespannt. Ihr Herz musste ihr bis zum Halse schlagen. Das war der perfekte Zeitpunkt, um erste lesbare Worte zwischen ihre Bleistift-Spiralen einzufügen.

Anna schrieb mit geschlossenen Augen und erhobenem Kopf das erste Wort. Max reagierte jedoch nicht. Also musste sie es wiederholen. Beim zweiten Mal klappte es dann auch.

»Ich...«, las Max. »...bin hier.«

»Du meine Güte!«, stieß Kronenberg aus. Sie hielt sich, erschrocken über sich selbst, die Hand vor den Mund. Sie wollte nicht stören.

»Was sollen wir tun?«, sprach Anna und behielt die Augen geschlossen. Sie malte weiter unentwegt und schummelte Worte in ihre zufälligen Spiralen.

»Geht... zum Stein der Rückkehr«, las Max vom Blatt ab und legte ein neues frei. »Vereinigt die sieben Runen.«

»Die sieben Steine«, schlussfolgerte Kronenberg und faltete ihre Hände.

»Vereinigt die Runen bei Sonnenuntergang.«

»Und was ist mit den Opfern?«, entfuhr es Kronenberg. Jetzt hatte sie es doch gesagt. Anna hätte fast vor Schreck die Augen aufgemacht, aber sie tat so, als hätte sie es in ihrer Trance überhört.

Max sah Kronenberg strafend an, sie solle nicht dauernd unterbrechen.

»Es tut mir leid«, sagte sie. »Aber wir müssen es wissen. Wer sollen die beiden Opfer sein? Wen sollen wir auswählen?«

Anna hatte nun absolute Gewissheit, dass Kronenberg über dieselben Informationen verfügte wie sie. Sie wusste von den zwei Menschenopfern, die für die Rückkehr des Teufels erforderlich waren.

»Zwei Leben müsst ihr mir schenken«, entzifferte Max nach einer Weile vom Papier. Er hatte wohl Schwierigkeiten, Annas geschwungene Schrift, die absichtlich undeutlich war, zu lesen. Aber das war es nicht, was ihn irritierte. Er wechselte wie erwartet die Seiten, aber er schien zu glauben, dass dort mehr zu lesen war, als Anna beabsichtigte. Er sagte jedoch nichts und beschränkte sich auf ihre gewollten Sätze.

»Wer soll erwählt werden?«, fragte Anna nun. Sie malte lange weiter an ihren Spiralen, bis sie den ersten Namen schrieb.

»Anna«, sagte Max und musste trocken schlucken. Es war ihm äußerst zuwider, ihren Namen vorzulesen, obwohl er wusste, dass es nur ein Schwindel sein sollte. Er sah, wie Kronenberg große Augen machte und kaum merklich nickte. Sie hatte wohl erwartet, dass Anna sich für ihr Vorhaben opfern müsse.

»Wer außerdem?«, sprach Anna.

Nach wenigen Sekunden unerträglicher Anspannung für alle drei Beteiligten im Raum - jeder aus einem anderen Grund - las Max: »Angelika.«

Kronenberg wurde leichenblass. Sie erstarrte regelrecht zur Salzsäule. Damit hatte sie wohl doch nicht gerechnet.

»Wer ist das?«, fragte Max, Unwissenheit vortäuschend.

Kronenberg antwortete nicht. Anna verlangsamte ihre Schreibbewegungen und stoppte den stumpf gewordenen Bleistift dann ganz. Sie wartete, zählte bis drei und öffnete dann ihre Augen. Sie tat so, als ob sie sich langsam aus ihrer Trance lösen musste.

»Es hat funktioniert, nicht wahr?«, fragte sie Max und sah ihn eindringlich an, um ihm zu verdeutlichen, dass er ihr zustimmen sollte.

»Ja. Das Wesen hat mit uns gesprochen«, antwortete er ein wenig unsicher.

Anna sah Kronenberg an, die sie aus fassungslosen großen Augen anstarrte.

»Was haben Sie?«, fragte Anna.

»Ich...«

»Sie haben es doch selber gesagt: Zwei Opfer werden erforderlich sein. Und das sind wir. Sie und ich. Wir sind auserwählt, Frau Kronenberg.«

»Aber, ich...« Kronenberg war schockiert, zweifellos, aber sie witterte keine Verschwörung. Sie hatte ihren Vornamen nicht verraten, so dass sie glaubte, Anna habe diesen tatsächlich durch die Séance erfahren.

»Was?«, bohrte Anna nach.

»Ich dachte...«

»Sie dachten, dass Sie nur mich und irgendjemand anderen töten lassen müssten, um zu bekommen, was Sie wollten?«

Die alte Frau antwortete nicht. Es war ein stumme Eingeständnis, dass sie Annas Tod bewusst einkalkuliert hatte.

»Ich bin bereit, es zu tun«, fuhr Anna kalt und erhobenem Haupt fort. »Ich habe nichts mehr zu verlieren. Sehen Sie es doch mal aus einer anderen Perspektive. Wir werden durch unseren Tod neu auferstehen als oberste Diener des Satans. Das ist nicht das Ende, sondern der Anfang von etwas Neuem. Etwas Außergewöhnlichem. Das wollten Sie doch, oder nicht?«

»Satan? Wovon reden Sie, Anna?«

»Ach jetzt spielen Sie bloß nicht die Unwissende! Sie brauchen sich nicht mehr zu verstellen, ich weiß, was Sie sind. Wir spielen jetzt mit offenen Karten, Frau Kronenberg. Sie sind eine Satanistin.«

»Was? Ich? Sie... Sie irren sich völlig, Anna. Ich schwöre, dass ich nichts mit Satanismus am Hut habe.«

»Ach ja? Das Wesen mit den roten Augen, das mich in seiner frühen Manifestation mehrfach angegriffen hat, ist der Teufel. Ich war so dumm und blind, das nicht früher zu erkennen. Wahrscheinlich haben Sie genau darauf spekuliert, damit ich Ihnen, nichts ahnend, den letzten Runenstein auf einem Silbertablett serviere, zusammen mit meinem Kopf.«

»Sie liegen vollkommen falsch, Anna.« Kronenberg hielt eine Hand unter dem Tisch. Anna bemerkte, wie sie ihren Arm langsam bewegte. Sie wollte anscheinend nach der Waffe in ihrer Handtasche greifen.

»Halt! Rühren Sie sich nicht! Max, nimm ihr die Handtasche ab!«

Max war gerade noch damit beschäftigt, mit Stirnfalten die beschriebenen Blätter durchzusehen. Erschrocken sprang er auf und nahm Kronenberg die Tasche ab.

»Sieh nach, ob ihre Waffe darin ist«, befahl Anna schroff.

Max sah nach und holte eine Pistole heraus. Er zeigte sie Anna.

»Du wolltest mich also heimtückisch erschießen. So nicht, du alte Hexe.«

»Sie sind ja von Sinnen. Anna, hören Sie mir zu. Ich kann Ihnen alles erklären.«

»Dafür ist es zu spät. Ich weiß bereits alles.«

»Nein, das tun Sie nicht.«

»Still jetzt! Haben Sie mich angeheuert, um den fehlenden Stein zu finden und danach mein Leben zu opfern, ja oder nein? Antworten Sie!«, schrie Anna.

»Ich...«

Anna entriss Max die Waffe und richtete sie auf Kronenberg. Sie hatte keine Ahnung davon und wusste nicht einmal, ob die Pistole entsichert, geschweige denn geladen war. Aber offenbar war beides der Fall, denn die alte Frau hob leicht die Hände und hatte Todesangst. »Antworten Sie auf meine Frage!«

»Ja. Ja, ich gebe es zu. Ich glaubte, Sie seien die Richtige.«

»Das richtige Menschenopfer, wollten Sie wohl sagen«, ging Max die Frau zornig an.

»Sie verstehen das nicht. Es müssen Leben gegeben werden. Aber nicht für den Satan. Sondern für das ewige Leben. Für Ihre Wiedergeburt in einem besseren, einem neuen Leben.«

»So ein Quatsch. Für Satan wollten Sie mich opfern. Geben Sie es zu. Er will aber auch Ihr Leben. Ihres! Jetzt einen Rückzieher zu machen, ist genau das Gegenteil von dem, was Sie wollen. Sie sollten sich freuen. Wir beide werden für den Satan sterben. Heute bei Sonnenuntergang.« Anna war nicht bereit, der alten Frau etwas anderes abzukaufen.

»Nein!«

»Mund halten! Max, mach die Vorhänge wieder auf.«

Max gehorchte, aber als er die erste Jalousie hochgezogen hatte, starrte er ungläubig aus dem Fenster.

Anna bemerkte nur, dass es nicht heller wurde. Sie behielt Kronenberg fest im Blick. »Was ist los?«

Als auch die Gardine gerafft war, sagte Max: »Hier stimmt etwas nicht.«

Anna schaute zu ihm und sah, dass es draußen schon stockfinster war. »Was zum...« 'Teufel' traute sie sich nicht auszusprechen.

»Das ist unmöglich«, stammelte Max. »Wir haben nicht länger als zwanzig Minuten mit der Séance verbracht. Es müsste noch einige Stunden hell sein.« Er sah auf seine Uhr. Sie zeigte 22.52 Uhr an.

»Wie spät ist es?«, wollte Anna von ihm wissen.

»Kurz vor elf.«

»Das kann nicht sein.« Anna hatte keine Armbanduhr. Sie hielt die Pistole weiterhin auf Kronenberg gerichtet, ging zu ihrer Tasche und kramte ihr Smartphone hervor. Es zeigte dieselbe Uhrzeit an. »Scheiße!«

»Wir haben mehr als sechs Stunden verloren«, rief Max. »Wie ist das möglich? Es war doch nicht einmal eine halbe Stunde.«

Annas Blick verfinsterte sich. Hasserfüllt sah sie Kronenberg an. »Sie waren das!«

ZEITVERLUST

»Jetzt werden Sie mal nicht hysterisch, Anna. Wie soll ich das denn bewerkstelligt haben? Das ist doch absurd.«

»Sagen Sie es mir, Sie sind doch hier die Hexe.«

»Sie irren sich vollkommen!«, herrschte Kronenberg Anna wütend an.

»Max, mach das Licht an!« Er betätigte den Lichtschalter im Wohnzimmer, aber es blieb dunkel. Anna wurde zunehmend beunruhigt. »Probier den Lichtschalter in der Küchenzeile.«

Max eilte hin. »Nichts«, sagte er besorgt. »Ich glaube, wir haben gar keinen Strom mehr.« So war es auch. Jemand hatte die Sicherung im Keller ausgeschaltet. Das war Anna sofort klar. Ihnen blieb jetzt nur der trübe Schein der Kerze auf dem Tisch. Annas Plan war nun hinfällig. Sie wollte lange vor Mitternacht Kronenberg zum Ritualplatz locken. Jetzt aber war es nur noch eine gute Stunden bis Mitternacht. Das erschien Anna zu gefährlich. Die dunklen Mächte, die jenen Ort umgeben hatten, waren nun am stärksten. Zu groß war die Gefahr, dass Anna, Max oder sonst wer unfreiwillig zu einem der zwei nötigen Menschenopfer wurde, die der Satan für seine Rückkehr brauchte. Wenn Anna noch etwas tun wollte, musste sie es jetzt tun.

'Die Hexe muss sterben.' Das waren die Worte der Frau in Weiß, und Anna hielt das Mordwerkzeug in ihren Händen. Sie musste nur abdrücken. Aber sie brauchte noch die Runensteine.

»Wo sind die verdammten Steine?«, fragte sie die alte Kronenberg mit leicht zitternder Pistole in ihrer Hand.

»Sie sind nicht hier«, entgegnete die kühl.

»Verarschen Sie mich nicht, das weiß ich auch. Wo haben Sie sie?«

Kronenberg zögerte mit ihrer Antwort. »Im Gästezimmer meiner Nichte. In einem Safe, dessen Kombination nur ich kenne.«

»Na schön. Dann gehen wir jetzt gemeinsam dorthin und werden sie holen.«

»Und dann?«

»Das werden Sie schon sehen. Max, mach die Tür auf. Ich behalte die alte Hexe im Auge.«

Max reagierte nicht. Ungeduldig sah sie zu ihm. Er wühlte schon wieder in den von ihr beschriebenen Blättern ihrer Pseudo-Beschwörung.

»Was machst du da? Lass die Zettel liegen und hilf mir! Uns läuft die Zeit davon!«

»Hier steht noch etwas, Anna. Ich war mir erst nicht sicher, ob es nur sinnloses Gekritzel war. Aber jetzt glaube ich zu wissen, was da steht.«

»Wovon redest du?« Anna wollte nicht hinzufügen, dass sie nichts geschrieben habe, dass sie nicht wollte, da Kronenberg sonst wüsste, dass alles nur ein Schwindel war. Anna hoffte immer noch, dass Kronenberg sich selbst umbringen würde - im Namen des Teufels.

»Sieh doch, Anna. Es steht hier gleich mehrfach.« Er nahm eines der Blätter und hielt es Anna vor die Nase. Zuerst sah sie auch nur ihre nichtssagenden Spiralen. Aber dann las sie die Worte heraus, die Max gefunden hatte.

NICHT DIE HEXE

Es war zweifellos Annas Handschrift. Aber sie hatte diese Worte nicht bewusst geschrieben. Max holte noch ein Blatt.

»Sie ist es nicht«, las Anna flüsternd vor.

Max fand noch einen dritten Satz. »'Eine andere Hexe' steht hier drauf«, sagte er.

Anna ließ die Waffe sinken. »Aber wenn Kronenberg nicht die Hexe ist, wer ist es dann?«

Kaum hatte sie diese Frage in den Raum gestellt, klopfte jemand mit einem schweren Gegenstand polternd gegen die Eingangstür. Dreimal. Bei jedem Schlag zuckte Anna zusammen.

»Scheiße, habe ich mich erschreckt!«, stieß Max aus.

»Wer ist das?«, fragte Anna die alte Kronenberg.

»Ich habe keine Ahnung.«

Wieder stieß etwas gegen die Tür und ließ sie erbeben, so dass Anna fürchtete, die Tür könnte eingeschlagen werden.

Zögernd machte sie Anstalten, näher heranzugehen.

»Öffnen Sie nicht die Tür!«, flehte Kronenberg sie an.

»Warum? Wer ist da draußen?«

»Ich weiß es nicht. Aber ich glaube, wir haben Mächte erweckt, mit denen wir uns nicht hätten anlegen sollen.«

»Sie meinen wohl, *Sie* haben diese Mächte geweckt. Und jetzt wird Ihnen bewusst, was Sie angerichtet haben.«

»Anna!«, schrie Max plötzlich. Er stand am Fenster zum Hof und zeigte darauf, als hätte er ein Gespenst gesehen. »Da sind überall Menschen.«

Anna eilte zu ihm und sah unter ihrem Fenster mindestens ein Dutzend Schlafwandler. Alle hatten die Augen verdreht, so dass man nur noch das Weiße sehen konnte. Auch Kronenberg kam dazu und starrte angsterfüllt auf die Ansammlung. »Das sind alles Leute aus dem Dorf«, sagte sie.

Wieder hämmerte etwas gegen die Tür. Dieses Mal so heftig, dass man das Knacken von Holz im Türrahmen hören konnte.

»Haben Sie damit etwas zu tun?«, wollte Anna von Kronenberg wissen.

»Ich schwöre Ihnen, ich weiß ebenso wenig wie Sie, was hier vor sich geht.«

»Und dennoch haben Sie mich die ganze Zeit im Unklaren gelassen, was Sie eigentlich vorhaben. Angenommen ich glaube Ihnen, dass Sie nicht den Teufel beschwören wollten, was wollten Sie dann?«

»Ich wollte...« In diesem Augenblick wurde die Tür regelrecht aufgesprengt. Ein Teil des Rahmens splitterte ab und schleuderte durch den Raum. Unmittelbar darauf quoll eine Masse von Schlafwandlern herein, wie Passagiere aus einer völlig überfüllten Bahn. Alle hatten die Augen verdreht, alle waren sie Einwohner des Dorfes, und jeder von ihnen hielt einen Gegenstand in der Hand. Eine Frau trug einen abgebrochenen Holzbalken, ein anderer eine leere Weinflasche. Besen, Zaunlatten, Seile, ein Staubsaugerrohr waren weitere Utensilien, welche die Schlafenden auf ihrem Weg zu Annas Wohnung gefunden und an sich genommen hatten.

Anna, Max und Kronenberg wichen zurück.

»Schießen Sie!«, schrie letztere zu Anna. Aber sie konnte nicht. Sie wusste, dass die Menschen nicht ahnten, was sie taten. Sie schliefen. Eine andere Macht hatte die Kontrolle über sie übernommen. Würde sie auf sie schießen, würde sie Unschuldige ermorden. Außerdem waren es zu viele. Immer mehr drangen in das Zimmer ein und umstellten Max und die beiden Frauen. Sie bildeten einen Kreis um sie und hielten etwa einen Meter Abstand.

Als der Zustrom abebbte, kam eine weitere Gestalt durch die Tür. Es war eine Frau, glaubte Anna. Sie trug eine Maske. Sie stellte einen gehörnten Ziegenkopf dar, mit roten Augen und einem umgedrehten Pentagramm auf der Stirn. Anna wusste sofort, was es darstellen sollte.

Es war die Gestalt des Baphomet, die für Satanisten eine besondere Bedeutung hatte.

Die Frau mit der Baphomet-Maske bahnte sich einen Weg durch die Menge der Schlafwandler und kam vor Anna zum Stehen. Kronenberg deutete auf die Gestalt und sagte: »*Ihn* wollte ich beschwören.«

»So sieht man sich wieder, Tantchen«, sagte die Frau hinter der Maske.

»Elisabeth, sind Sie das?«, fragte Anna fassungslos.

Die Frau nahm die Maske ab. Zuerst sah sich Anna in ihrer Vermutung, es handele sich um ihre Vermieterin Elisabeth, bestätigt. Aber je länger sie ihr in die Augen schaute, desto mehr Zweifel kamen ihr. Sie sah aus wie Elisabeth, aber ihr Blick war anders. Dunkel und zornig. Ihre Haut wirkte fahl.

»Das ist nicht Elisabeth«, sagte Kronenberg.

»Aber sie sieht genauso aus wie sie«, sprach Max unsicher.

»Sie mag so aussehen wie sie. Sie ist es aber nicht. Ihr Name ist Venus.«

»Venus?«, wiederholte Max ungläubig. »Ist sie eine Zwillingsschwester?«

Venus lachte höhnisch auf. »Ja, so könnte man es fast sagen.«

»Nein, das ist sie nicht«, widersprach Kronenberg. »Es gab nur eine Person, die mich 'Tantchen' nannte. Und das war Venus. Jedes Mal, wenn sie mich so nannte, lief mir ein kalter Schauer den Rücken runter.«

»Ich verstehe immer noch nichts«, rief Max aufgelöst. Die schlafenden Dörfler rings herum, die apathisch mit ihren verdrehten Augen dastanden, machten ihn schier wahnsinnig. »Was soll das hier? Elisabeth, was machst du hier, verflucht noch eins?«

»Wie mein Tantchen bereits richtig erkannt hat, bin ich nicht Elisabeth, du Trottel.«

Anna packte Kronenberg am Arm. »Wer ist sie? Was ist mit Elisabeth geschehen?«

Frau Kronenberg antwortete mit blassem Gesicht: »Vor ungefähr dreißig Jahren, als sie noch eine junge Frau war, begann sich meine Nichte Elisabeth merkwürdig zu benehmen. Sie schimpfte und fluchte grundlos. Sie pöbelte Fremde an, ohne Grund. Sie wurde bösartig, heimtückisch und verletzend. Schließlich wurde es so schlimm, dass sie wilde Tobsuchtsanfälle bekam, wobei sie vom Ende der Welt, dem Zeitalter der Dunkelheit und von Baphomets Vermächtnis faselte. Meine Schwester, also ihre Mutter, brachte sie in eine Klinik. Dort wurde eine schwere bipolare Störung festgestellt.«

»Sie meinen, sie besitzt so etwas wie eine gespaltene Persönlichkeit?«, fragte Max.

»Ja, genau. Elisabeth, die sich fortan Venus nannte, bekam eine lange Therapie mit starken Medikamenten. Aber es half nichts. Elisabeths gutmütiges Wesen schien immer mehr zu verschwinden. Ihre Eltern wussten sich nicht mehr zu helfen. Also beschloss ich, sie zu einem Spezialisten in die USA zu bringen.«

»Spezialisten?«, wiederholte Anna.

»Ja, er war kein Arzt, aber er war auf derartige schwere Fälle von Besessenheit spezialisiert. Nach drei Monaten mit intensiven Sitzungen, gelang es ihm schließlich, Elisabeth von Venus zu befreien. Venus ließ sich nie wieder blicken. Bis heute.«

»Sie war aber nie weg, Tantchen. Ich war immer da. Erinnerst du dich noch an unsere Sitzungen? Na los, erzähl den beiden mal, was du gehört hast.«

Kronenberg schaute Venus ängstlich an, während sie fortfuhr. »Sie hat Recht. Ich war während der Sitzungen bei dem Spezialisten immer anwesend. Die Dienste dieses Mannes kosteten ein Vermögen, und ich wollte daher überprüfen, ob er auch Fortschritte machte. Während dieser Zeit hatte Venus viel erzählt. Sie sagte, sie sei von

Baphomet berufen, dem dunklen Vorboten des Teufels aus der Hölle. Sie berichtete von schaurigen Opferritualen, von schwarzen Messen und vom Ende der Welt. Es machte mir Angst. Aber sie erzählte auch immer wieder von Baphomets Wissen um die Quelle ewigen Lebens. Das ließ mich aufhorchen. Ihre Schilderungen waren derart präzise, dass ich sie für glaubwürdig hielt und daraufhin eigene Nachforschungen anstellte. Venus sprach von zwei Opfern und den sieben Siegeln, die Baphomets Aufmerksamkeit erregen würden. Die Person, die ihm beides brachte, Opfer und Siegel, würde das Privileg erhalten, Baphomet zu begegnen und von ihm das Wissen um den Ort der Quelle des ewigen Lebens zu erfahren.

Nachdem ich durch intensive Recherchen einige ihrer Aussagen bestätigen konnte, begann ich, nach den sieben Steinen, den sieben Siegeln zu suchen. Mit der Zeit wurde aus dieser Leidenschaft eine Besessenheit, das gebe ich zu. Ich war bereit, alles zu tun, um mich Baphomets Wissen als würdig zu erweisen.

Das ist es Anna, was ich Ihnen nicht sagen konnte. Ich wollte nicht den Teufel beschwören, wie Sie es mir vorgeworfen haben. Ich wollte das Wissen erlangen, nach dem sich die ganze Menschheit sehnt - ewiges Leben.«

»Und dafür waren sie bereit, Anna zu opfern«, schimpfte Max. »Sie widern mich an!«

Kronenberg senkte den Blick und fasste sich an die Stirn. »Ich glaube, ich fühle mich nicht gut.«

»Na los, Tantchen, setz dich hin. Wir wollen doch nicht, dass dir schlecht wird.« Venus geleitete ihre Tante zum Tisch und ließ sie auf dem Stuhl Platz nehmen. Die Schlafwandler machten wie auf ein unsichtbares Kommando hin den Weg frei.

Anna und Max sahen sich schweigend an. Ihre beider Blicke verrieten Ratlosigkeit und Furcht.

»Die Waffe, bitte«, sagte Venus zu Anna und nahm ihr die Pistole ab.

Anna konnte sich wieder nicht überwinden abzudrücken. Sie war keine Heldin, sie hatte noch nie zuvor eine echte Waffe in Händen gehalten. Ob es überhaupt etwas gebracht hätte, auf Elisabeth alias Venus zu schießen, stand auf einem ganz anderen Blatt. Die bewaffneten Schlafenden mit ihren verdrehten Augen hätten sie vermutlich daran gehindert.

»Nun weißt du es, Anna. Aber, dass wir nicht Baphomet, sondern Satan ein Tor in diese Welt öffnen wollen, hast du ja schon alleine herausbekommen«, sagte Venus.

»Dann ist es also wahr?«, fragte Kronenberg.

»Na, was denkst du denn, Tantchen? Klingelt es nicht jetzt endlich bei dir? Ich habe dir damals den ganzen Unsinn über die Quelle ewigen Lebens nur erzählt, damit du dich mit deinem dekadenten Vermögen auf die Suche nach den sieben Runensteinen machst. Eine bessere Motivation, als die Aussicht auf ein ewiges Leben, konnte es nicht geben. Und du bist darauf reingefallen. Du hast lange gebraucht, aber du hast es schließlich doch geschafft. Ich bin stolz auf dich. Satan wird dir bestimmt dankbar sein.« Venus lachte hässlich auf und Anna wurde klar, dass es von Elisabeth keine Spur mehr gab.

»Dann war die ganze Behandlung umsonst? Du hast das alles nur arrangiert, um mich zu benutzen?«, rief Kronenberg aufgelöst.

»Na endlich hast du es kapiert, du dumme Kuh! Jetzt schau doch nicht so entsetzt. Dein Geld und deine Skrupellosigkeit haben erst zum Erfolg geführt. Ja, Anna. Du glaubst ja nicht, was die Alte alles getan hat, um zu bekommen, was sie wollte. Wenn du denkst, es wäre schlimm, dass sie dich opfern wollte, dann sollte sie dir vielleicht mal erzählen, was mit den drei Geisterjägern geworden ist, die sie in Peru engagiert hat.

Na, willst du es nicht erzählen, Tantchen?«

Kronenberg vergrub das Gesicht in den Händen und schwieg.

»Du hast Recht«, verhöhnte Venus die Reaktion ihrer Tante. »Ist ja auch schon eine Weile her. Um es kurz zu machen, die drei weilen nicht mehr unter den Lebenden. Und das alles nur für die selbstsüchtige Suche nach der Quelle ewigen Lebens.

Du siehst, Anna, deine Auftraggeberin ist eine kalte, gewissenlose Fanatikerin.«

Anna wollte sich das nicht mehr anhören. Sie und Max waren in einer scheinbar aussichtslosen Situation. Sie musste etwas unternehmen. »Was ist mit Elisabeth? Ist sie noch hier? Und ihr Mann?«

»Elisabeth hat Pause, wenn ich es so ausdrücken darf. Und ihr Mann, nun, der hatte einen kleinen Unfall auf dem Weg zur Lesung, von der dir Elisabeth erzählt hat. Er ruht jetzt irgendwo auf dem Grund der Havel.«

Anna schluckte trocken.

Venus sah auf ihre Uhr. »Es wird Zeit. Wir wollen uns doch nicht verspäten.«

»Was hast du jetzt vor?«, fragte Kronenberg.

»Wir werden an die frische Luft gehen«, sagte Venus und lächelte, wobei ihre Augen heimtückisch strahlten. »Ach, da fällt mir doch ein, dass wir noch die Runensteine brauchen. Tantchen hat sie in ihrem Safe, aber wo hast du deinen, Anna?«

Anna sah Venus nur verächtlich an und sagte: »Das werde ich garantiert nicht verraten.«

»Ist auch gar nicht nötig.« Venus hielt die Hand hinter sich. Einer der Schlafwandler überreichte ihr Annas Stein.

»Nicht gerade eine clevere Idee, den Stein in deinem Auto zu verstecken.«

Anna sagte nichts.

»Und nun zu dir, Tantchen. Wie lautet wohl die Kombination für deinen Safe?«

»Geben Sie ihn ihr nicht!«, rief Anna.

Kronenberg verschränkte trotzig die Arme und schwieg.

»Sollen wir jetzt alle Kombinationen durchgehen, bis ich die richtige erraten habe? Das könnte ein wenig lange dauern.« Venus ging zum Stuhl, auf dem Kronenberg saß. Jemand aus der Menge der Schlafenden reichte ihr eine große Schaufel. Venus hielt sie ihrer Tante vors Gesicht.

»Das würdest du nicht wagen!«, fuhr Kronenberg Venus an.

»Die Kombination, bitte!«

»Nein.«

»Jetzt hör mal zu, Tantchen, die Sache läuft entweder mit oder ohne dich. Sicher, du hast geglaubt, du wärst dem Jungbrunnen auf der Spur, woran ich nicht ganz unschuldig bin. Aber dein Traum von einem langen Leben kann immer noch wahr werden.«

»Wie das?«

»Satan kennt das Geheimnis des Lebens und des Tods. Wenn du artig bist und dich gut benimmst, dann wird er sich bestimmt erkenntlich zeigen. In seinem Reich, das er nach dem Fall dieser Welt errichten wird, werden Dinge möglich sein, die du dir im Traum nicht vorstellen kannst.«

Kronenberg wurde unsicher. »Wirklich?«

»Glauben Sie ihr kein Wort!«, rief Anna.

Die alte Frau dachte nach. »Versprichst du mir, dass mir nichts geschehen wird?«

Venus berührte sanft die Hand ihrer Tante. »Ich verspreche es. Arbeite mit mir zusammen. Zeig, dass du dem Herrn der Finsternis würdig bist. Du hast schon so viel für deinen Traum geopfert, das kannst du doch jetzt nicht einfach so wegwerfen.«

»Frau Kronenberg, ich beschwöre Sie! Tun Sie es nicht!«

Der innere Konflikt ihrer Auftraggeberin war mit Händen zu greifen. Sie stand jetzt vor der Wahl, was für eine Art von Mensch sie sein wollte.

»Also gut«, sagte sie und verriet Venus die Zahlenkombination. Die schickte sogleich jemanden los, um die Steine zu holen.

»Sie dumme alte Frau!«, schrie Max sie an.

»Hör nicht auf ihn. Du hast das Richtige getan«, flüsterte Venus und tätschelte ihrer Tante die Wange.

Nach einer Weile kehrte einer der Schlafwandler mit den sechs Steinen zurück.

Venus stand neben ihrer Tante und griff ihr an die Schulter. »Dann steht uns ja nichts mehr im Wege, oder Tantchen?«

Kronenberg schwieg. Sie haderte mit sich, ob sie nicht doch einen Fehler gemacht hatte.

»Lasst uns gehen.«

Die alte Dame wollte aufstehen, doch Venus hinderte sie daran, indem sie ihr schmerzhaft in die Schulter griff und sie herunterdrückte. »Du nicht«, sprach sie gelassen, holte mit ihrer Schaufel aus und schmetterte sie ihr gegen den Hinterkopf. Kronenberg fiel mit dem Oberkörper nach vorn und knallte mit dem Gesicht geräuschvoll auf die Tischplatte. Sie zuckte noch einige Sekunden am ganzen Körper, ehe sie in ihren Bewegungen erstarb.

Anna hielt sich mit aufgerissenen Augen die Hand vor den Mund, gelähmt vor Entsetzen. Max erging es nicht anders.

Eine Blutlache bildete sich unter dem Gesicht der Toten und tropfte von der Tischkante auf den laminierten Boden.

»Du hast doch nicht ernsthaft geglaubt, Satan würde Interesse an einer alten Kalkleiste wie dir haben?«, sagte Venus zur ihrem toten Opfer. »Nein, er braucht frisches Blut«, ergänzte sie und sah gierig zu Anna und Max.

»Was haben Sie vor, Sie Verrückte?«, rief Max.

»Zwei Opfer. Eines erwählt.« Venus sah Anna an. »Das andere freiwillig.« Sie sah Max an.

»Sie sind ja komplett wahnsinnig! Niemals werde ich mich freiwillig für ihr beschissenes satanisches Ritual opfern!«

Venus ließ sich nicht beeindrucken und ging einen Schritt auf Max zu. Vor dem bohrenden Blick, den sie auf ihn gerichtet hatte, gab es kein Entkommen. »Das andere freiwillig«, wiederholte sie, ohne ihn aus den Augen zu lassen.

»Nein!« Max wurde schwindelig.

»Das andere freiwillig!«

Anna begriff, dass Venus ihn irgendwie hypnotisieren wollte.

»Hör nicht auf sie, Max. Sie ist eine Hexe und will dich manipulieren.«

»Das andere freiwillig!«

Max' Augen wurden glasig.

»Du musst dem widerstehen, Max. Konzentriere dich auf meine Stimme. Nur auf meine Stimme!«

»Das andere freiwillig!«, schrie Venus wie in Ekstase.

»Max, hörst du mich? Max!« Aber Annas Rufe waren vergebens.

»Das andere freiwillig«, sprach Max plötzlich wie ein Roboter. Er sah zu Anna, aber er sah durch sie hindurch.

»Und eines erwählt«, flüsterte Venus ihm zu.

»Und eines erwählt«, wiederholte Max und machte sich daran, nach Anna zu greifen.

»Bleib mir vom Leib!«, schrie sie verzweifelt und schlug ihm die Hand weg.

»Und eines erwählt!«, rief Max laut und packte Anna an beiden Armen und hielt sie ihr hinter dem Rücken fest.

»Nein! Lass mich los! Las mich!«, kreischte sie panisch. Sie wandte sich und versuchte nach Max und den anderen zu treten, aber es gelang ihr nicht, sich aus dem eisernen Griff zu befreien.

Eine Frau trat aus der Menge hervor. Sie hatte eine große Spritze in der Hand. Anna erinnerte sich, diese Frau schon einmal gesehen zu haben, als sie auf der Landstraße an einem Gestüt vorbeigefahren war. Wahrscheinlich arbeitete diese Frau dort und hatte die Spritze samt Inhalt - beides für Pferde gedacht - von dort mitgebracht.

»Lasst mich los, ihr Wahnsinnigen!«

»Haltet Sie fest!«, befahl Venus.

Anna wurde an Armen und Beinen gepackt, und noch ehe sie weitere Befreiungsversuche unternehmen oder um Hilfe schreien konnte, drang die Spritze in ihren Oberarm ein, und der flüssige Inhalt wurde ihr schmerzhaft injiziert. Nur Sekunden, und sie wurde matt. Es gelang ihr nicht mehr, die Kraft aufzubringen, sich zu wehren, bis sie schließlich schlaff in Max' Armen hing.

»Und eines erwählt!«, riefen Venus und Max wie aus einem Munde.

Dann schwanden Anna vollends die Sinne.

DAS RITUAL

Ein Flüstern in der Dunkelheit. Kaum zu verstehen. Leiser als das Säuseln des Windes. Stiller als das tiefste Wasser. Doch es verstummte nicht. Es wiederholte sich. Es rief nach ihr. Es durchdrang den Äther der Unendlichkeit und drang zu ihr vor. Aus dem unverständlichen Flüstern wurden Worte. Doch Anna verstand sie nicht. Sie fühlte sich schwer und müde. Sie mochte nicht mehr zuhören. Sie war es leid zu kämpfen. Loslassen wäre so einfach. Doch die Stimme gab nicht auf. Sie drängte sie. Sie wurde von Mal zu Mal energischer, bis zu dem Punkt, an dem Anna sie nicht mehr ignorieren konnte.

»Aufwachen, Mama«, hörte Anna.

»Robert?«, flüsterte sie fast unhörbar. Sie öffnete die Augen. Ihre Lider fühlten sich so schwer wie Blei an. Alles war verschwommen. Lichter um sie herum. Und Stimmen. Sie brauchte eine Weile, um klar sehen zu können.

Anna fand sich auf dem Rücken liegend wieder. Man hatte sie auf einen eiligst improvisierten Scheiterhaufen gelegt und gefesselt. Der nach Benzin stinkende Holzstapel war auf dem flachen Stein errichtet worden, auf dem zuvor ein umgekehrtes Pentagramm in Schafsblut geschmiert worden war. Fackeln waren überall um den Platz herum aufgestellt worden. Es sah aus wie damals in ferner Vergangenheit, als die Satanisten ihre schwarzen Messen inmitten des von Slawen bewohnten Havellandes abhielten.

Max stand ganz nahe bei ihr und starrte ins Leere. Die Schlafwandler hatten einen Halbring um den Opferstein gebildet. Sie schwankten kaum merklich von einer Seite zur anderen und machten befremdliche, summende Geräusche.

Anna drehte den Kopf zur Seite und schaute sich benommen um. Robert, den sie glaubte gehört zu haben, war nicht hier.

Aber ich habe ihn gehört, da bin ich mir ganz sicher.

Elisabeth alias Venus trat aus der Menschenmenge vor. Sie hatte wieder ihre hässliche Maske des gehörnten Baphomet aufgesetzt.

»Dies ist das Ende. Das Ende von allem. Und hier wird es beginnen. Die alte Welt, die du kanntest, Anna, wird aufhören zu existieren. Stück für Stück wird sie der neuen Welt der Dunkelheit Platz machen, so wie es immer vorherbestimmt war.«

»Miststück!«, schrie Anna und zappelte wild auf dem Scheiterhaufen. Zwei Seile waren ihr quer über Brust und Beine gespannt. Zu ihrer Überraschung stellte sie fest, dass sie etwas Bewegungsfreiheit hatte. Die Knoten, mit denen sie fixiert worden war, waren offenbar schlampig gebunden worden. Befreien konnte sie sich jedoch nicht.

Venus sah auf ihre Uhr und lächelte hinter ihrer Maske.

»Es wird Zeit. Mitternacht ist schon fast da«, sagte sie und gesellte sich wieder zu den anderen. Dann begann sie merkwürdige Worte zu rufen, in einer Sprache, die Anna nicht kannte. Es war kein Latein, kein Slawisch, nichts, das sie schon einmal gehört hatte. Venus drehte sich zu ihren schlafenden Anhängern, hob die Arme und feuerte sie mit ihren Rufen an, die schließlich von ihnen langsam und rhythmisch wiederholt wurden.

Anna nutzte die Gelegenheit und versuchte, mit Max Kontakt aufzunehmen. Er stand immer noch neben ihr, beachtete sie aber nicht.

»Max!«

Keine Reaktion.

»Max, du musst aufwachen! Aufwachen, Max!«

Er schien sie nicht zu hören. Sie versuchte, ihre linke Hand in der lockeren Fessel soweit zu befreien, dass sie ihn berühren konnte. Sie streckte ihre Hand aus, so weit es ging - es war nur wenige Zentimeter - aber sie kam nicht an ihn heran. Würde er nur einen Schritt auf sie zu machen, könnte sie ihn an der Hand packen.

»Max! Bitte, du musst aufwachen!«

Er zeigte keinerlei Reaktion. Anna verzweifelte und wand sich mit aller Kraft auf dem hölzernen Stapel. Venus indes hatte ihre unverständliche Ansprache unterbrochen und näherte sich Anna mit den sieben Steinen. Fünf davon legte sie an die Spitzen des aufgemalten Pentagramms. Einen legte sie Max in die Hand, den er festhielt. Den letzten legte sie auf Annas Bauch.

»Geh weg von mir, du Irre!«, schrie Anna sie an und versuchte, den Stein herunterfallen zu lassen, was ihr jedoch nicht gelang.

»Die Sieben Siegel liegen bereit, oh Herr«, sprach Venus. »Dein Reich wird auferstehen, aus Flammen und Schatten.« Venus holte sich eine der Fackeln und drückte sie Max in die andere Hand. »Brennen werdet ihr, um aus den Flammen neugeboren zu werden.«

Anna erstarrte. Max hatte sich zu ihr gedreht, sah ihr aber noch immer nicht in die Augen.

»Brennen sollt ihr! Erst sie, dann du«, sagte Venus zu Max, während sie ihm kurz die Hand auf die Schulter legte. Dann zog sie sich zurück und widmete sich wieder ihren Anhängern.

»Nein, Max, das darfst du nicht!«, flehte Anna ihn an. Sie beobachtete, wie er kurz die Flamme seiner Fackel betrachtete und dann zum Scheiterhaufen blickte.

»Max!« Er war jetzt etwas näher an sie herangekommen. Sie versuchte sofort, ihn zu berühren. Erst als er sich vorbeugte, um die Fackel an den Scheiterhaufen zu halten, bekam sie seine Hand zu fassen. Sie drückte sie, so fest so konnte. »Max, du musst aufwachen, hörst du? Max, sieh mich an!«

Er hielt inne und machte ein nachdenkliches Gesicht. Er hatte sie gehört, aber er schien sie nicht verstanden zu haben. Sein Geist befand sich in einem Schwebezustand zwischen der Realität und seiner von Venus eingeimpften Trance.

Anna drückte noch fester zu, bis es weh tat. »Max, verdammt, wach auf!« Am liebsten hätte sie ihn geohrfeigt, wenn sie gekonnt hätte.

Max stand einige Sekunden so da, mit der Fackel am benzingetränkten Holz. Dann richtete er sich auf und sah Anna fragend an. Sie konnte es kaum glauben. »Max, ich bin es! Binde mich los! Hörst du mich?«

Er sah sie erneut so an, als würde er ihre Sprache nicht sprechen. Aber er schien allmählich zu begreifen. Sie war zu ihm durchgedrungen.

»Anna?«, fragte er.

»Ja! Ich bin es. Binde mich los, schnell! Lass den verdammten Stein fallen und binde mich los!«

Max schaute sie unsicher an. Dann nickte er.

»Nicht so voreilig«, ertönte plötzlich Venus' Stimme hinter ihm. »Du«, schrie sie und zeigte mit dem Finger auf ihn, »sollst schlafen. Schlaf!«

»Hör nicht auf sie!«, rief Anna.

»Schlaf, denn der Herr der Finsternis erwartet dich!«, sprach Venus und durchbohrte Max mit ihren eiskalten Augen. »Schlaf!«

»Nein«, sagte Max. Er war wieder einigermaßen klar bei Verstand. »Lass mich in Ruhe!«

Mit Erstaunen und einer Spur von Erleichterung sah Anna, wie Venus die Kontrolle entglitten war. Sie hatte sich wohl überschätzt.

»Brennen sollt ihr!«, schrie sie und griff nach der Fackel in Max' Hand. Doch der ließ nicht los. Es begann eine Rangelei, bei der Anna nur hilflos zusehen konnte.

»Schlaf! Schlaf!«, wiederholte Venus immerzu, während sie weiter mit ihm um die Fackel kämpfte.

»Hör nicht auf sie!«

Venus gelang es, Max zu Fall zu bringen. Er stolperte von der Bodenkante des Steinsockels und fiel samt Fackel rücklings hin, wobei er mit dem Kopf unsanft auf dem Boden aufschlug.

»Steh auf, Max! Na los! Steh auf, ich bitte dich!«

Aber Max war benommen und hatte Mühe, wieder auf die Beine zu kommen.

»Los Max, steh auf! Nun mach schon!«

Hasserfüllt schaute Venus zu Anna. »Sei endlich still!«, rief sie und stürmte auf sie zu.

Anna konnte nichts machen und schrie vor Angst. Venus schlang ihre Hände um Annas Hals und drückte zu. »Sei endlich still, du Hure. Anstatt dankbar zu sein, vom Satan auserwählt worden zu sein, spuckst du ihm ins Gesicht und versuchst, seine Rückkehr zu vereiteln. Aber nicht mit mir! Ich werde dich lehren, dich zu benehmen!« Venus drückte noch fester zu.

Anna bekam keine Luft mehr. Sekunden wurden zu Minuten. Sie sah, wie Max auf allen Vieren hin und her schwankte, ohne das Gleichgewicht wiederzufinden. Sie sah die Schlafwandler, die fast regungslos in den Himmel starrten. Aber da war noch mehr. Weitere Gestalten erschienen. Es waren all die Geister, die seit Tagen diesen Ort nicht mehr verlassen konnten. Auch die Frau in Weiß war unter ihnen. Aber waren sie wirklich hier? Oder halluzinierte Anna, während sie sich im Kampf gegen den Erstickungstod befand? Wenn die Geister hier waren, warum halfen sie ihr nicht?

Doch dann, kurz bevor sie spürte, dass sie das Bewusstsein verlieren würde, sah sie eine Art Barriere, welche die Geister des Havellandes daran hinderte, ihr beizustehen. Der ganze Steinsockel war von einer kuppelförmigen Aura umgeben, die Venus erzeugt hatte, um ungestört von den Mächten des Jenseits ihr Ritual abzuhalten.

Das war das Letzte, was Anna wahrnahm. Danach wurde es dunkel.

VOR DER LETZTEN BARRIERE

Anna öffnete die Augen und sah sich um. Sie war noch immer am Platz im Havelland, wo die Rückkehr Satans stattfinden sollte. Aber sie war nicht im Jetzt, nicht im Heute. Der Steinsockel war da, aber er befand sich inmitten des Hains, den Anna in ihrem Traum gesehen hatte. War sie wieder in der Vergangenheit? Oder war sie jetzt tot? Sie konnte die Schlafwandler sehen. Auch Max und Venus waren da, aber sie wirkten nicht real, sondern waren teilweise transparent, als seien sie selbst zu Geistern geworden. Außerdem bewegten sie sich nicht. Als hätte jemand die Zeit angehalten.

Anna war nicht mehr gefesselt. Sie stand neben dem Stein und schaute sich fragend um.

»Was geht hier vor?«, flüsterte sie.

»Das kommt ganz auf dich an, Anna«, sprach eine männliche Stimme hinter ihr.

Sie drehte sich ruckartig auf dem Absatz um und erblickte einen Mann in einem schwarzen Gewand. Er sah aus wie ein normaler Mensch. Aber Anna wusste sofort, mit wem sie es zu tun hatte. Der Teufel konnte zahlreiche Gestalten annehmen. Er hatte viele Identitäten. Doch seine beste Tarnung war die als ganz gewöhnlicher Mann. Es war seine teuflischste Verkleidung, die er nur in ganz besonderen Situationen benutzte.

»Wo bin ich hier?«, fragte sie ihn.

»Dieser Ort hier ist nur einen Schritt von deinem altem Leben entfernt. Er ist aber auch nur einen Schritt von dort weg«, sagte er und zeigte auf eine Stelle im Hain. Anna folgte seinem Fingerzeig und entdeckte tief im Hain ein helles weißes Licht. Es war das Licht, von dem sie während ihrer zahllosen Geisterbeschwörungen schon so oft gehört hatte. Nur gesehen hatte sie es noch nie. Bis heute.

Sie spürte die Anziehungskraft, die von ihm ausging. Es war schwer, sie zu ignorieren.

»Dann bin ich also tot«, schlussfolgerte sie trocken, ohne ihren Blick vom weißen Licht abzuwenden.

»Noch nicht. Aber es fehlt nicht mehr viel. Du wirst sterben, Anna, aber ich werde dir vorher noch eine Wahl lassen.«

»Was denn für eine Wahl?«

Der Mann im schwarzen Gewand trat einen Schritt zur Seite und machte den Blick auf einen Jungen frei. Es war Robert.

Anna griff sich an den Mund, um einen Schrei zu unterdrücken. Sie ging zu ihm und berührte ihn ungläubig. »Robert, bist du das wirklich?«

»Er ist es, das versichere ich dir«, sagte der Mann.

Sie umarmte und küsste ihren Sohn. Es war, als wäre er nie fort gewesen. Es war, als würde sie ihn nur eine Weile nicht gesehen haben, um ihn anschließend fest an sich zu drücken, in Freude und Erleichterung darüber, dass ihm nichts passiert war.

Lug und Trug, schoss es Anna unwillkürlich durch den Kopf. Das konnte nicht real sein. Es war eine perfide List des Teufels. Wie zur Bestätigung ihres Misstrauens stieg ihr der Geruch von Schwefel in die Nase und erinnerte sie daran, wer hier versuchte, mit ihr Spielchen zu spielen.

Sie ließ Robert los, der nichts sagte, und wandte sich an den Mann im schwarzen Gewand. »Was bezweckst du damit?«

»Freust du dich denn nicht, deinen Sohn wiederzusehen?«

»Mein Sohn ist tot.«

»Aber nicht seine Seele. Die ist nun bei mir. Aber das muss nicht so bleiben.«

»Ich verstehe. Was verlangst du von mir, damit du ihn gehen lässt?«

»Ich schätze deine Direktheit. Warum lange um den heißen Brei herumreden? Ich will dich, Anna. Das wollte ich schon die ganze Zeit. Schließe dich mir freiwillig an, dann werde ich Robert gehen lassen«, sagte der Mann und deutete auf das weiße Licht.

»Warum ausgerechnet ich?«

»Weil du etwas ganz Besonderes bist. Die vielen Seelen, die ich in Besitz genommen habe, sie haben mir geholfen, bis hierher zu kommen. Ich bin kurz vor dem Ziel. Ein mühevoller Weg. Aber du, du wiegst tausende von ihnen auf, Anna. Du hast eine Gabe, die nur sehr, sehr wenige Menschen haben. Und die meisten von den wenigen Menschen wissen gar nichts von ihrer Begabung.

Ich brauche dich. Du musst mir helfen, den letzten Schritt zu machen. Wenn du freiwillig mit mir gehst, dann wird dir jegliche Qual erspart bleiben, das verspreche ich dir. Wenn nicht, dann werde ich dir deine Seele mit Gewalt entreißen müssen. Und glaube mir, das willst du nicht.«

Anna schnaufte verächtlich. »Versprechungen von jemanden wie dir?«

Der Mann schwieg nur und lächelte milde. Es lag keine Tücke in seinem Gesicht. Aber Anna vermutete, dass in der scheinbaren Aufrichtigkeit die eigentliche Tücke lag. »Ich glaube dir nicht, weil ich weiß, was du bist«, sagte sie daher.

»Das ist keine Frage des Glaubens, Anna. Du wirst sterben, hier und jetzt. Entweder durch die Hände, die gerade deinen Hals quetschen oder durch das Feuer. Es wird geschehen. Es gibt also keinen Grund für Tricks und Täuschungen. Ich lasse dir eine ehrliche Wahl. Robert und all die anderen Geister werde ich gehen lassen. Du wirst es selbst sehen.«

Anna wurde schwach. Nichts, absolut nichts war ihr wichtiger als Robert. Wenn es auch nur eine kleine Chance gab, ihn ins Licht gehen zu lassen, dann musste sie sie ergreifen. Sie hatte keine Alternative, denn der Teufel hatte Recht: Sie würde sterben und könnte dann nichts mehr tun.

Alles nur für Robert.

»Also schön, du hast gewonnen. Aber ich will sehen, dass Robert diesen Ort verlässt. Ich will Gewissheit haben.«

Der Mann nickte langsam. »Dann wird es Zeit, dich zu verabschieden.« Er trat zur Seite.

Anna nahm ihren Sohn noch einmal in den Arm und konnte ihre Tränen nicht zurückhalten.

»Komm mit mir, Mama.«

»Das geht nicht, Robert. Du musst jetzt stark sein und alleine gehen. Tust du das für mich?«

»Aber ich will nicht alleine sein.«

»Das wirst du nicht«, mischte sich der Mann im dunklen Gewand ein. »Dein Vater wartet auf der anderen Seite schon auf dich«, sprach er leise und deutete auf das Licht.

Es war das Schlimmste und das Intensivste, das Anna an Gefühlen durchlitt. Sie weinte hemmungslos und lange, denn Zeit hatte hier keine Bedeutung. Aber irgendwie hatte es auch etwas Befreiendes. Ihr Mann und Robert waren zwar schon seit Jahren tot, aber jetzt erst hatte sie die Möglichkeit bekommen, sich zumindest von ihrem Sohn zu verabschieden. »Ich liebe dich, hörst du?«

»Ich habe dich auch lieb.«

Lange und innig hielt Anna ihren Sohn im Arm, bis er sich von ihr löste und tapfer alleine zum Licht ging. Mehrfach drehte er sich um, und Anna wäre ihm am liebsten hinterhergerannt. Aber sie behielt die Kontrolle über sich, denn ihre Aufgabe war noch nicht beendet.

Sie sah Robert hinterher, wie er langsam immer tiefer in das Licht eintauchte. Andere Gestalten folgten ihm. Es waren die vielen anderen Seelen, die ihre Freiheit erlangt hatten und nun zusammen mit Robert ihre letzte Reise antraten. Anna spürte wieder die Anziehungskraft, die vom Licht ausging. Der Mann im dunklen Gewand stand neben ihr und blickte ebenfalls zum Licht.

»Das Leben ist nicht immer fair«, sprach er und sah dann Anna mit einem sanften Lächeln an. »Aber wem sage ich das?«

Anna konnte im fernen Licht keine Silhouetten mehr erkennen. »Sind Robert und die anderen jetzt auf der anderen Seite?«

»Das sind sie.« Der Mann im schwarzen Gewand streckte ihr die Hand aus. »Komm, von nun an werden wir zusammen sein. Die sieben Steine werden jeden Augenblick zu einer Einheit verschmelzen.«

Anna zögerte. »Was hat es mit den sieben Steinen auf sich? Sind sie die Sieben Siegel aus der Bibel? Bedeutet ihre Vernichtung, dass Gott diese Welt dem Teufel - also dir - überlassen muss?«

Der Mann im schwarzen Gewand lachte kurz. »Bibel!«, stieß er belustigt aus und schüttelte den Kopf. »Meine Liebe, ich könnte dir Dinge über die Entstehung der Bibel erzählen, die würdest du mir nicht glauben. Aber um es kurz zu machen. Im Wesentlichen hast du Recht. Die Steine - oder Siegel, wie du es nennen würdest -, haben Dinge gebunden, die meine Rückkehr verhindert haben. Ihre Zerstörung durch Venus, jetzt in diesem Moment, ist für mich wie eine Entfesselung. Ich werde frei sein, Anna. Frei! Verstehst du?«

Anna sagte nichts, sondern sah den Mann im schwarzen Gewand eindringlich an.

»Du musst nur meine Hand nehmen. Dann wirst du alles verstehen. All das, wofür Worte nicht ausreichen werden, wirst du verstehen.«

Sie betrachtete seine ausgestreckte Hand lange. Dann blickte sie noch einmal zum Licht, in das Robert gegangen war. »Du hattest Recht, weißt du?«

»Womit?« Der Mann sah sie misstrauisch an. Er ahnte etwas.

»Dass, das Leben nicht immer fair ist. Ich werde heute sterben, daran werde ich nichts ändern können. Aber aus deiner Rückkehr wird nichts werden. Zumindest nicht heute Nacht.«

»Was meinst du damit?«

»Ich rede von den Steinen.«

»Was ist damit?«

»Sie werden heute Nacht nicht zu einer Einheit verschmelzen.«

»Das wirst du kaum mehr verhindern können, Anna.«

»Jetzt nicht mehr. Aber davor hatte ich noch genügend Zeit.«

»Was hast du getan? Der letzte Stein, den du gefunden hast, kann nicht zerstört werden.«

»Das war auch gar nicht nötig. Als ich erkannt habe, dass ich es war, die deine Rückkehr überhaupt erst möglich gemacht hat, indem ich den letzten Stein gefunden habe, wusste ich, was ich zu tun habe. Ich bin viele Kilometer flussabwärts gefahren und habe den Stein in einem alten Nebenarm der Havel ins Wasser geworfen. Ich schätze, dass ihn dort niemand so bald finden wird. Für Kronenberg habe ich einfach einen Stein am Ufer gesucht, der dem echten ähnlich sah. Und ob du es glaubst oder nicht, es war gar nicht so schwer, einen zu finden und das Symbol darauf einzuritzen. Ich habe es selbst kaum geglaubt, dass es funktioniert, aber wie du siehst, ist Venus darauf hereingefallen. Und dein Blick reicht offensichtlich nicht soweit, wie du mich glauben machen willst. Dir ist es auch entgangen, was ich getan habe.«

Der Mann im schwarzen Gewand sah sie fassungslos an, sagte aber nichts.

Anna fuhr fort: »Ich weiß nicht wirklich, was du bist. Aber in diesem Moment, in dem du deinen eigenen Irrtum erkennst, in dem dir klar wird, dass ich dich so einfach habe täuschen können, erscheinst du mir menschlicher als je zuvor. Wie du bereits gesagt hast, das Leben ist nicht immer fair.«

»Das war ein großer Fehler, Anna. Ich hätte nicht erwartet, dass du so dumm wärst. Du hast überhaupt nichts geändert. Auch wenn der letzte Stein fehlt, wird meine Rückkehr nicht verhindert werden, denn ich habe jetzt etwas, das viel mächtiger ist als das:

Ich habe dich! O, du dummes Mädchen! Es hätte für dich so leicht werden können. Aber du musstest ja die Heldin spielen. Jetzt hast du mich dazu gezwungen, mir deine Gabe mit Gewalt zu nehmen. Du hast den Weg des Schmerzes gewählt.«

Anna sah, wie die Hand des Mannes sich deformierte, größer wurde und sich zu einer Art Kralle formte. Er holte aus. Doch als er zuschlug, ging seine Kralle durch Anna hindurch. Überrascht wich er zurück. Und auch Anna sah verwundert an sich herab, ehe sie begriff, dass sie noch nicht tot war. Im Gegenteil. Sie wurde wieder zurück ins Leben geholt. Irgendetwas war am Ritualstein geschehen. Das konnte nur einer gewesen sein.

»Max!«, sprach Anna und verschwand vor den Augen des Satans.

DER ABGRUND

Quälend langsam gelang es Anna, die Augen zu öffnen. Alles war verschwommen. In ihrem Kopf hämmerte es. Es fühlte sich an, als würde er jeden Augenblick explodieren. Wie knapp war sie wohl dem Tod entkommen?

Überraschend schnell wurde das Bild vor ihren Augen wieder klarer. Noch immer befand sie sich auf dem nach Benzin stinkenden Scheiterhaufen. Sie hörte ein Stöhnen und einen Schrei. Sie drehte den Kopf zur Seite und sah, wie Venus mit Max rang. Anscheinend war er wieder völlig klar im Kopf und hatte seine Kräfte wiedererlangt. Anna sah, wie er Venus die Arme auf dem Rücken festhielt, dabei aber große Schwierigkeiten hatte. Venus drehte sich immer wieder wie ein Krokodil bei seiner Todesrolle aus seinem Griff, so dass Max erneut ansetzen musste. Ewig würde er das Spiel nicht durchhalten, denn seine Kontrahentin war zu allem entschlossen und bezog von woher auch immer eine übermenschliche Energie.

Anna versuchte erneut vergeblich, sich zu befreien. Sie wollte ein wenig mehr Spielraum unter den beiden quer über ihren Körper gespannten Seilen bekommen, aber es gelang ihr nicht. Wieder und wieder drehte sie die Hüfte und den Oberkörper hin und her.

Dann passierte etwas. Der stümperhaft aufgeschichtete Holzstapel, auf dem sie lag, sackte ein Stück in sich zusammen. Beide Seile lagen nun locker über ihrem Körper. Wenn sie schnell sein würde, konnte sie sich darunter hindurch in Freiheit robben. Doch das Geräusch, das durch den Teileinsturz des Haufens erzeugt worden war, war Venus nicht entgangen.

»Verbrennt sie!«, schrie sie außer sich zu den schlafwandelnden Dorfbewohnern. Es gab genügend Fackeln in deren Menge, so dass nur einer von ihnen ein paar Schritte auf Anna zumachen musste, um sie in Brand zu stecken. Bislang hatten sie sich teilnahmslos zurückgehalten. Das war nun vorbei.

Anna sah, wie einer von ihnen, ein älterer Mann mit einer brennenden Fackel, sich in Bewegung setzte, dann aber nach einem Meter abrupt stoppte, als sei er gegen eine unsichtbare Wand gelaufen. Eine Frau ging los und kam auch wieder zum Stehen. Und als weitere Schlafende auf Anna zugehen wollten, erging es ihnen ebenso. Es war, als hätte irgendjemand eine unsichtbare Wand um den Opferstein gezogen. Und Anna wusste, wem sie das zu verdanken hatte. Aus dem Augenwinkel - und nur aus dem Augenwinkel - konnte sie viele transzendentale Gestalten erkennen. Es waren jene Geister, denen Anna durch den Deal mit dem Satan die Freiheit geschenkt hatte. Sie waren zurückgekommen, um sich bei ihr dafür erkenntlich zu zeigen.

Sie durfte jetzt keine Zeit verlieren. Just in dem Moment, in dem sie begann, sich aus den Seilen herauszuwinden, hörte sie eine tiefe Stimme in ihrem Kopf: »Ich werde mir meinen Sieg nicht von ein paar einfältigen Gespenstern rauben lassen!« Es war dieselbe Stimme des Mannes mit dem schwarzen Gewand. Es war der Teufel. Anna intensivierte ihre Bemühungen, sich zu befreien, aber es war nicht leicht, da sie auf dem unebenen und losen Gehölz kaum Möglichkeiten hatte, sich abzustützen.

Der Boden begann unter ihr zu beben. Unheilvolle, grummelnde Geräusche drangen aus der Erde empor. Sie wurden lauter und gingen in ein Dröhnen über, das einem durch Mark und Bein ging. Anna wurde panisch. Sie sah, wie Max endgültig Venus aus seinem Griff verlor. Die Hexe schlug ihm machtvoll ins Gesicht. Max taumelte zurück.

Venus richtete langsam ihren Blick auf Anna. Der Hass in ihren Augen ließ ihr das Blut in den Adern gefrieren.

Ein weiterer, heftiger Erdstoß ließ den Asthaufen weitgehend auseinanderfallen. Anna konnte sich nun endgültig befreien und kam auf die Beine. Das Nächste, was sie sah, war, wie Venus schreiend mit einer brennenden Fackel in ihrer Hand auf sie zustürmte. Anna griff instinktiv nach einem armdicken Stock aus dem Haufen und schlug ihn der Furie gegen den Hals. Der Stock brach. Venus schien unbeeindruckt, stoppte jedoch ihren Angriff.

»Du Miststück!«, fauchte die Hexe.

Anna griff nach einem weiteren Ast, aber ehe sie ihn berühren konnte, wölbte sich schlagartig unter ihr der Boden. Die gesamte Steinplatte, welche die Jahrhunderte überdauert hatte, brach an mehreren Stellen auseinander. Anna schwankte, behielt aber das Gleichgewicht. Anders erging es Venus. Sie fiel nach hintenüber, rappelte sich aber schnell wieder auf.

»Jetzt stirbst du!«, kreischte sie.

Anna griff nach einem Stock, der ihr vor die Füße gerollt war. Als sie ausholte, bewegte sich der Boden wieder, dieses Mal in die andere Richtung. Die gewölbte Fläche des Ritualplatzes sackte in sich zusammen und bildete einen tiefen Krater. Das Ganze ging so schnell, dass weder Anna noch Venus sich auf den Beinen halten konnten. Beide purzelten sie in die Mitte des Kraters. Dabei entzündete Venus' Fackel das in Benzin getränkte Holz, jedoch zunächst am Rand, von dem sie beide nun mehrere Meter entfernt waren. Es würde nur Sekunden dauern, bis das nun überall verstreute Holz gänzlich in Flammen stehen würde. Anna hechtete den Rand hinauf. Sie hatte die Bruchkante schon mit ihren Händen erreicht, als Venus sie am Fußknöchel packte und festhielt.

»Max!«, schrie Anna.

Es gelang Venus, sie ein Stück zurück in den Krater zu ziehen. Anna hielt dagegen und krallte ihre Finger in den bröckligen Boden. Dann trat sie nach der Hexe. Die ersten beiden Male verfehlte sie sie. Aber der dritte Tritt saß. Venus ließ los und rutschte tiefer in den Graben zurück. Anna erklomm die letzten Zentimeter wieder nach oben, was ihr immer schwerer fiel, denn der lockere Boden gab unter ihr immer wieder nach. An der Bruchkante drehte sie ihren Kopf und blickte in den Krater. Was sie in den folgenden Sekunden sah, ließ sie glauben, sie hätte ihren Verstand verloren. Der Boden in der Mitte des Krater begann zu rotieren wie bei einem Strudel. Venus sprang zur Seite, um ihm zu entkommen. Dabei musste sie den Feuernestern ausweichen, die sich rasch vergrößerten.

Ein gähnendes, schwarzes Loch kam zum Vorschein. Zuerst nur klein, aber schnell wuchs dessen Durchmesser. Je länger Anna hineinsah, desto mehr glaubte sie darin etwas zu erkennen. Es war die wohl abscheulichste Fratze, die kein Alptraum bizarrer hätte zeichnen können. Anna sah dem Teufel ins Gesicht. Aber es war nicht sein Gesicht, es war das Böse, aus dem er seine Macht bezog. Anna sah dem absolut Bösen, dem Wahnsinn in die Augen. Es war so schrecklich, so verstörend, dass sie wie gelähmt am Rand hing und sich nicht mehr bewegen konnte.

Urplötzlich schoss ein riesiger Arm aus dem Loch, an dessen Ende eine knochige Hand mit langen dürren Fingern nach Anna langte, sie aber nur um Haaresbreite verfehlte. Der Arm stieß Venus zur Seite, so dass diese in eines der Flammennester fiel. Sofort fing sie Feuer. Schreiend taumelte sie umher und schlug wild um sich. Aber die Flammen hüllten schnell ihren ganzen Körper ein. Sie verbrannte bei lebendigem Leib.

Anna hatte der ersten Attacke der Hand ausweichen können. Aber der nächsten würde sie nichts entgegen zu setzen haben. Mit letzter Kraft unternahm sie einen weiteren Versuch, die steile Bruchkante zu überwinden. Aber ihre Beine fanden in der weichen Erde keinen Halt. Gerade als sie mit Entsetzen spürte, dass sie abzurutschen begann, packte sie etwas am Arm. Es war Max. Er lag auf dem Bauch an der Kante, um sein Gewicht auf möglichst viel Fläche zu verteilen, ansonsten wäre er eingebrochen und zusammen mit Anna in den schwarzen Abgrund gestürzt.

»Zieh, Max! Ich finde keinen Halt.«

Max stöhnte vor Anstrengung, aber nach einer gefühlten Ewigkeit gelang es ihm, Anna über den Rand zu ziehen. Die knochige Monsterhand streifte noch einmal ihr Bein und zerfetzte dabei den Stoff ihrer Jeans. Blitzartig zog sie die Beine ein und kauerte sich am Rand neben Max zusammen.

»Sieh doch!«, rief er und zeigte in den Abgrund.

Anna wagte kaum noch einmal zurückzuschauen, aber ihre Neugier war größer als ihre Angst. Sie sah, wie die brennende Frau, die sie als Elisabeth kennengelernt hatte, gen Abgrund stolperte und schließlich hinein fiel. Der gewaltige Arm Satans erstarrte in seiner Bewegung, ehe er sich in das Loch zurückzog und dabei ebenfalls Feuer fing. Die Erde bebte erneut. Es rumorte und trommelte unter der Oberfläche. Und dann schoss eine Feuerfontäne, ähnlich wie bei einem Vulkanausbruch mehr als zwei dutzend Meter in die Höhe. Die Hitzewelle, die von ihr explosionsartig ausgestrahlt wurde, war so heiß, dass Anna und Max fürchteten zu verbrennen. Schützend kauerten sie sich nebeneinander zusammen und hielten ihre Hände vors Gesicht.

Dann wurde es ruhig. Das Feuer erstarb. Rauch stieg ihnen in die Nase - und der Geruch von Schwefel, der sich aber schnell verflüchtigte.

Anna war die erste, sie sich traute die Augen wieder aufzumachen. Ungläubig und unfähig, das eben Erlebte zu begreifen, starrte sie in den dampfenden Krater. Von Venus, der Hand Satans und dem schwarzen Loch fehlte jede Spur. Anna stellte sich auf. Ihre Beine zitterten. Lange starrte sie in den Krater. Max löste sich irgendwann auch aus seiner Schutzhaltung und schaute nicht weniger ungläubig in die Rauchschwaden des Kraters.

Anna löste ihren Blick und schaute sich um. Die Schlafwandler standen noch immer regungslos um sie herum. Doch dann drehte sich einer nach dem anderem um und machte sich auf den Weg nach Hause. Die Schlafenden gingen zurück in ihre Häuser, legten sich in ihr Bett, und wenn sie am nächsten Tag aufwachten, würden sie sich an nichts mehr erinnern.

Anna und Max blieben allein zurück.

»Ist es jetzt vorbei?«, flüsterte er vorsichtig. Er traute dem Frieden noch nicht.

»Ich weiß es nicht. Es ist genau das geschehen, was die Frau in Weiß gesagt hat. Die Hexe ist verbrannt. Der Übergang, den der Satan in unsere Welt benutzen wollte, ist verschlossen. Die Steine sind fort. Ich glaube, wir haben es geschafft.«

»Anna, das, was ich heute hier gesehen habe...«

»Ist nie geschehen. Wir dürfen mit niemandem darüber reden.«

»Wer würde uns das auch glauben? Aber was ist mit dieser Kronenberg? Was mit Elisabeth? Was sollen wir der Polizei sagen?«, sagte er und fuhr sich verzweifelt durchs Haar.«

Anna zögerte mit einer Antwort. Sie hatte da so ein Gefühl. »Ich glaube, darum werden wir uns keine Sorgen machen müssen. Ich denke, niemand wird uns etwas fragen wollen.«

EPILOG – DAS GESICHT IM FENSTER

Anna konnte es zwar unmöglich wissen, aber ihre Vorahnung sollte sich bewahrheiten. Die Leiche von Kronenberg war bei ihrer Rückkehr nach Nimtow verschwunden. In Annas Apartment, in dem sie von Venus umgebracht worden war, gab es keine Spur jener Tat. Als wäre sie nie dort gewesen. Und niemand meldete sie als vermisst. Hatten die Schlafwandler des Dorfes das getan? Anna hielt das für wahrscheinlich. Elisabeth dagegen wurde von ihrem ahnungslosen Bruder, der selbst als Schlafwandler dabei gewesen war, als vermisst gemeldet. Sie kehrte nie mehr zu ihm zurück. Die Leiche ihres Mannes, den Venus umgebracht hatte, wurde nie gefunden. Und Anna wurde nie von irgendjemandem über die Vorfälle in Nimtow befragt.

Anna hatte noch in derselben Nacht ihre Sachen aus dem Apartment geholt und verbrachte die restliche Nacht bei Max. Beide waren erschöpft, wollten jedoch an Schlaf keinen Gedanken verschwenden. Sie saßen auf seiner Couch im Wohnzimmer und hielten schweigend eine Tasse Tee in der Hand. Immer wieder sah Anna zum Fenster, in der Hoffnung die Morgendämmerung zu sehen. Aber es war noch zu früh.

»Was wirst du jetzt machen, Anna?«, fragte Max irgendwann unvermittelt.

»Was meinst du?«

»Deine Arbeit als Medium.«

Anna schüttelte langsam den Kopf. »Ich weiß es nicht. Das alles war eine Nummer zu groß für mich. Ich bin müde, Max. Ich bin so müde. Ich denke nicht, dass ich wieder in mein früheres Leben als Geisterbeschwörerin zurückkehren kann.«

Sie sah, wie Max die Augen zufielen. Vorsichtig nahm sie ihm die Tasse Tee aus der Hand und stellte sie auf dem Tisch ab. Sie lächelte. Etwas, das sie schon seit langer Zeit nicht mehr getan hatte.

Sie fühlte sich schmutzig und klebrig. Daher beschloss sie, in die erste Etage von Max' Haus zu gehen, um sich dort wenigstens das Gesicht zu waschen.

Ihr Spiegelbild über dem Waschbecken zeigte ein fahles Gesicht mit müden Augen mit dunklen Ringen. Aber es stand auch ein Hauch von Erleichterung darin. Das ließ Anna wieder lächeln. Doch etwas stimmte nicht. Hinter ihr im Spiegel war ein zweites Gesicht. Es war im gegenüberliegenden Fenster des Badezimmers. Erschrocken drehte sie sich um, aber da war nichts. Erst als sie erneut in den Spiegel sah, war das Gesicht wieder da. Es war der Mann im schwarzen Gewand. Anna stockte der Atem. Der Teufel war zurückgekehrt.

»Nur die Ruhe, Anna«, sagte das Gesicht. »Du hast gewonnen, das muss ich anerkennen.«

»Ich habe dir nichts zu sagen. Verschwinde! Verschwinde aus meinem Leben!«

»Das werde ich, keine Sorge. Heute Nacht hast du meine Rückkehr verhindert. Aber ich habe Zeit. Viel Zeit. Es wird der Tag kommen, an dem sich mir eine neue Gelegenheit bieten wird. Und ich habe vor, sie zu nutzen.«

»Mag sein«, sagte Anna. Irgendwie spürte sie, dass keine Gefahr von Satan ausging. Nicht mehr heute und nicht für sie. »Aber ich hoffe, dass bis dahin noch viel Zeit vergehen wird.«

»Das spielt für mich keine Rolle. Ob hundert oder tausend Jahre. Das hat keine Bedeutung. Ich bedauere, dass du mein Angebot abgelehnt hast. Es war einmalig. Noch eine Chance an meiner Seite zu herrschen, wird es nicht geben.«

»Das will ich hoffen.«

Das Gesicht im Fenster hinter ihr im Spiegel, in den Anna sah, lächelte sanftmütig. »Aber mach dir keine falschen Hoffnungen, Anna. Ich werde zurückkehren. Es ist nur eine Frage der Zeit. Bis es soweit ist, werde ich einfach zusehen, wie ihr Menschen eure Welt selbst Stück für Stück in eine Hölle verwandelt, ohne es zu merken. Und ich werde mich dabei königlich amüsieren. Ich glaube, in jedem von euch steckt mehr von mir, als ihr euch eingestehen wollt.«

Diese Worte machten Anna nachdenklich, denn es verbarg sich eine erschreckende Wahrheit darin. »Ich hoffe, das wird das letzte Mal sein, dass ich dir begegnet bin.«

»Das wird es. Du hast diesen Ort gereinigt, Anna. Du solltest stolz auf dich sein. All die Geister, die ich hierher brachte, sind nun frei.«

»Auch Robert?«

»Ich bin, was ich bin, aber ich stehe zu meinem Wort. Ich habe ihn gehen lassen. Du hast es gesehen.«

Anna nickte. Irgendetwas sagte ihr, dass es so war. Robert war frei. Er litt nun nicht mehr. Sie spürte trotz ihrer Erschöpfung die Erlösung, die er erfahren hatte. Eine Mutter fühlte so etwas.

»Eines noch, Anna. Ich konnte mich heute Nacht selbst davon überzeugen, dass du etwas ganz Besonderes bist. Du hast eine Gabe. Und du hast früher ebenso wie heute vielen damit geholfen. Ich heiße das zwar nicht unbedingt gut, aber das liegt in meiner Natur und muss dich nicht kümmern. Aber, so anders du auch bist, als ich es je sein könnte, frage ich mich, warum du diese Gabe einfach so wegwerfen solltest? Ich muss dir sicher nicht sagen, dass es noch eine Menge anderer armer Seelen gibt, die deine Hilfe gut gebrauchen können. Und wer weiß, vielleicht triffst du ja auch noch auf etwas, das deiner außergewöhnlichen Kraft würdig ist. Etwas, mit dem du dich noch nicht hast messen können.«

»Was willst du damit sagen? Auf was könnte ich treffen?«

»Ich will dir doch nicht den Spaß nehmen, wenn ich es dir verrate. Ich will dir nur klar machen, dass du in deinen Fähigkeiten noch wachsen kannst. Aber nur wenn du bereit bist, dich dem Übernatürlichen zu stellen. Es liegt an dir, meine Liebe. Leb wohl, denn wir werden uns nicht wiedersehen.«

Das Gesicht im Fenster verschwand. Anna stützte sich am Waschbecken auf und atmete tief durch.

Max kam die Treppe heraufgeeilt und stürzte ins Badezimmer. »Anna, ist alles OK? Ich hatte plötzlich einen furchtbaren Albtraum, von einer Fratze, die sich von hinten an dich heranschleicht. Und dann bin ich aufgewacht und habe Stimmen aus dem Badezimmer gehört.«

Anna sah erneut in den Spiegel. Das Gesicht war fort, aber seine Worte gingen ihr immer noch durch den Kopf.

»Anna, sag doch was! Ist alles in Ordnung?«

Anna dachte an ihren Sohn. Sie konnte fühlen, dass er jetzt an einem besseren Ort war. Sie spürte, dass sie bereit sein könnte, ein neues Kapitel in ihrem Leben aufzuschlagen. Ein Gefühl des Aufbruchs. Alles war möglich.

Sie drehte sich zu Max um, nahm seine Hand und lächelte. »Ja, jetzt ist alles Ordnung.«

Ende

Eine Anmerkung zum Schluss:
Aus eigener Erfahrung kann ich Ihnen sagen, dass das Havelland mit seinen Seen und Flüssen ein wundervoller Ort ist. Das Dorf aus dieser Geschichte und seine darin handelnden Personen sind aber frei erfunden.
Hochachtungsvoll Ihr S. G. Felix
www.verlorenend.de